中公文庫

アクセス

誉田哲也

中央公論新社

目次

アクセス

第一章

1

少女はカフェテラスの垣根越し、顔を強張(こわば)らせて歩道を往(い)く女の姿を眺めていた。

「……悪いな、毎度」

隣に座る少年は悪びれもせずに言い、マルボロの赤箱から一本抜いて銜(くわ)えた。それが彼の唇には、やけに太いように見える。

タバコだけではない。フェイクムートンのコート、ボアの襟(えり)、マグカップのカフェオレ、いま手にしているジッポのライター。そんな彼を取り巻く物のすべてが、他でもない彼との対比で野暮(やぼ)ったく見えてしまう。

細身で、目鼻なんか彫刻刀で削り出したみたいにシャープで。体型を気にしている女性だったら気後れして、普段通りには喋(しゃべ)れなくなってしまいそうな男の子。そんな彼に、少女はわざと鼻で一つ笑ってみせた。

「あのヒトには、悪いと思わないの」

抗議しているのではない。責めるつもりもない。ただ、別れるきっかけとしていつも自分を利用する彼が、自分には「悪いな」と形だけではあるが詫びるのに対し、今し方このテーブルから去っていった女には欠片もそれを見せなかった。そのことを、ちょっと皮肉ってやりたいだけだ。

少女と彼は恋愛関係にはない。彼はその大人びたルックスに見合う年上の女性と好んで付き合い、自分の熱が冷めたら少女を呼び出し、「いま俺、この娘と付き合ってるんだ」とキスしてみせる。さっきの女がそうであったように、大概の女はプライドを一刀両断され、無言で去っていく。たまには五千円札を伝票に重ねていく冷静な女もいるが、今日のは違った。思いきり取り乱し、尻尾を巻いて逃げていった。

彼は、長く煙を吐き出してから、「思うよ」と呟いた。

ウソつけ。悪いなんて、これっぽっちも思ってないくせに。

その証拠に伏せた顔、ゆるみのない頬には苦笑いが浮かんでいる。だが、それ自体は別段、不愉快でもなんでもない。むしろ自分が彼の心情を充分に理解している、そのことを確認できて嬉しいくらいだ。

そして彼は、別れのきっかけとして自分という女優を選ぶ。そこにある種の優越感すら覚える。

つまり、あの手の女たちがひと目見て「敵わない」と認めるような、諦めざるを得ないような相手、それが自分であるということだ。少なくとも彼はそうと認めているし、だからこんな小芝居に自分を駆り出すのだし、実際今までに事が上手く運ばなかったためしはない。いつだって女たちは粉々に自己崩壊してみせ、彼との思い出を千切っては道端に捨てていった。彼は苦笑いしながらその様を眺め、少女は作戦の成功に胸を反らす。そして思うのだ。

あたしは、あんたたちより若くて、可愛いのよ。

少女も自分のバッグからタバコを取り出して銜えた。労をねぎらうつもりか、彼はさっと火を差し出してきた。少女は「しょうがないオトコね」という意味で小首を傾げてみせ、火先にタバコを当てた。ひと口吸うと、彼はすぐにジッポのフタを閉めた。

大きく吐いた煙が、冷たく湿った曇り空に昇っていく。

「……ちったぁ、あたしに感謝してんだ」

彼は肩をすくめ、あまり似合わないおどけた表情を作った。

「そりゃ感謝するさ。こんなこと頼めるの、俺には雪乃しかいないからな」

「あっそ。だったら一つ、頼んでもいい？」

少女――雪乃は、思いきり可愛く言ってみせた。だが、かえって逆効果だったか、彼は上体を反らして身構えた。

「……なんだよ」

今まで雪乃は、この「お別れ用の臨時カノジョ役」に一切の代償を求めたことはなかった。ただ黙って隣に座り、キスを受け入れ、甘く彼を見つめてきた。喫茶代くらいは持ってもらうが、それ以上の見返りを期待したことはないし、受けたこともなかった。

厳密に言えば今回も、その代償でなくてもいいのだ。ただ、そう言った方が切り出しやすい、その程度のことだ。

「うん。あのさ、翔矢はネット、やんないんだよね」

彼——翔矢は拍子抜けしたか、表情をもとに戻して頷いた。

「ああ、なんか、オタクっぽいだろ……ああいうの」

「おやまぁ。いまどき、ネットくらいでオタクとか言わないよ普通。頭、昭和なんじゃないの？」

こんなふうに絡んでも滅多に乗ってこない、ただ両手を広げて受け流す。それが翔矢だ。

「家でじっと座ってる分には、ネットもアニメも一緒だ」

「違うって。けっこう便利なんだって。あんたも、これをきっかけにやってみたらどうよ」

「……何が、きっかけだよ」

雪乃はB5判の紙を一枚、バッグから出して広げた。自分でプリントアウトしたものだが、印字があるのは上端の二行だけだ。

「これ。このアドレスにアクセスして、仮契約してほしいの。ネットは繋ぎ放題、基本料金も回線使用料もナシ。あ、ええと……普通は基本料金てのがプランごとにあって」

「基本料金くらい説明されなくても分かる」

「あっそ。でも回線使用料っつーか、繋ぎっ放しで月いくら、ってかかるもんなの。それが全部タダになるし、ついでにね……」

雪乃は彼の興味を惹こうと、じっとその目を覗き込んだ。

「携帯まで、全部、タダになるんだよ」

「……え？」

果たして、翔矢は乗ってきた。

「携帯が、タダ？」

「うん」

雪乃はニッコリ笑ってみせた。

「基本料金も通話料もかからないの。これってチョーよくない？」

「じゃあ、ネットやっても携帯使っても、一円も払わなくていいってことか」

「そう、その通り。今さ、あたしはこれに登録しただけの状態なの。実際は、まだタダになってない。次に誰かを紹介して、その人が登録して仮契約になったら、あたしの本契約が始まるって仕組みなの。お分かり？」

「つまり、俺が登録すると、雪乃のネットと携帯が、タダになる」

「イエス。で、翔矢が次に誰かを登録させたら、翔矢がタダになるってわけ。オッケー？」

翔矢は眉をひそめた。

「……なんか、胡散臭くないか」

軽く、その肩を叩く。

「なぁに言ってんのよ。あんたの私生活の方がよっぽど胡散臭いっつーの。ねえ、いいじゃん、別に金かかるわけじゃないんだし。ネットやんないにしたって携帯がタダになるんだよ。番号だって登録んときに打ち込んどけば変わんないし、やんなきゃ損だよ」

「お前が得するだけなんじゃないのかよ」

「翔矢だって次を紹介すれば得するよ」

「でもなんか、胡散臭えぞ」

雪乃は口を尖らせた。

「大丈夫だよ。あたしに紹介してくれたのはあたしの従姉妹なんだけど、その子はあたしたちみたいんじゃなくて、もっと真面目で普通の子でさ」

「あたし『たち』ってなんだよ」

そこは、無視して続ける。

「マジでタダで使い放題なんだって。もう請求が一回きてるんだけど、それが見事に全部ゼロなんだってさ。ねえねえ、頼むよ。登録してくれよぉ」

「大丈夫かよ……大体、その契約させる方は何で儲けるんだよ。なんもかんもタダにしちまったら、全然儲からないじゃないか」

「それは……たぶん、ブログとかのページに、強制的に広告が入るんだよ……確か、そんなこと言ってた。その従姉妹が」

ウソ。そんなことは言ってない。

「俺やんないよ、ブログなんて」

「いいんだよ、やんなくたって。とにかくタダなんだから」

「マジかよ……」

だが、しばらく説得を続けると、渋々だが翔矢は登録することを承諾した。雪乃の作ったプリントを、じっと見つめる。

「……これ、携帯からでも登録できるのか」

「うん、できると思う。あたしは学校でやったけど。なんだったら、今やってみよっか」

「ん、ああ……まあ、いいけど」

小さな携帯電話のディスプレイ。二人は顔を寄せ合って覗き込み、【www.2mb.net】――ホームページアドレスを一文字一文字、確かめながら打ち込んでいった。

しばらくすると、待ち受け画面が消える。

「なんか、真っ黒だぜ」

「下に送って。ずーっと」

すると、長い長い暗闇の下から、仮登録を行うための書き込み欄が上がってくる。

「そこ。そこに、まず名前ね」

「見りゃ分かる」

「そりゃどーも」

彼が名前を入力する。宇野(うの)翔矢。

そして性別、生年月日、住所と続ける。

「電話は、携帯でいいか」

「んーん、家電。携帯はその下」

翔矢は言われた通り、チクチクと入力していく。その他に必要な情報も次々と打ち込む。

最後に、紹介者のＩＤと自分の希望するＩＤを入力する欄が残った。

「そこ、そこが大事よ。間違えないでね」

まず入力するのは雪乃の登録したＩＤ。yukino910。

「なんだ、この『910』って」

「キュート」

「ばっかじゃねぇの」

翔矢は笑いながら、雪乃のＩＤの次に自分の登録ＩＤを入力した。shouya-uno。

「やぁだ、なんかつまんなぁい」

「お前みたいなのはイヤだ」

「たとえばさ、『show-u-1』とかは？」

「は？『ショウ・ユー』はいいとしても、『1』ってなんだよ」

「イタリア語で『1』は『ウーノ』だよ」

「英語とごっちゃだろが。俺は普通でいい」

結局、翔矢のＩＤはそのまま、名前を示すローマ字で登録された。

「あーあ、つまんない奴……」

すぐに、雪乃の携帯が軽やかなポップスのメロディーを奏でる。

「あ、メール」

早速、二つ折りのそれを開き、来たばかりのメールを見る。

それはまさに今、翔矢が登録したことによって雪乃の本契約がスタートすることを告げる、プロバイダからの通知メールだった。

「やった。これであたしも今日から使い放題ぃ」

「……ふぅん」

翔矢は「どうでもいい」とでも言いたげに鼻息を吹いた。でも本当は、頭の中では、次に誰を登録させようか思案している。少なくとも雪乃には、そんなふうに見える。

すっかり冷たくなったカフェオレ。雪乃がわざと「彼と同じの」と頼んだそれを飲み干すと、しばし、会話は途切れた。

視線を下げると、翔矢の足元に東急ハンズの紙袋があるのが目に入った。この場に最後に登場した雪乃は、それを女の持ち物と思い込んでいたが、どうやら違ったらしい。

「ねえ。何それ」

雪乃が覗こうとすると、

「あ……なんでもねーよ」

翔矢は急に機嫌を悪くした。袋の取っ手を摑(つか)み、雪乃に見えない位置まで引きずる。それで雪乃にはピンときた。

「ああ、また盆栽(ぼんさい)か」

「盆栽じゃねえ。鉢植えの肥料だ」

この一点だけ、なぜか翔矢はムキになる。それが面白くて、雪乃はついからかってしまう。

「盆栽も鉢植えじゃん」

「鉢植えのすべてが盆栽じゃあない」

「ちなみにそれは、オタクっぽくはありませんの？　おほほ」

「梅と桜の区別もつかない女に説明するのは時間の無駄だ」

「女には花がつきものって考える方が古いんだよ」

我に返ったか、翔矢はらしい苦笑いをして見せた。

「……手厳しいね」

「お互いさま」

いつもの会話。でもちょっとずつ違うやり取り。翔矢との間にだけ成立する、言葉遊び。これってなんなのだろう。雪乃はときおり考える。恋愛感情ではない、何か。

翔矢は、どう思っているのだろう。

雪乃はからかいついでに、訊いてみたくなった。

「……ねえ。翔矢ってさ、中学んときから今まで、一度もあたしのこと口説いたことなかったよね。なんで？」

彼は余裕の笑みを浮かべた。

「なに。実は傷ついたりしちゃってたの」

雪乃は逆に翔矢の仕草をまね、両手を広げて「全然」と示した。別に意地を張っているわけではない。傷ついたりしていないし、実際、雪乃にそんな気はまったくない。ただ、翔矢が雪乃を思う気持ちと、雪乃が翔矢を思うそれとが同じなのではないか、ふとそう思ったから訊いただけだ。

翔矢が続ける。

「でも、お前だって俺に気がある素振り、全然見せなかったろ」

「うん。だって、そんな気ないもん」

「だったらなに」

「なに、ってなに。どうして口説かなかったか訊いてるだけっしょ」

彼は口を尖らせ、しばらく考えてから言った。

「どうしてって……まぁ、強いて言えば、お前はなんか、俺と似た感じがするから、かな。きっとエッチとかしても、近親相姦みたいで気分悪いかも」

雪乃はわざと吹き出してみせた。

「……かもね」

満足だった。充分、納得のいく答えだった。

翔矢は美形だ。特にこの一年で急激に、すれ違うだけで街いく女たちを振り返らせるほどの「華」を身につけた。本人もそれはよく分かっているようで、惜しげもなくその色香を周囲に振り撒く。また彼は、自分の魅力を曇らせるような仲間は作らない。だから徒党は組まない。一人で歩く。そんな姿勢は、雪乃のそれとまったく同じだ。

雪乃も自分のルックスには自信がある。顔は好みもあるだろうが、翔矢でさえ気が向けば褒めるくらいには美人だし、化粧だって服だって、髪の形や色だって、誰にも文句をつけさせないだけの研究や努力はしている。実際美醜に関して惨めな思いはしたことがないし、そのお陰でお金に不自由したこともない。

　そんな二人が、なぜ今まで求め合わなかったのか。

　答えは簡単だった。翔矢は翔矢が好きなのだ。雪乃が雪乃を一番好きなように。他の女は翔矢を一番好きになるし、男たちは雪乃を宝物のように、命以上のように扱ってくれる。だが、翔矢は雪乃を一番には思わない。翔矢が一番好きなのは翔矢だから。雪乃は翔矢を一番に思うようにはなれない。雪乃は雪乃が一番好きだから。

　結局、二人でいても鏡を見るような感覚に囚われるだけで、恋愛感情は成立しないだろう。妙に味気ない、ただガラスを舐めるようなセックスをするだけなのだろう。

　雪乃は立ち上がった。

「あたし、いくわ」

　翔矢はタバコを灰皿に潰しながら見上げた。

「……ああ、悪かったな。つまんないことに付き合わせて」

「いいえ。お陰であたしは本契約スタートだから、逆に助かったわ。翔矢も早く、どっかのOLにでも登録させちゃいな」

「ああ。考えとく」

「うん。じゃあね」

「おう、またな」

雪乃は伝票を取らずに席を立った。さっきの女が歩いていったのとは反対、テラスの前は通らずに店から離れる。

気分はすっきりしていた。

いつか翔矢と付き合ったりするのかもしれない。もう、これからはそんなことを考えなくて済む。さっぱりした関係でいられる。そのことが、なんだか嬉しい。性を超えた友情。多くの人が「ない」と否定するそれを手に入れたようで、雪乃はなんだか、自分が理想とする「カッコいい女」に一歩近づいたような、そんな気がしていた。

2

麻月和泉(あさつきいずみ)は通夜に参列していた。

亡くなったのは石塚尚美(いしづかなおみ)。十七歳になる娘・可奈子(かなこ)の友達で、高校一、二年と続けてクラスが一緒だった子だ。和泉の知る限り、尚美は可奈子の最も親しい級友だった。

可奈子の落胆は見るに忍びないほどだった。可奈子が尚美の死を知ったのは三日前。以来口数はめっきり減り、持ち前の明るさは見る影もなく消えた。こうやって葬列に加わっている現在もなお、可奈子の周囲だけ、極端に色を失ったように見える。一人だけ、モノトーンのフレームにはまり込んでしまったかのようだ。

通夜は尚美の家の近く、葬儀社のセレモニーホールで行われている。外はあいにくの、冷たい霧雨。和泉と可奈子はなんとか入り口のテント下に入ったが、まだ後ろの方は傘を差したまま、じりじりと列が進むのを待っている。

和泉は、可奈子の肩をつついてから指差した。

「……それ、読んだ？」

この葬儀はいわゆる仏式ではなく、おそらく石塚家が代々そうなのであろう神式で、どうやら焼香はせずに「玉串」というものを霊前に置くらしい。その後に二礼、音を立てないで二拍手、そしてまた一礼。

一般に馴染みのない形式だからだろう、所々に説明書きが貼り出されている。和泉はそれを「読んだか」と訊いたのだが、可奈子は黙ったまま、ほんの小さく頷くだけだった。

子供が高校生にもなると、級友が亡くなっても親はあまりこういう場には出てこないものなのかもしれない。前を見ても後ろを見ても、可奈子と同じ年頃の子は友達ときている。

だからといって、これはどうだろう。

若さ故の不躾か、子供特有の残酷さか。およそ大人の葬儀では考えられないような故人の噂話が飛び交っている。

「なんか尚美、丸山(まるやま)にコクってシカトされて、そんで自殺したらしいよ」

「マジ？　チョー怖ぁい」

「きもォーい」

「お陰で丸山、チョービビってバックレてんだって」

「いやぁーん、たたるぅーっ」

和泉にはよく意味が分からないのだが、不謹慎な会話であることに間違いはない。しかも、「ねえねえ」と口火を切るのは決まって女の子で、男の子も会話の輪の近くにはいるのだが、一緒になって「マジマジ？」とやるのは稀(まれ)だった。だからといって、一概に女子生徒のモラルが低いとも言いきれない。見回した限り、男子の方が人数は少ないようだから。

　できることなら、我が子にこんな話は聞かせたくない。

　そう思って隣を見ると、可奈子は相変わらず灰色の気をまとったまま一人、別世界の住人になってしまっていた。おそらく聞こえてはいないのだろうし、たとえ聞こえていたとしても、一々反応できる精神状態にはないようだった。

　この様子から察するに、どうやら可奈子は、和泉が思うより遥(はる)かに尚美と仲がよかったようである。確かに友人の死はショックな出来事だし、そもそも可奈子の級友が亡くなるなどこれが初めてなのだから、見たこともない落胆を見せるのも不思議なことではない。

しかし、だからといって、この様子は尋常ではない。食事もほとんど摂らず、「おはよう」「いってきます」の挨拶もない。昨日も今日も学校にはちゃんといったのだが、よくこんな調子で無事帰ってこられたものだと思う。

「ほら、ちゃんと足元見て」

列が少し進み、一段上がる。ともすると可奈子は段に気づかず転んでしまいそうで、和泉は思わずその腕を取った。たぶん普段の可奈子なら、すかさず「大丈夫、ありがとう」と言うだろう。だが今は、和泉に肘を掴まれている、そのことにすら気づいていないようで、ただじっと、少し雨水の染みたパンチカーペットに視線を落としている。

優しいのだ。可奈子は。

和泉は溜め息が出るほど心配をする一方で、友人の死にこれほどまでに打ちひしがれる我が子を、少しだけ誇らしく思った。少なくとも、葬儀の場で故人の噂話に花を咲かせる子たちよりは、数段いい。

小一時間待たされ、二人はようやく斎場の入り口に立った。中は思いのほかせまい。玉串を置く台、説明書きには「案」とあるが、その先に遺族が十数人、左右に別れて座っているだけだ。

喪主であろう父親の隣、右列手前から二番目に尚美の母親が座っている。彼女とは父母会やその他の行事で数回顔を合わせた程度で、特に個人的な付き合いがあったわけではない。だが娘の親しい友達の母親なのだから、どんな人だろうくらいの興味は持っていたし、会釈以上の挨拶もした。

そのときの彼女は、清潔で嫌味のない女性という印象だった。歳の頃は和泉と変わらない四十代半ば、もしかしたらもう少し下か、という感じだった。だが今は、まるで六十を大きく過ぎたかのように見える。

たくさん泣いたのだと思う。今の自分には、想像もできないくらい。

可奈子と同じ歳の娘を突然亡くしたのだ。当然だ。今の彼女には生気の欠片も見られず、もはや涙も涸れたのだろう、ただ抜け殻のように呆然と、ゆるく参列者に頭を下げ続けている。

ふと、顔を上げた彼女と目が合った。和泉の姿を認め、次に隣の可奈子を見た。するとその表情は、一瞬だけ温かい陽光を浴びたように明るくなり、だがすぐに唇が震え出し、頬が歪み、やがて泣き顔になった。膝に持っていた白いハンカチで顔を隠す。その様子の一つひとつが他人事ではなく、和泉の胸を抉った。

今、彼女の目にはこの葬儀がどんなふうに映っているのだろう。スピーカーで繰り返し流される娘の経歴を、彼女はどんな気持ちで聞いているのだろう。タチの悪い悪戯か、気まぐれな悪夢か、それとも二時間ドラマのワンシーンか。

やがてこの葬儀が終わり、家に帰ったら——。

ついこの前まで娘のいた部屋、リビング、あるいは窓の外の庭に、彼女は一体何を見るのだろう。子供の頃の尚美か。それよりもっと前の、よちよち歩きの尚美か。それとも一番最近共に過ごした、休日の尚美か。

尚美は自殺したという噂だ。さっきの不謹慎な会話の中にも、そんな内容のことが含まれていた。

なぜ尚美は自殺したのか。その理由を和泉は知らない。どうやって死んだのかも詳しくは聞いていない。母親である彼女は、娘の自殺の原因を知っているのだろうか。娘の最期を、その目で見てしまったのだろうか。それ以前に彼女は、尚美に救いの手を伸べたのだろうか。伸べただろう。だが届かなかったのだろう。そうだとしたら、責めているだろう。自分を責めているだろう。なんの役にも立たない、駄目な母親だと。

もっと早く相談に乗ってやればよかった。出る場所があるなら子供の歳など気にせずしゃしゃり出ればよかった。頭を下げて済むなら土下座でもなんでもすればよかった。金で済むなら出してやればよかった。許しがほしいならそうしてやればよかった。だが彼女は、そうはしなかった。いや、できなかったのかもしれないし、娘の欲するものを知ることすらなかったのかもしれない。

まさか、こんなことになるなんて、思ってもいなかったに違いない。

だがこれで、しばらくは和泉も、このようなことが現実に起こり得るのだという不安を抱えて過ごすことになるだろう。嫌な考えではあるが、それを呑み込んで愛情に転化させていくしかない。尚美の死に何かしらの意味を求めるとすれば、今の和泉にはそれくらいしか思いつかない。

和泉たちに順番が回ってきた。神官に玉串——葉の緑がしっかりと濃い榊の枝に、細長い白い紙を括ったものを渡される。その玉串を時計回りに反転させ、元を祭壇に向けて案に置く。そして二礼、二拍手、一礼。和泉も可奈子も、なんとか案内にある通りやり遂げた。

顔を上げたとき、まだ尚美の母親は顔を隠したままだった。父親と弟だろう学生服の少年と、親族たちの礼を受けて案の前を離れる。

親戚や親しい近所の人なら一席呼ばれていくのだろうが、和泉たちは遠慮し、そのまま帰路についた。

セレモニーホールを出たところで、可奈子に訊いてみた。

「カナ、疲れたでしょ。電車やめて、タクシーにしようか」

可奈子が通っているのは比較的有名な私立高校で、生徒たちの住まいはかなりの広範囲に散らばっている。遠い子なら鎌倉から、学校のある渋谷まで通ってくるという。実際ここは八王子で、自宅のある小石川までは、電車ならなんだかんだで一時間半はかかる。
タクシーの方が早いのか、遅いのか。運転のできない和泉にはよく分からないが、その運賃が馬鹿にならないことくらいは想像がつく。だが幸いにして、今日はまだ財布に四万円以上入っている。これだけあれば足りないことはないだろう。何より、このどっぷりと落ち込んだ可奈子を連れて歩くのは、えらく難儀に思えた。

「……いいよ。もったいない」

可奈子は、季節はずれの蚊が鳴くような声で漏らした。

「だって、ママ心配よ。そんなにフラフラしてるんじゃ。ね？　タクシーにしちゃおう」

「何が……心配なの」

そう訊かれ、和泉は改めて、自分の心を覗き込んだ。

正直、今の可奈子を駅のホームに立たせるのは怖い。別に尚美は線路に飛び込んだわけではないだろうが、後追い自殺というものがある。続く者は、これといった理由もないのにフラフラと命を絶つという。そんなことは考えたくもない。

今は一切の危険要素を、たとえそれが砂粒一つほどに小さなものでも、可奈子と自分の周りから排除したい。できることなら車の多い大通り沿いは歩きたくないし、階段の上り下りもさせたくない。暗い道もなるべくなら避けたい。

そんなことを思っていたら、可奈子の方が口を開いた。

「大丈夫だよ。落っこちたりしないから」

ふいに大きく、鼓動(こどう)が鳴った。

「べ、別にママ、そんなこと、思ってないわよ……やあね」

冷静に考えれば、可奈子は「線路に落ちる」とは言っていないと分かる。だが和泉は、そのひと言にひどく動揺した。まるで尚美の死と可奈子を結びつけて考えていたことを、見透かされたようで怖かった。

可奈子は、気丈にも微笑(ほほえ)んでみせた。

「……電車でいい。しっかり歩くよ。その方が、きっと早いし」

痛々しい、弱りきった上の無理矢理な笑み。

それ以上は和泉も、強くタクシーを勧めはしなかった。

茗荷谷(みょうがだに)駅を出て、自宅までは十分以上歩く。街灯が少ない薄暗い通りをいくことになるが、ともなって車の通りも少ないので気は楽だった。何より今の和泉には、この静けさがありがたい。時として街の喧騒(けんそう)は、静寂よりも孤独を増幅させる。今まさに、可奈子がそんな気分なのではないか、と思うからだ。

可奈子は、また口数を減らしていた。

夫である浩太郎(こうたろう)の帰りはいつも遅い。どうせ家に帰っても二人きりだ、どこかで食べて帰ろうか、と提案してもかぶりを振って乗ってこない。だったらカナの好きなフィッシュバーガーでも買って帰ろうか、と誘ってもいらない、食欲がないという。

　だが、不思議なことに尚美についてだと、つらいはずなのにほんの少し口を開いたりする。

「明日は学校休んだ方がいいわね。そんなに調子悪いんじゃ」

「……んーん。明日は、告別式、出るから」

　驚いた。告別式なんて、考えてもいなかった。

「ちょっと、告別式って、だって、それはお昼だから、他の子は誰もいかないのよ。学校休んでいくの？」

　うん、と可奈子は頷く。

「私が送ってあげなくて、誰が送ってあげるの……」

　親御さんだって、親戚の方たちだっているでしょう。

　そう思いはしたが、言わずにおいた。学校を一日休むくらいは別にどうということではないし、むしろそれで可奈子に踏ん切りがつくのなら、そうさせた方がいいような気もする。

「そう……じゃあママも、一緒にいくわね」

　可奈子は言葉にせず、ただ「すみません」とでも言うように首を前に出して頷いた。いつもだったら、「ありがとう」と言うべきところなのに。

そしてまた、可奈子は黙ってしまった。

もう雨は上がっている。見上げると雲が切れていたので、明日は晴れるだろうと言ってみたが、応えはなかった。ずいぶんと冷えてきたから、もっと暖かいパジャマを出さなきゃね、とも言ってみたが、無視。やがて和泉も話題を探すのに疲れ、黙ることを自らに許した。

二人で、ただ静かに歩く。白い息が肩越し、後ろに流れては消えていく。可奈子の息遣いが少し荒いのは歩き疲れたせいか。いや、可奈子は歩きには強いはずだ。ここだって毎日往復している道に過ぎない。

やっぱり、なんか変だ、この子。

そう思って初めて、和泉は可奈子の横顔をまじまじと見た。すると、なんだかその表情に、得体の知れない暗い影が落ちているように見えた。いや、気づいたのだ。今までも見ていたのに気づかなかった、だが今になって気づいたのだ。

この子は、もしかしたら、ただ悲しいだけじゃないのかもしれない。

単純に尚美を亡くして悲しいのなら、あの親族たち、激しいものなら尚美の母親のような顔になるはず。だが可奈子のそれは違う。悲しみではない何か、そう、たとえば、怯え。そんなものが目の周りに貼りついて見える。

まさか、本当に死にたいなんて思ってるんじゃ――。

襟元から忍び込んだ風のように、突如、冷たい不安が胸に広がった。和泉は堪らず可奈子の前に回り込み、その両肩を摑んだ。

「……ねえカナ、ちょっと聞いて。あなたがね、尚美ちゃんのことを大切に思ってた、大事な友達だったってのは、ママにもよく分かるの。急なことだったから、ショックなのは当たり前だと思う。でもね、そんなふうにしてたら、今度はカナの方が参っちゃうわよ。ママはね、別に他の子みたいに、平気でヘラヘラしろなんて言うんじゃないの。あなたのその悲しみは、優しい気持ちの表われなんだから、ママは誇りに思う。でもね、それじゃいくらなんでも、カナが駄目になっちゃうよ。ねえ、カナ……」

本題はここからだ。

あなたは一体、何にそんなに怯えているの。

だが、和泉がそれを問うより先に、

「……うっ」

可奈子は嗚咽を漏らし、固く目を閉じてその場に崩れた。

「カナ」

和泉もその場に膝をつく。

「ママ……私……」

「うん。なに？」

「たぶん、尚美のお母さんとかは、尚美が、どうして自殺なんてしたのか、知らないと思う……でも、私は知ってる」

「えっ……」

ナイフの刃が、音もなく背中に一本、真っ直ぐに傷を描く——。

尚美の母親が知らない自殺の理由を、友達である可奈子が知っている。娘の友達が知っているのに、母親が知らないこと、それが原因で、娘が自ら命を絶つ。

それは我が身に置き換えると、とても平静ではいられないことだった。友達の間では公然の秘密のように語られる事柄が、親の耳には入ってこない。そんなことが原因でもし可奈子の身に危険が及んだら、その悲しみは、十倍にも二十倍にも膨らむことだろう。

「……それって、丸山君ていう男の子と、関係あるの？」

可奈子は驚いたように顔を上げた。

「ママ、どうしてそんなこと知ってるの」

どうやら葬儀場での、あの女の子たちの不謹慎な会話は、可奈子の耳には入っていなかったようだ。

「うん。ちょっと、さっきそんなこと、言ってる子がいたから」

すると可奈子は、さらに絶望を深めたように固く目を閉じた。

喋れなくなるほど、唇を震わせて泣き始める。

「カナ……」

現時点で和泉に想像できるのは、つまりあの女の子たちが言っていたような恋の顚末、尚美が丸山少年にふられて、それを苦にして自殺した、そんな短絡的な構図だ。だが、本当にそうなのだろうか。そうだとしたら、可奈子は一体何に怯えているのだろうか。

和泉は地べたに小さくうずくまる我が子を包み込んだ。

ほんの少しブリーチして色を抜いた、だが艶やかで真っ直ぐな髪。天辺に頰を寄せると、分け目の地肌が温かい。

制服の上に着たダッフルコート、それごと抱きしめると腕には余るが、上背はまだ和泉の方がある。手に力を込めると、可奈子は体を預けてきた。

守りたい。

今この子が何に怯え、泣いているのかは分からない。切ない恋の末、命を絶った親友のためか。それとも、それを親友の母親に告げるべきか否かの葛藤か。確かな判断はつかない。でも、守りたいと思う。この子が何かに怯えるなら、それを排除してやりたいと思う。この手で薙ぎ払いたいと思う。この子の、この輝かしい命がある限り。

しかし、

「ママ……」

可奈子が嗚咽と共に漏らす。和泉に包まれていても、その怯えは一向に去ってはいかないようだった。

「なに？」

髪を撫（な）でてやると、体にぎゅっと力を込める。

「ママ……尚美が、尚美が自殺したのは……私の、私のせいなの」

そして、わっと泣き出した。

尚美の自殺の原因は、可奈子――。

それからもしばらく、二人は暗い、冷たい歩道に、抱き合ったまましゃがみ込んでいた。

3

宣言通り、可奈子は告別式にも参列した。火葬場では、お骨が焼きあがるまで尚美の母親と抱き合って泣き続けた。だが特に、彼女に何か重大な告白をした様子はなかった。

葬儀場からの帰り際、駆け寄ってきた尚美の母親は、黒いハンドバッグから一枚のハンカチを取り出した。『バラクラ』の、紫の花柄。それは、可奈子が尚美の誕生日プレゼントに贈ったものではなかったか。

「……これね、尚美、一番好きだったの。とっても大切にしてたの。一緒に、焼いてあげようかと思って、持ってきたんだけど、でも、どうしても、できなくて……あの子の、涙とか、手とかを、拭いたこれ、私、どうしても、できなくて……だからね、可奈子ちゃん。これ、もらってやって。あなたからのプレゼントだっていうのは、知ってるのよ。だから、お返しするって意味じゃなくてね、尚美が、大切にしていたものとして、可奈子ちゃんにね、また、もらってほしいの。ね、可奈子ちゃん、尚美のこと、友達だって、思ってやってよ……忘れないでいてやって、ちょうだいよ……」

可奈子は受け取り、それに彼女の涙をそっと含ませた。

彼女は何度も何度も、ありがとう、忘れないでいてやってと、可奈子に繰り返した。

その翌日からは平常通り学校に行き始め、もう六日も経つが、可奈子の怯えは収まるどころか、むしろその度を増していくようにすら見えた。

十一月も最終週。部活やアルバイトをしていない可奈子は、今日も五時頃に帰宅している。そのまま部屋にこもり、夕飯に呼ぶまでは顔も合わせなかった。このところは和泉も可奈子のこの様子を持て余しており、腫れ物にさわるように扱う以外なす術のない状態だ。

遅く帰宅した夫、浩太郎にも相談はしたが、

「放っとけよ。ひと月もすればケロッとするだろ」

まるで他人事、一緒になって心配などしてはくれない。その心根には「可奈子が死んだ

わけでも、怪我をしたわけでもないだろ」というのがあるようだった。

ただ、それも致し方ないことではある。朝早く出かけ夜遅く帰る浩太郎は、可奈子とはほとんどすれ違いの毎日を送っている。勤め先は住宅機器メーカーで、先週末は展示会があるとかで休日出勤していた。たぶん、可奈子とはもう半月も顔を合わせていない。

そもそも休日にわずかばかり一緒にいたところで、可奈子の変化に気づけるかどうかは疑問だ。夫不在の家庭、娘と二人きりで過ごす母親だからこそ、自分は可奈子の変化に気づけるのだと思う。いや、逆に夫がもっと家にいたり、他に兄弟姉妹がいれば紛れる類いのことなのかもしれない。だとしたら、むしろ非は和泉にあるのか。

一応、食事に呼べば可奈子は下りてくる。ダイニングキッチンで、今日はスパゲティ・カルボナーラを食べた。「足りないからおかわり」と言ってくれることを期待して少なめに盛りつけたが、それでも少し残されてしまった。デザートに林檎のコンポートとアップルティーはどうかと誘ったが、遠慮されてしまった。

こうなると、さすがに見た目にも変化が現われてくる。

「カナ、ちょっと……痩せたんじゃない？」

和泉がさも悲しげに言ってみせても、

「三キロ」

可奈子は目も見ずに答えるだけ。和泉の目には五キロも十キロも痩せたように見えるが、即答するのだからヘルスメーターにくらいは乗っているのだろう。

「ご馳走さま」

そしてテレビも見ず、また二階の自室に上がってしまう。結局、リビングに残された和泉は一人、十分も見れば犯人が分かるような二時間サスペンスを見るともなしに見始めた。

浩太郎は今朝から静岡に出張なので帰りは待たなくていい。可奈子のあとに風呂に入り、お弁当の都合もあるので明日の分の米を研ぎ、電子ジャーのタイマーをセットし、さて寝ようかと思って時計を見ると零時を五分過ぎていた。

電話が鳴ったのはそのときだ。

「はい、麻月でございます」

こんな時間に誰だろうと思っていると、

『あ、おばちゃん？　カコケータイ電源切ってんでしょーッ。ずっと繋がんないけどナニやってんのよーッ』

いきなりの早口が聞こえた。

雪乃だった。

川原雪乃は浩太郎の亡くなった妹の子、つまり可奈子の数少ない従姉妹の一人である。同い歳というのもあり、中でも一番仲がいい。ちなみに「カコ」とは、雪乃がまだ「カナコ」と発音できなかった幼少期からの、可奈子に対する愛称である。

「雪乃ちゃん……」

和泉は声をひそめた。

この通り、雪乃は騒がしい女の子だ。こんな時間にかけてくるのだから、きっと「今夜そっちに泊まる」と言い出すに決まっている。だが雪乃のノリは、今の可奈子にはきつ過ぎる。なんとか断らなければならない。

「あのね、可奈子は今、ちょっとね……」

『エエーッ、ナァニーッ？　聞こえなァーい』

雪乃の声の後ろには大音量の音楽が流れている。和泉は受話器の口を囲い、唇をつけるようにして喋った。

「あのねえ、可奈子は今、ちょっと落ち込んでるのッ」

『へーッ。なんでェーッ』

なぜそれを今、説明しなければならない――。

だが、説明しなければ雪乃は電話を切らない、そんなことは長い付き合いだから分かっている。和泉は長くならないように言葉を選び、分かりやすいよう区切って伝えた。

「友達が、急に、亡くなったのッ」

『エエーッ、どーしてェーッ』

「どうしてって、そんな」

『マァージ、チョーエンギわりィーッ』

縁起悪いって、そういう言い方はないだろう。

いや、このまま雪乃のペースに乗せられてはいけない。とにかく、今夜は駄目だと断らなければならない。しかし、

『分かったァーッ。あたしが慰めにいってやるよーッ』

雪乃は、和泉の思い通りになどなる子ではない。

「違うのよ……あのね、そうじゃなくて」

『なんか甘いモンでも買ってくから、寝ないで待っててねーッ』

「いや、ダメよ、雪乃ちゃん」

『今お台場だから、一時間くらいでいくよーッ』

一時間したら、もう夜中の一時過ぎだ。

「いま何時だと思ってるのよ雪乃ちゃん」

『じゃーねーッ』

「ダメッ」

『バイバイッ』

「あっ……」

それで、電話は切られてしまった。

くるとと言われれば寝てしまうわけにもいかない。寝室に入ってチャイムが聞こえなかったら可哀想だから、一応はリビングのソファで待つ。

雪乃がきたらなんとかこの一階で黙らせて、今夜なら浩太郎のベッドに寝かせてしまえばいい。「おじさんのベッドじゃイヤ」などとは言わせない。贅沢を言うなら実家のある川口に帰れ。いや、たぶんそうは、和泉には言えないのだけれど。

深夜、一人きりのリビング。わけもなくテンションの高い深夜番組は見る気になれず、かといってするべき家事もない和泉は読みかけの小説を読んでいたのだが、目が疲れ、知らぬまにうたた寝をしていたらしい。その和泉を眠りから引きずり戻したのは、他でもない雪乃がドアを乱打する音と、

「開っけろーッ、とぉうりゃーーッ」

ご近所が警察に通報しかねない大声だった。

「……あの子は、もうっ」

和泉は飛び起き、肩を怒らせて玄関に向かった。横目で見た時計は二時を回っている。ちっとも一時間ではない。

「コラァァァーッ」

「今、いま開けるから静かにしてッ」

まるでタチの悪い酔っ払いだが、ロックを外しドアを開けると、

「……よ、おばちゃん。邪魔するよ」

入ってきた雪乃は至ってしらふのようだった。

白い合皮のジャケットと同質のスリムパンツ。黒いTシャツのおどろおどろしいプリントは、詰めものをした胸に押し上げられて大きく膨らんでいる。よくこんな恰好で寒くないものだ。

「ちょっと、雪乃ちゃんねえ」

まだ閉まり切らないドア口に、紫色のスポーツカーが走り去るのが見えた。ここまではボーイフレンドにでも送らせたか。

雪乃はショートブーツを脱ぐなり、二階への階段を上り始めた。

「こらカコ起きろォーッ。寿司買ってきたぞォーッ」

段板を乱暴に踏み鳴らし、白いレジ袋を戦利品のように高く差し上げる。その中ほどで、なんの騒ぎかと可奈子がドア口に顔を覗かせた。途端目を見開き、すかさず引っ込んでドアを閉めようとする。が、

「あ、待て」

雪乃は残りの階段を二、三段飛ばして上がりきり、ドアを蹴って押し入った。

すぐに室内が明るくなる。

「カァーコちゃん」

雪乃は何を始めたのか、

「うっ、ううーっ……」

可奈子の苦しげな声が聞こえた。

和泉が二階に上がって部屋を覗くと、ベッドで布団にくるまった可奈子に、雪乃が馬乗りになっている。手に何か持っている。雪乃はもう一方の手で布団を捲り、可奈子に顔を近づける。何やらあやしい雰囲気だ。

雪乃が「んー」とくぐもった声を漏らす。

可奈子はじっと耐えている。

相手にされない雪乃が、可奈子を揺さぶる。

可奈子の体がビクンと跳ねる。

さらに雪乃が「んー」顔を近づける。

「……ン、んわぁーッ」

突如可奈子が跳ね起き、雪乃は捲れ上がった布団と共に床に転げ落ちた。その口には巻き寿司が咥えられている。

「……く、くっさ」

可奈子が泣きそうな顔で鼻を押さえる。どうやら、雪乃に大嫌いな納豆巻き(なっとうま)を口移しされそうになったらしい。

「……なんだ。案外……元気そうじゃん」

納豆巻きを咀嚼(そしゃく)しながら、雪乃が体を起こす。

「ふんッ」

可奈子がまた布団をかぶる。

雪乃は素早く座り直す。

「あっそう。あたしがきたってのに、カコはそういう態度とるの。あっそう、分かった。そういう無礼者には、必殺技出しちゃうぞ。出しちゃうからね。いいの？　必殺技、出しちゃってもいいの？」

可奈子は応えない。

雪乃はレジ袋から、また別の何かを取り出した。床でパックのフタを開け、ひとつかみ口に運び、また可奈子に跨(また)がる。

和泉が首を伸ばしてパッケージを覗くと、それは「小分け蕎麦(そば)」なる商品だった。

あ、ダメ、それはさすがに——。

しかし、もうそのときには、

「んー……」

また雪乃は、可奈子に口移ししようとしていた。

「ちょっと雪乃ちゃん」

だが和泉が引き剝がすより早く、

「いッ、キャァァーッ」

また可奈子が飛び起き、今度は弾き飛ばされた雪乃と共に、和泉まで床に転げた。

顔を上げたとき、可奈子はもうベッドに立ち上がっていた。

「じょ、冗談にも、ほどがあるよッ。私が、蕎麦アレルギーだって、知ってるじゃない。ひどい、ひどいよ雪乃ちゃんッ」

するとまた体を起こし、雪乃は蕎麦を飲み込んでから、

「……上等だよ。やるか根暗女」

中指を立てた。

「きぃーッ」

そこからはもうただの摑み合い。まさに子供の喧嘩だ。

和泉は納豆巻きと小分け蕎麦の残りを持ち、早々に廊下へと退避した。

こうなったらもう和泉には止められない。二人の喧嘩は小さな頃から何十回と見てきたが、さすがに十七歳になった二人を押さえ込む力は、自分にはない。

だが、端から見ている分にはなかなか面白い。喧嘩の内容が、子供の頃とまったく変わ

っていないからだ。

泣いて力任せに掴み掛かり、押さえ込もうとするのが可奈子。身長は大して変わらないが、四肢がしっかりしている分、腕力では分がある。しかし、それをヘラヘラ笑いながら、あるいは挑発しながら捌(さば)くのが雪乃。足を払ったり、わざと力を抜いて相手の体勢を崩すのが妙に上手(うま)い。

そして一進一退の攻防がいき着く先も同じ。可奈子は可奈子で体力を使い果たし、雪乃は雪乃で逃げ場がなくなってくる。やがて部屋の隅、亀のように丸くなった雪乃が、

「分かった分かった、参ったよ、カコ」

まるで年下の子供を宥(なだ)めるように降参する。その背中を号泣する可奈子がぺちぺちと力なく叩く。果たして今夜も、まったくその通りの展開になった。

「うっ……うぐ」

可奈子が手を止める。雪乃がのっそりと顔を上げる。

「どうしたのぉ、カコぉ」

そっと可奈子の手を引く。

「雪乃ちゃん……」

二人が部屋の隅で抱き合う。収まりかけた可奈子の泣き声がまた大きくなる。雪乃は胸に抱いた可奈子の顔を覗き込み、何事か問いかける。ときには耳も貸す。可奈子の泣き声

で内容は分からないが、二人の間にはそれなりに会話が成り立っているようだった。

可奈子の泣き声が小さくなっていく。やがて雪乃の胸から起き上がり、正座で向き合う。

会話は続いている。

うん、と可奈子が頷く。

雪乃が何事か諭す。

「……で……しょ？」

「……うん」

「……の？……しょ……だよ」

「……うん。うん」

可奈子の頷きが徐々にしっかりしてくる。

「……った？ 分かった？ 分かったよね？」

「うん。うん」

「うん、よし。もう大丈夫」

雪乃が可奈子の両肩を叩く。

改めて抱擁を交わし、やがて可奈子が和泉を振り返る。

「……んもぉ。雪乃ちゃんと、話してると……なんか、真面目に悩むの、馬鹿らしくなっちゃうよ」

その頬には照れか、微かに笑みが戻っていた。

雪乃が「シャワー浴びたい」と言うと、可奈子は「私も」と手を挙げた。雪乃は嫌がるかと思ったが、「うん。じゃ一緒に入ろ」と、二人は仲よく下着とパジャマを持って下りていった。残された和泉は仕方なく、二人が滅茶苦茶にした部屋の掃除を始めた。

爆撃にでも遭ったような八畳間。ベッドは雪乃がしがみついて引っぱったからか、壁から斜めに離れている。もちろん布団はグチャグチャ。その足元の壁にあるポスター、可奈子が最近気に入っているアイドルグループ『ＪＪ』のそれは無惨にも破けている。専用ラックにあるパソコンのモニターはそっぽを向いている。果たして、配線は無事なのだろうか。

机の上には何もない。すべて床に払い落とされている。唯一無事だったのはクローゼットの中身か。たまたま閉まっていたからよかったようなものの、あの二人が雪崩込んだら一体何着引き千切られたか分かったものではない。開けて見ると、ちゃんと制服も入っていた。これが無事だったのは何よりの救いだ。

だが、たとえ制服が破けたとしても、可奈子は言うだろう。

「しょうがないよ。相手が雪乃ちゃんじゃ」

そう。可奈子にとって雪乃は、一種特別な存在なのだ。

和泉は最後に、雪乃の荷物を拾い上げた。

大した物は入っていないらしく、肩提げの大きなバッグなのにやけに軽い。その「あるはずの重みがない」ことが、何か彼女の心の内を表わしているように感じ、和泉は少し、雪乃が不憫になった。

雪乃は決して、家庭に恵まれた子供ではない。

七つのときに母親を亡くしている。浩太郎の妹、典子だ。典子は今の雪乃ほど派手ではなかったが、性格はよく似ていて天真爛漫という言葉がぴったりの人だった。和泉は結婚前、浩太郎に典子を紹介され、すぐその場で打ち解けたのを覚えている。

楽しい人だった。自由な女だった。和泉が持っていないものをたくさん持っている人だった。歳は一つ上だったから、和泉は浩太郎と結婚しても「姉さんなんて呼ばないでね」と釘を刺したりもした。典子はそれを守り、和泉を「和泉ちゃん」と呼んだ。互いに子供を持ってからは「和泉さん」「典子さん」と呼び合うようになったが。

典子が死んだのはその夫、雪乃の父親に原因があると、和泉も浩太郎も思っている。川原雄介。彼は決して赦すことのできない男だ。

雄介は典子の他に女を作った。典子はそのことで思い悩み、和泉によく相談の電話をかけてよこした。そんなことが一、二年続き、典子は交通事故を起こし、この世を去った。

少し酒を飲んで運転していたのだが、行政解剖では酩酊するほどの摂取量ではなかったはずと結論づけられた。あとで分かったことだが、典子が飲んだのはグラスビール、たった一杯だったらしい。酒に強い典子がその程度で運転を誤るはずがない。典子は雄介のことで滅入っていた。ビールはちょっとした引き金にはなったのかもしれないが、運転から典子の意識を奪ったのは雄介の女性問題だ。和泉も浩太郎も、そう確信している。

さらに雄介は典子の死後、一年もせずにその浮気相手と再婚した。決して感じの悪い女性ではなかったが、典子のことがあるのでどうしても普通には付き合えない。雪乃の拒絶反応はさらに顕著で、典子とよりも長い年月を過ごしてなお、彼女を「お母さん」と呼んだことはないという。それ以前に、雄介を「お父さん」とも呼ばなくなったらしいが。

そんなこんなで、雪乃は世間でいうところの「不良少女」になっていった。家には滅多に帰らず、男女を問わず友達の家を転々として過ごしているらしい。直接聞いたわけではないが、可奈子の話からすると援助交際じみたことまでしているようだ。

だが、それでも可奈子と接する雪乃は、「小さな頃の雪乃」のままだった。

典子譲りのはっきりした目鼻立ちは、誰が見ても「美人」と呼ぶに相応しい顔を作り上げていたし、膝がどこにあるのかも分からない真っ直ぐな脚は、可奈子を含め、同年代の少女には憧れの的だという。それを、街いく男たちがどんな目で見るのかと考えると虫唾が走るが、とにかく雪乃は「今どきの十代」の最先端をいくような女の子に成長した。

それでも、和泉は雪乃を「不良少女」と蔑むことができない。和泉にとっても、雪乃は雪乃なのだ。三歳のときも、七歳のときも、十歳のときも、そして今現在も「元気で活発な雪乃ちゃん」なのだ。

「……はぁ、気持ちよかった。ねぇーっ」

風呂からあがり、勝手に冷蔵庫からミネラルウォーターを出す雪乃は、化粧を落としたせいかさらに身近に感じられる。きっと、テレビで見る過激な女子高生たちも、面と向かえば案外こんなものなのかもしれない、と思う。

「ちゃんとコップで飲みなさい」

「はぁーい」

注意できることであれば、和泉は遠慮なく雪乃にそうする。本気で怒ったのも一度や二度ではない。それで雪乃の生活がまともになったかといえば、そんなことは決してないのだが、少なくともその場では「ごめんなさい」としょげてみせる。和泉はそんな雪乃をまだ可愛いと思えるし、他所（よそ）で何をしているのかは知らないが、心のどこかでは許してもいる。それはあくまでも、自分の子ではないからに過ぎないのだが。

「カコ、あした学校？」

「うん。当たり前でしょ、金曜日だもん」

「じゃ早く寝なきゃダメじゃん。もう三時半だよ」

「雪乃ちゃんが起こしたんじゃない。よく言うよ」

そして二人は声を揃え、「おやすみなさーい」と二階に上がっていった。

雪乃によってもたらされた、激しくも温かい、優しい夜の出来事。

和泉もなんだか、最後は笑うしかなかった。

4

喜多川光芳は四畳半の自室で、今さっき宅配便で届いたばかりの荷物を開けていた。

「お、おお……すっげ。カッけえ……」

ダンボール箱から出てきたのは純白の特攻服。光芳のアイドル、Ｖシネマの帝王・竹ノ内力也が、彼の出世作『仁義の帝王』で着ていた衣装のレプリカだ。

早速ジャージを脱ぎ、袖を通してみる。白は迷いのない男の生き様、左袖にある「仁義」の赤い縫い取りは、男が命に替えてでも守らねばならないもの、を表わしている。

「おお……おお……」

光芳は自分を抱きしめた。

強いて難を言えば、小柄な光芳にはややオーバーサイズではあるが、そこはネットオークションで落札した品、不服はない。上着はともかく、ズボンの裾は自分で縫い直せばいい。それくらいの手間は惜しまない。

とにかく全身を見てみたい。だがここに姿見はない。下にいけばあるが、母親にこの姿を見られたくはない。そうなったら一巻の終わり。脱がされて取り上げられるに決まっている。それは避けたい。この二階の部屋でこっそり見たい。

試しにカーテンを開けてみる。古ぼけた木枠の窓の向こうはモルタルの剝がれた隣家の外壁、弛(たる)んだ電線、緑に鈍った街灯の明かり。見れば気の滅入る、自分の育った環境と現実。

「違うんだよな……イメージじゃないんだよなぁ」

肝心の立ち姿はというと、妙にくっきりと蛍光灯の明かりに照らされ、汚れたガラスに映っている。駄目だ。生活感があり過ぎる。あまりにも「普段通り」だ。男・光芳、一世一代の晴れ姿が、まるで往診に訪れた町医者のように見える。

何がよくないのだろう。この蛍光灯だろうか。

試しに、照明ユニットから垂れた紐(ひも)をぽちぽちと引っぱってみた。

すると、どうだろう。暗闇の中、街灯に照らされた白装束が見事に浮かび上がる。顔も適度に陰影を帯び、自分が自分でないように見える。生活感が完全に払拭され、物語性を帯びた非日常の真ん中に、今まで会ったこともない自分が立っている。

傍らに目をやると、点(つ)けっ放しにしていたパソコンのモニター、そこにまた白装束の自分が映っている。パソコン自体は休止状態のスクリーンセイバー。画面は黒をバックにちらちらと舞う桜のアニメーションを流している。ちょっとした季節違いはこの際気にしない。とにかくそこに、特攻服をキメた光芳が佇んでいる。

「なになに、ちょっとカッコいいじゃない。いいじゃない、イケてるじゃない」

その場でポーズをキメてみる。モニターの向こう正面、壁に貼ってある『仁義の帝王』のポスター、力也の構え、その表情を真似てみる。けっこういい。かなり絵になっている。

「いいじゃない……ってことは、アレか。いよいよ、アレの出番か」

光芳は本棚の前に立ち、その上を手で探った。指先に得た硬い感触。それを決意にも似た気持ちで握り、ゆっくりと降ろす。

日本刀。

これもまたネットオークションで落札した品だ。模造刀ではないので年齢云々は詐称し、ある部分では父親の名前を使ったりもしたが、特に苦労はせず入手することができた。相手はよほど金に困っていたのだろう。そこらの模造刀よりよっぽど安い、一万二千円ぽっきりだった。

抜いてみる。木製の鞘と刀身が奏でる澄みやかな擦過音。わずかな明かりを漏らすことなく照り返す刃。素晴らしい。手入れを怠らなかった甲斐もあるというものだ。

構えてみる。なかなかいい。気合いが入る。調子が出てきた。

ポスター、モニター、そして光芳が一直線上に並ぶ。左右は逆になるが、モニターの中の自分がポスターの力也と同じになるように構える。どんどん自分が力也になっていく。

左肩をもっと前に出して、前傾姿勢か。

刀は左に傾けて、もっと立てるのか。立て過ぎか。いやいいのか。

顎はこう。視線はこう。あ、刀が下がった。もっとこうだ。

肘はもうちょっと伸ばし気味か。手首は返し気味。

真正面に睨みを利かせて、あ、また刀が下がった。こうだ。

握り手の位置が違うか、もっと下か——とそのとき、

「ひっ」

光芳は鋭い痛みを感じ、刀を取り落とした。

なぜ、自分は自分の首を切ってしまったのか。

力也を真似て構えていたはずなのに、いつのまにか刀身が自分の顎の下にきていた。そうとは知らず握り手を下に引いたものだから、図らずも刃が、喉元の皮膚に触れてすべった。

「ひ、ひぃ、ひぃ……」

もうモニターの光芳は、白装束ではなかった。

地蔵のような、赤い前掛け姿だった。

＊

キーボードの横、普段は勉強をするそこに、今はノミと金槌、ミニウインナーくらいの小指が一本転がっている。かつて「喜多川光芳」なる十七歳の少年の左手にあり、日々の生活の中で様々な役割を果たしてきた、本物の小指だ。ちなみにノミと金槌も、物好きな光芳のコレクションから拝借した。

周辺にはベタベタと血が垂れている。机が濃い茶色なので、むしろ血は黒く見える。俺の足元には、まだぽたぽたと血がしたたり落ちている。

そう、俺。俺は俺をなんと呼ぶべきだろう。

可能な限り矛盾の少ない解釈をするなら、もうこの世に「喜多川光芳」なる少年は存在しない。誤って自ら喉笛を断ってしまったと思い込み、あっちの世界に落ちていった。もうここに、かつての光芳は存在しない。

ただ社会的、あるいは世間的意味合いだけでいいのなら、この俺こそが「喜多川光芳」だ。今この瞬間から、光芳はこの俺なのだ。

小指のあった場所が痛い。全身の熱を奪い、掻き集めたかのように、傷口だけがバリバリと熱い。だがこの痛みの激しさこそ、生きる喜びの大きさと言い換えることができる。

肉体あっての痛み、命あっての赤い血だ。

振り返るとベッドがある。白いカバーの掛かった厚手の布団が二つに捲れており、ランニングシャツとジャージの上下が放り出されている。

俺はランニングシャツを拾い上げ、犬歯で噛み、裂いた。だが襟ぐりは折り返しがあって上手く裂けない。仕方なくノミを当て、机の上で切り裂いた。包帯代わり、それを左手に巻く。

この部屋は畳敷きだ。しかも、ベッドと机と本棚を置いた四畳半だからやけにせまい。整理も行き届いてはおらず、足元は雑然としている。家屋が古いせいか、それとも部屋の主、光芳が不潔にしていたせいか、どことなく臭う。こういうのを、カビ臭いというのだろうか。

外の景色、またそれが泣けてくるほどに貧乏臭い。この俺には歌舞伎町や六本木辺りの、街が丸ごと巨大なパチンコ台に化けたようなネオン街こそが似つかわしい。

机の引き出しを探る。多種多様なペン、その他の文房具。何年も前の生徒手帳、知り合いからの年賀状、お年玉の袋。覗いてみたが、中身は当然のことながら抜かれている。

その下の段にはノート、日記だ。今こんなものを読んでいる暇はない。その下にはまたノート、映画の本、雑誌、切り抜き、他諸々、下らないもの。その下の深い引き出しも、浅く横長に平たいそれも、役に立たない雑貨や切り抜きで溢れ返っている。

本棚の前にあったカバンを探る。筆箱、教科書、ノート、ｉＰｏｄ、今年の生徒手帳、定期入れ。ようやく財布を見つけた。中身は四千円と小銭。所詮、光芳は一介の高校生に過ぎなかったということか。

「……ちくしょう」

俺は初めて声に出して言い、そのひ弱な声色に愕然とした。

「ち、チクショウッ」

今度は力を入れて乱暴に言ってみる。少しはドスの利いた声になった。これからは、こうやって発音しなければならないようだ。

日本刀を拾い上げる。重くはなく、刃渡りは六十センチほどで、さして長いものではない。光芳は素人ながら、手入れだけは怠らなかった。刃の輝きは冷たくなめらか、実に満足のいくものだ。

鞘に戻す。ふと見ると、まだパソコンの電源が入っている。表示は相変わらず桜吹雪のスクリーンセイバーだ。何か、そこから光芳が恨めしげな顔を覗かせる気がして、

「うんん……シノリヤアッ」

俺は、鞘の先端でモニターを思いきり突いた。ガラスが砕け、中で四、五回火花が瞬いたが、そのまま電源は切れた。

「オウレヤッ」

タワー型のパソコン本体にも蹴りを喰（く）らわせる。日に焼け、薄汚れた漆喰（しっくい）の壁にそれは激突し、机から落ちた。コンセントが抜けたか、やがて「キューン」と静かになった。壁には、鋭い三角の凹（へこ）みができた。

そんな頃になって、

「ちょっと光芳ぃ、ナニやってんのぉ」

階下から中年女の声が聞こえた。

「ナニやっとるか、自分の目で見てみたらどや」

俺は一人呟いて襖（ふすま）を蹴破った。

「光芳、光芳イーッ」

薄暗い廊下。頭の上には橙（だいだい）色の明かりを落とす裸電球。床は黒々と節の出た檜（ひのき）の縁甲（えんこう）板（いた）だ。古臭さ、貧乏臭さ。ここまでくれば見事な演出といっていい。右手奥には便所がある。曇りガラスの窓がついたドアは、その中がどんな饐（す）えた臭いに充（み）ちているかを如実に物語っている。

臭い――。

俺は無性に興味が湧き、右手に進んだ。ドアの取っ手もノブではない。ただゆるくカーブした銅色の金具。それを握って思いきり引く。

「……くせえ」

予想に違わぬ悪臭が鼻腔を突く。俺は、それが妙に嬉しかった。

「み、つ、よ、しぃ……」

電球の明かりに照らされた階段。その最上段の辺りに、灰色のもわもわした物体が見え始める。クルクルにパーマをあてた「おばはん頭」。続いて化粧気のない土気色の顔。実に、この家に相応しい主婦の顔だ。

「光芳？　あんた、なにその恰好」

「……『あんた』ちゃうやろ。おばはん」

「あんた、その手」

俺は、巻いたシャツに血の滲んだ左手を見た。

「……ああ。極道にはのぉ、エンコ詰めるにも『生き指』ゆうのと『死に指』ゆうのがあるんじゃ。これは己の恥を切り落とした『死に指』とちゃううで。立派な『生き指』じゃ。この世にワシが生を受けて、極道の一本道を往く根性を見せた、尊い『生き指』じゃ。どや、男前やろ」

おばはんは顎を外さんばかりに口を開け広げ、かと思うと、

「ぴょ、病院、救急車……」

うわ言のように呟きながら階下に踵を返した。

「おい、余計なことしくさるなや。この、綿ゴミ頭が」

俺は思いきり足を伸ばし、その後頭部を蹴った。

おばはんはふいを突かれたか前にのめり、そのまま階段を転がり始めた。途中、飾りのポールに手を伸べ、だが何を間違ったか足首がはさまってしまい、変な音がした。折れたか。今度は仰向けですべり落ちていく。

やがて階段下で大の字、おばはんは気絶したのか動かなくなった。左足首があり得ない方向に曲がっているのが笑える。

「歳は、とりとうないもんやのぉ……」

俺は暗い玄関、壊れたおばはんを跨いで茶の間に入った。

点滅の荒くなった蛍光灯の明かり。しなびたミカンの載った炬燵。画面の端が黒ずんだテレビには夕方のニュースが流れている。明日の天気は下り坂か。

ふいに匂い——たぶん甘ったるい、食欲と密接に関係のある匂いが鼻腔をくすぐった。匂いのもとをたどっていくと、コンロで切り身魚が煮られていた。黒い汁が、丸く泡立っては弾ける。ベコベコに歪んだ鍋がこれまた貧乏臭い。

「キャビアとか、フォアグラとか……ま、ないやろな」

俺は現金を探すため、買い物に使うのであろう手提げ袋、茶簞笥の引き出しを手当たり次第に引っ掻き回した。よく見れば、冷蔵庫の上に黒の剝げた財布がちょこんと載っている。方々に、色褪せた駄菓子のおまけシールが貼ってある冷蔵庫。光芳が子供の頃から買い替えていないのか。これでは亭主の稼ぎも高が知れている。

「おい、おばはん……」

　俺は台所から茶の間を抜けて玄関に戻った。

「この財布以外に現金はないんか」

　おばはんが、涙目を白黒させて俺を見る。薄汚い頬には紫色の痣ができている。

「……は、はぁ、あ、わい」

「金はないんかぁ訊いとるんじゃ」

「は、わい、ほ」

「ワレ、早よ言わんといてまうぞ、コラ」

「は……は、は、はい、はいお」

「舐めとんかコラ。この月初めに残り一万三千円で、大晦日までどないして暮らせ言うんじゃボケ」

「はは、は、はいお、ほんほぉい。ほ、ほ、ほあえはっへ、ひ、ひっへうえお」

　ないよ本当に、お前だって知ってるでしょ、か。

「『お前』てワレ、誰に向かって口利いとんじゃババァ」

「はわ……」

「ほんま、この他に金はないんやな？」

おばはんは濁った目で小刻みに頷いた。

「そなら、もう用なしや」

外れた顎の下から、突く。

「ん、ンヌェェ……」

弛んだ皮膚にも多少の抵抗はあった。そのまま押すと、あとはわりとスムーズにすべり込んだ。切っ先が顔の内側、鼻の上辺りでコツッと止まる。脳天を押さえ、腰を入れてさらに押し込むと、硬いものが割れる感触が手に伝った。ガクン、とまた切っ先が突き進む。

おばはんは目を開けて黙っていた。

「……んでぇ」

俺は溜まっていた息を吐いた。

綿ゴミの間から切っ先が突き出ている。大した出血はないが、刀を抜いたら、さすがに噴き出してくるのだろう。

「……かといって、このまま冥土の土産に、くれてやるわけにもいかんしのお」

俺はおばはんの脇に避け、半身になって刀を抜いた。

ホースの先を指で潰したときの勢い。血飛沫は扇に広がり、辺りをびしゃびしゃと黒く濡らした。俺の膝にも少しかかった。

「あ、あかん。もう、汚してしもた」

俺は初めて、悲しみというものを知った。

5

和泉は一人分の食器を洗い終え、リビングのソファに腰を下ろした。

テレビで流れているのは、午後二時のワイドショーだ。

《一昨日の夕方、この、なんの変哲もない民家で、信じられないような事件が起こりました》

お馴染みの女性レポーターがマイクを片手に、同情的に言っては古びた日本家屋を振り返る。画面の右下には血で書き殴ったふうの筆文字がある。

【主婦・刺殺！　消えた長男と残された小指の謎】

そこで画面はいったん現場から退き、写真や資料映像を男性アナウンサーの声が追うスタイルに代わった。低く、緊張感に充ちた声だ。

《一昨日の夕方六時過ぎ、東京都練馬区にある住宅街で、ごく普通の家庭の主婦が、日本刀のような刃物で顎から脳天を貫かれ、殺されるという、実に痛ましい事件が起こった。殺されたのは会社員、喜多川晴信さんの妻、良江さん五十一歳。第一発見者は、勤め先から深夜になって帰宅した晴信さん本人。事件現場には金品を物色した跡が、ありありと

窺（うかが）えた……》

画面には殺された喜多川良江なる女性の顔写真。特に美人でもなく、どちらかというと鷲鼻（わしばな）の、あまり人と会ってもいい印象を与えないであろう顔だ。

ただ、弁護するなら写真自体の写りがよくないし、そもそも構図が良江を中心にしたものではない。町内の集まりでたまたま撮った、そんな感じの一枚だ。写真を提供したのは家族ではなく、近隣の誰かなのだろう。

ここで近所の声を聞く。ドア口の中年女性。

《ええ、普通ですよ、普通。買い物で会えば、わりと気さくに世間話なんかもしますし》

次は八百屋（やおや）か魚屋の店主だ。

《いっつも五時頃だったですかね。一昨日も夕方、見えましたよ。うん……タラ買ってったかな、タラ。ええ、うん……別に、いつも通りでしたけどね》

魚屋だった。続いてスーパーの店員。

《いえ、特別に何か、というのは、ございませんけれど。ごく普通のご婦人だったと思います……ええ、よくいらして頂いていたようですが……一昨日ですか？　一昨日は……お見えにならなかったんじゃないでしょうか。ちょっと分かりかねますが。はい》

画面は再び事件現場、音声は女性レポーターだ。フレームに入ってしまった隣の家屋にはモザイクがかかっている。

《……しかし、物盗り、強盗の犯行と見られたこの事件は、警察の現場検証で意外な事実に行き当たります。なんと、二階にある長男の部屋から、彼の、切り落とされた小指が発見されたのです》

ここでまた、資料映像と男性アナウンサーに交代。

《喜多川晴信さんの十七歳になる長男は、大のヤクザ映画ファン。自室にはこれと同じ大きさのポスターが貼ってあり、その前に、まるで捧げもののように、切り落とした左手の小指が置いてあったという》

レンタルビデオ店の棚が映し出される。やはりモザイクがかかっており、他の棚や通路は見えない。だが、『竹ノ内力也主演！　仁義の帝王』と題されたパッケージだけははっきりと映り、並びのシリーズも同様にモザイクが晴れる。

再び現場。

《十七歳の長男は、なぜ左手の小指を切り落とされてしまったのでしょうか。現場には、木材などに穴を掘るのに使うノミと、金槌が残されており、それらには、あたかも使用したのは十七歳の長男自身であるかのように、彼の指紋が残されていたのです……彼は、自らの意思で小指を切り落としたのでしょうか。あるいは侵入した何者かに強要され、その恐怖から自分の小指を切り落とさざるを得なかったのでしょうか……そして今現在、彼は、行方不明になっています》

またご近所にカメラが回る。さっきと同じ中年女性だ。

《おとなしい感じの子ですよ。スポーツマンとか、そういう感じじゃなくて、どっちかっていうと、家の中で何かやる方が得意な感じの。近所ですからね、こんな小っちゃな頃から知ってますから。道で顔合わせれば挨拶もしてくれましたし、いい子ですよ、とっても……いえ、おとなしいだけで、暗いって感じじゃないです。ですから挨拶とかもね、ええ、普通に》

ヤクザ映画が趣味だったことについては。

《……あ、いや、それは知らなかったわ。全然。でもそんなの、ねぇ？　外からじゃ分かんないもの》

今度は学校の先生。もちろんモザイクありで、声も変えられている。

《成績はよい方です。素行もまったく、問題ありませんでした……部活動は、これといってしていませんでしたね。クラスでもおとなしい方です……友達……たくさんいる方ではないかもしれませんが、普通には、ええ、おりましたようです……仲のいいのが五、六人、というふうに。はい……親しい者は、知っていたようです。面白いからと、ビデオなんかを薦めることがあった、と聞いております。でも普段は、たとえばそういった役の真似をしたりとかは、まったくなかったと、ええ、聞いております……ええ、友達との間でも、なかったと聞いています……ふざけてとか、いや、なかったと聞いています……憧れは、

といえば、あったのかもしれませんが、それとは別だったのではないでしょうか。はい》
クラスメートにもマイクを向ける。三人組の女子生徒だ。普段の印象を尋ねる。
《えー、普通。別に、普通普通普通》
《……普通だった》
学校へは？
《毎日きてた》
《うん、きてた》
暗いとかは？
《ないない。普通普通普通。特に明るくもないけど》
《うん。全然普通》
《……ときどき、けっこう面白いことも言う感じ》
怖いとか、そういう感じは？
《ないない。だから普通》
《怖くは全然ない》
《ちょっと面白いくらい。たまに》
ヤクザ映画が好きだったみたいだけど。
《ああ、切り抜きとかいっぱい持ってた》

《え、知らなーい》
《知ってる知ってる。持ってた持ってた》
憧れてた感じ？
《んん？　何々がよかったとか、評論家っぽい感じ》
《……っつーかオタク》
《喋ってるのは、聞いたことなーい》
真似したりとか、してなかった？
《しないしない。全然似合わないし、全然そういうタイプじゃない》
《チョー似合わない》
《うん、似合わない。もうちょっとひ弱な感じ》
ここで三人、爆笑。
今度は親しくしていたという一人の男子生徒に訊く。
《普通です。マニアックだったけど……部屋の棚いっぱいに、竹ノ内力也のビデオとかDVDとか持ってて。ポスターも貼ってあって》
ヤクザっぽいことしたり、言ったりは？
《それは全然ない。本人も、それは違うって分かってたと思う。そういうタイプじゃないんで。ただの趣味だと思う。別世界っつーか、割り切ってたと思う》

評論家っぽい感じ？

《うん、それに近い。自分でホームページとか持ってたし》

なんのホームページ？

《だから、力也のためのページ。他の映画とかもやってんのかもしんないけど、遊びにいったときに、作ったんだって、ちょっと見せてもらっただけで、それしか知らないんで。自分はネットとか見たりしないんで》

そこまで流して、番組はスタジオに戻った。

男性の司会者が唸る。

《……んー、分からないですねえ》

応えるのは現場にいたレポーターだ。

《警察では、現在行方不明になっている長男が、なんらかの事情を知っているものと考えて、必死に行方を捜索しております》

《事件に巻き込まれている可能性も、考えられるんですかね》

《はい、それが最も、心配されているところです。何者かが喜多川家に侵入し、長男にヤクザ紛いの指詰めを強要したのだとすると、現在犯人に拉致されている可能性も出てきます。警察は、慎重に捜査を進める構えです》

《はい。どうもありがとうございました。……ええ、ではいったん、コマーシャルです》

そこまで見て和泉は、一つ溜め息をついた。

十七歳の長男。嫌な感じだ。

湯気の立つミルクティーにシナモンパウダーを加える。渦巻く肌色の表面に、赤黒いシナモンの粉粒が踊る。見慣れているはずのそれが、今日は妙に、不吉なもののように目に映る。なぜか。言うまでもない。いま見た事件報道のせいだ。

和泉より少し歳は上だが、同じ十七歳の子供を持つ母親が殺された。日本刀のような刃物で、しかも、顎から脳天まで貫いて？　異常だ。あまりにも常軌を逸している。

加えて行方不明になっている長男が、実は母親を殺したのではないか、という疑念がある。和泉の邪推ではないと思う。テレビ局を含むマスコミ各社は、暗にそう匂わせている。

喜多川良江は被害者であるから、当然のことながら名前が出る。同じように長男を被害者と考えるなら、その名前が出てもいいはず。だが、それはしない。あくまで喜多川少年は十七歳の長男、少年Aとされている。

まあ、名前だけ隠したところで、分かる人には分かるのだろうが。

だが長男が犯人だとすると、不可解なのは日本刀だ。あれは確か、所持するには登録や免許が要るのではなかったか。テレビでは日本刀については詳しく言わなかった。番組を見る限り、凶器が発見された様子はない。犯人が持ち込んだのであろう、というような推測すらしなかった。それについて、警察はどう言っているのだろう。

和泉はマグカップに息を吹きかけ、ほんの少量口に含んだ。

この事件報道は、和泉には身近なような遠い対岸の火事のような、微妙な距離にあった。確かに十七歳の子を持つ母親という点は一致しているが、こっちは可奈子、女の子だ。しかも至っておとなしい性格で、「暴力」などという言葉とは無縁の世界にいる。

それは、あの長男も同じだったのかもしれないけれど。

一つ引っかかるのは、可奈子が数ヶ月前からホームページなるものを持っているという点だ。ホームページってそもそもなんなのだろう。和泉に、今のパソコンのことはまったく分からない。

和泉は結婚するまでの数年間、建材商社の事務処理の仕事をしていた。つまり、和泉はそこを「寿退社」したわけだが、その辞める一年ほど前、和泉の所属する部署にコンピュータの端末が導入された。当時のものなら多少は分かる。だがそれは、今のように綺麗な色で絵が出る代物ではなく、ただ黒いバックに緑の線で表が描かれ、白いカーソルが点滅するところに数字を入力していくだけの、実に取っつきにくい事務処理専用機械だった。

それで仕事がしづらくなった頃、和泉は、浩太郎と出会った。

浩太郎は、和泉の会社に出入りする住宅機器メーカーの営業マンだった。端末と取っ組み合いをしている和泉に、浩太郎から話しかけてきた。顔と名前、声と性格が一致し、なんとなく打ち解けた頃、食事に誘われた。やがて付き合うようになり、両親に紹介された。

和泉も自分の両親に浩太郎を紹介した。そして、結婚。実にありがちな、でも幸せな結婚。浩太郎と一緒になったことを後悔したことは一度もない。不在が多過ぎるきらいはあるが、そこは可奈子さえいれば、寂しいことはない。ただ、今はちょっとだけ考える。あのまま仕事を続けていたなら、パソコンだってもっと積極的に触ってみようと思えただろうに、と。

可奈子は夏休み前、浩太郎にねだってパソコンを買ってもらった。ほんの初めだけ、可奈子は「やってごらんよ」と和泉をパソコンの前に誘った。あの頃はなかった「マウス」なる機器で矢印を動かし、「クリック」「ダブルクリック」するのだという。和泉はそれだけでカーソルが二つあるような気がして、頭がこんがらがった。

以来、和泉はパソコンを触る気にはなれなかったし、可奈子も無理には誘わなくなった。それで実際、普段の生活にはまったく支障がない。主婦には、少なくとも自分には不必要なもの、という印象しか残らなかった。

可奈子の説明によると、ホームページとは誰でも自由に、世界中に発表できる電子出版物、可奈子レベルなら小冊子のようなものらしい。可奈子は花が好きで、ハーブについてのページを作ると言っていた。

「でもそんなの、本屋さんにいけば、たくさん売ってるじゃない」

和泉の疑問に、可奈子は得意げに答えた。

「でも本屋さんにいかなきゃ買えないし、知りたいのはほんのちょっとだけかもしれないでしょ。たとえば、カモミールがいつ頃咲くのかを知りたいだけなのに、ハーブの本を一冊買うのは勿体ないじゃない。けどインターネットだったら、タダで分かるんだよ。しかも家で」

ふむ、そこまでは分かる。確かに便利そうだ。

「……でも、どうして分かるの？」

「は？　だから、ハーブのことを書いてあるホームページを、見るのよ」

「その、ハーブのホームページは、誰が作るの？」

「そこまでは分かんないよ。どっかの誰かだよ。ハーブ好きな人が作ったのを、見せてもらうの」

「どうしてタダなの？」

「……何が」

「その人は、誰に頼まれてホームページ作ったの？」

「誰にも頼まれてないよ。好きだから作るだけだよ。私だってそうだし」

「タダで発表するの？」

「そう。見るのはタダ」

「大変じゃない。くたびれちゃうじゃない、仕事でもないのに」

可奈子にはこの「くたびれちゃう」辺りが、共感できないようだった。和泉にとっては最大の問題だというのに。

「じゃあその、ホームページ作った人には、どうやって見せてほしいって頼むの？　やっぱり、電話したりするの？」

可奈子は笑った。

「違うんだなぁ。あのね、世界中に発表するって言ったでしょ。ま、実際は日本語で書くわけだから、読むのは日本人だけだろうけど、それでも日本中は間違いない。それは発表しちゃえば、誰でもいつでも自由に見れるの」

「だってホームページってあの、テレビとかで、ホームページでもご覧になれます、とか言って、ごちゃごちゃごちゃーって、『フラッシュフラッシュ、ドットドット』とか言ってるやつでしょ」

可奈子は二、三分、腹を抱えて笑い転げた。

「ふ……『フラッシュ』じゃなくて、『スラッシュ』ね。それに、スラッシュとドットばっかじゃ、何も見れないよ。URLは検索エンジンで探すの。あんなの一々覚える人いないよ」

UR、なに？　何エンジン？　誰が探すって？

このときばかりは、我が子が異世界の住人に見えたものだ。

自分は——一生、こっちの世界の住人でいい。

「……もういい。ママ、困ったら本屋さんにいくから」

以来、和泉はインターネットにも強烈な苦手意識を持つようになった。いまだ、インターネットとホームページの違いも認識できていない。パソコンはまもなく最初の設置場所、リビングの片隅から可奈子の自室に引っ越していった。

しかし、とんだ世の中になったものだ。

どうやらあのパソコンの向こう側には、和泉の理解不能な異世界が広がっているらしい。ハーブやヤクザ映画、テレビ、ショッピングのホームページ。他には何があるのだろう。

と、そこで和泉は我に返った。

自分は、こんなことに気を揉んでる場合ではないのだった。

可奈子は、いったんは雪乃のお陰で元気を取り戻したものの、それも結局はほんの一時のことだった。一日二日ののちにはまた塞ぎ込み、いやむしろ、このところは余計にひどく黙り込んでいるのだった。

あの通夜の夜、可奈子は「尚美が自殺したのは自分のせいだ」と言った。後日、それはどういう意味かと和泉は尋ねた。だがあれ以来、可奈子はかぶりを振るばかりで答えない。また、あまりしつこく訊ける話題でもない。

尚美の自殺、丸山という少年、それに可奈子はどう関わったというのだろう。三角関係か。しかし、昨今の女子高生がその程度のことで自殺などするだろうか。いや、するかもしれない。現に可奈子は、その関係を苦に塞ぎ込んでいるフシがある。

自分は、何を、どうしたらいいのだろう。

相手の尚美は亡くなっている。それはもう動かしようのない事実で、和泉にも、当の可奈子にもなす術がない。

じゃあ、可奈子は——。

まさか、親元にいて知らぬまに衰弱死することはないだろうが、それに近い症状まではいきそうな感がある。もう少しひどくなったら入院させるべきか。それとも、明日にでもどこかの精神神経科に連れていくべきか。

和泉は時計を見やり、少し早いが夕飯の買い物にでも出かけようと思い立った。今の和泉にできるのは、少しでも心と身体(からだ)が癒(い)やされるような食事を作ることくらいなのだ。

また、雪乃でもきてくれたらいいのに——。

いや、そんな他力本願では駄目だ。自分は可奈子の母親なのだ。可奈子のことを最も分かってやらなければならないのは、他ならぬ自分なのだ。

和泉はミルクティーの残りを飲み干し、洒落(しゃれ)込むわけではないが、外に出ても恥ずかしくない恰好に着替え始めた。

第二章

1

可奈子は今でも、あの日のことを繰り返し悔やんでいる。尚美がたまたま、風邪(かぜ)で学校を休んだ日のことだ。

「……麻月」

放課後、屋上の花壇を眺めていた可奈子の肩をつついたのが、丸山秀則(ひでのり)だった。彼とは二年で同じクラスになった。背が高く穏やかな性格で、スポーツマンではなかったけれど、知的な感じが可奈子は好きだった。

そう。好き「だった」なのだ。

可奈子が最初に丸山を意識したのは夏の初め頃、パソコンの授業で隣になったときだ。七十台近くモニターが並ぶコンピュータ室、そのときは表計算ソフトを用いた授業だった。

生徒用のパソコンが二台、教師が手本を示すためのモニターを一台はさみ、また生徒用が二台という恰好で機器は並んでいる。その日、可奈子と丸山の間に手本用モニターはなく、まさに隣り合う状態だった。

二人が、密着したまま隔離されているような。

そんな、錯覚。

パソコンの授業はもちろん初めてではなかったし、隣に男子がくるのも特別なことではなかった。だが、ことさらにその日は丸山の存在——キーボードを叩く指が、モニターを覗き込む横顔が、静かな息遣いが、失敗をしたのか小さな舌打ちが、一々可奈子の意識の扉を叩いた。

「……どうしたの。合計、出てないけど」

いつのまにか彼の気配を感じ取ることに没頭していたようで、可奈子は当の丸山に言われて我に返った。

「え、あ……」

その頃はまだ可奈子もパソコンにさしたる興味はなく、必修科目の一つとしか考えていなかった。だが可奈子は常日頃、ほとんどの科目で及第点以上を取っている。パソコンだって特別苦手なことはないし、実際に手は止まっていたが合計値の出し方が分からないわけではなかった。それなのに、このときばかりは動揺して、すぐには手が動かなかった。

「……ここ、こうね」

丸山は隣から手を伸べ、可奈子のマウスを操り、表の右下のマス目をクリックし、『Σ』のアイコン——オートSUMを実行した。

「あ……ありがと」

別の男子だったら「お節介な奴」と反感を抱いただろう。だが、丸山は違った。「こうね」と囁いた声の優しさ、ワイシャツ越しに当たった肩の丸み、ほのかに鼻をくすぐった肌の匂い、その柔らかさ。

可奈子の五感は、丸山を「ちょっと特別な男子」と意識していた。

「……丸山君、パソコン、得意なんだ」

合計値を出すのはそれほど大変なことではない、そんなことは可奈子にだって分かっている。ただ、可奈子は授業終了と同時、丸山が席を離れる前に何か言いたかった。彼に声をかけ、少しでも授業中に感じた「意識」を持続したかった。その一心から出たひと言だった。

だがそうしてみて、すぐに自分で驚いた。声をかけたいと思い、そのまま実行してみせた自分に、可奈子自身が驚いていた。

「いや、得意ってほどじゃ……」

案の定、丸山は答えに窮した。決して冷たい声色ではなかった。むしろ、先よりさらに優しく可奈子の耳を撫でる、実に自然なひと言だった。それなのに二人のやり取りした短い言葉、その微妙な温度差が、急に可奈子を「いつもの自分」に引き戻そうとする。ほら、お前は適当にあしらわれてるじゃないかと、内なる声が馬鹿にする。

ダメだ――。

体の中にあった温かいものが、冷たく乾いた砂となって流れていく。可奈子はそれを、なす術もなく感じ取るだけだった。

可奈子には特別、男性不信になるような過去はない。むしろ、高校も二年になるまで何もなかった、そのことが可奈子を雁字搦(がんじがら)めにしている。初恋と呼べるような出来事が、果たして小学校時代にあったたか。中学校のときはどうだったたか。好きな気がしたことはあったが、それで終わりだったのではないか。相手に何か告げたことがあったか、あるいは告げられたことがあったか。

なかった。何も、一度もなかったのだ。

一線を越えたことのない十七歳。恋を知らない女子高生。

自分ですら一度も口にしたことはない、しかしそれが、自身に対する可奈子の評価だった。

「……時代かしらね」

母親である和泉はときおり、テレビを見ては言う。いまどきの女子高生をこぞって取り上げるバラエティ番組。和泉は可奈子がそれであるとは思っていないはずだが、少しくらいそういう部分があるのは分かっているのよ、見て見ぬ振りをしてあげるわよ、とでも言うようだった。

だが侘しいほどに、可奈子にはそれがない。母親にまで「いまどき」を期待されているのに、自分にはまったくない。それが、可奈子を少なからず焦らせていた。踏み越えるべき一線の前で、足をすくませた。

たとえば雪乃みたいにスタイルがよく、顔も美人で華があって、性格も前向きで思いきりがよかったら、どんなにかいいだろうと思う。子供の頃は、自分と雪乃に何か差があるなどとは思ってもみなかった。だがいつの頃からか、たぶん小学校の低学年頃から、雪乃と自分には備わっている「女」が違うのだと感じ始めた。可奈子は嫉妬というものを知り、同時にそれを押し隠す術も覚えた。

雪乃は可奈子の最も身近な憧れだった。顔を合わせれば嫉妬で心が焦げそうになるのに、一方には「じっと見ていたい」という思いが間違いなくあった。テレビで女性アイドルを見て、あんなふうになりたいと思う気持ち。あれに似たものが雪乃に対してはあった。可奈子は雪乃が嫌いで、同時に大好きだった。

自分は雪乃みたいにはなれないし、できない。それは嫌というほど分かっている。少なくともこの十年、可奈子はそんな思いを何千回、何万回と繰り返してきた。

今回もそれだと思った。

ちょっと他の男子より優しく感じられた丸山も、決して自分に興味を持ったりはしないのだと感じた。諦める、そんな大袈裟(おおげさ)なことではない。道端の石ころが正円に見え、百円玉かと思ったが、歩み寄ればやはりただの石ころだった、その程度の落胆だ。少なくとも、可奈子はそう思うことにしていた。そうやって、ずっと自分を守ってきた。

だが、今回はどうも勝手が違うようだった。

「オヤジがSEやってるから、家にはウィンドウズが三台、マックも二台あるけど、エクセルは、授業でしかいじらないよ」

丸山が何か言い返してきた。聞こえているのに、とっさには意味が呑み込めなかった。だが、二人の間に会話が成り立っている、その気配だけは感じていた。

「エス……イー?」

「ああ、システムエンジニア。法人向けのアプリケーションを開発してるとか言ってるけど……ま、ただのサラリーマンかな」

丸山は笑った。可奈子と話しながら、照れたように。

その笑顔で、可奈子はにわかに舞い上がった。

「へえ、すごーい。私もパソコンやりたいんだけど、まだないんだ、うち。へえ、いいないいな」

　想いが、ザルを抜け落ちる水のように、思考を素通りして口から流れ出た。言うべきか否かの判断より、会話の間を埋めるのに必死だった。使えそうな言葉なら、なんでも喋ってしまいそうだった。

「そっか。だったら、そろそろ買ってもらえば？　メーカーにこだわったりしなければ、今は秋葉原とかで、オーダーで組んでくれるよ。多少の当たりハズレはあるけど、桁違いに安く上がるんだ。なんだったら評判のいい店、俺が紹介しようか」

「え、ほんと？　すっごい嬉しい」

「うん。案内するよ」

「え、え、丸山君が、一緒にいってくれるの？」

「うん、いいよ。いつがいい？　あ、でも親に交渉してからじゃなきゃダメか」

「あ、うん、そう……じゃあ、今夜にでも。相談してみる」

　平均台を全力疾走している気分だった。すごく怖いのに、もっと速く前に進みたい。普段の可奈子にはあり得ない、そんな勇気が持てたのは、丸山が特別な男子であるからに違いなかった。

　彼の喋るリズムが耳に心地好い。自分を「俺」と呼ぶのも、今まで漠然と抱いていた印象より男らしくていい。可奈子の答えを聞く間、その視線があまり真っ直ぐでないのも嬉しい。これが恋、なのだろうか。

「じゃ、交渉成立したら言ってよ」

「うん。お願いできるといいな、ほんとに」

ふと、今までのやり取りが図々しくはなかったかと心配になった。

「そうだね」

だが、丸山の調子は変わらない。大丈夫そうだった。

そこで、

「カナぁ、ちょっと付き合ってぇ」

急に声をかけられた。いつのまにか、後ろに尚美が立っていた。

「あ、うん」

可奈子は反射的に振り返り、頷いていた。

「じゃあ、また」

すぐに丸山はテキストやノートを抱え、可奈子と尚美の横をすり抜けていった。遠ざかる背中が、先とは打って変わってよそよそしく感じられた。

あのとき、自分は彼の後ろ姿をどんな目で追っていたのだろう。今はもう、とても思い出せそうにない。また隣で尚美は可奈子に、あるいは丸山に、どんな視線を向けていたのだろう。もはやそれは、訊くことすらできない。

結局、丸山に秋葉原を案内してもらう計画は実現しなかった。

「そうか、分かった。じゃあ今度の日曜にでも買いにいくか」

パソコンが欲しいと言うと、父親である浩太郎は意外にも簡単に承知し、自分が見つくろってやると言い出した。実際にその週末、池袋の普通の家電量販店で、有名メーカーの、出来あいの、けっこうな値段のものを買ってくれた。

本来なら「わーい」くらい言って、バンザイの一つもするべきなのだろうが、可奈子はとてもそんな気にはなれなかった。知らぬまに浮かない顔にでもなっていたのか、「あんまり嬉しそうじゃないな」とまで言われた。

「あの、違うの。現物を見たら、使いこなせるかなって、ちょっと、不安になっちゃって……」

そんな言い訳を、浩太郎は笑った。今の若いモンならゲームみたいにすぐ覚えるとか、困ったら俺が教えてやるとか、なんだか色々、嬉しそうに言っていた。

私がパソコンの使い方を習いたいのは、そもそも一緒に買いにきたかったのは、パパじゃなくて――。

その想いを胸の内に閉じ込めるのは苦しかったが、同時にスリリングでもあり、何やら楽しくもあった。

親に秘密を持つ。それは可奈子にとって、とても甘やかな行為だった。

夏休みが終わった頃、

「私ね、ちょっと……コクろっかと思ってる人、いるんだ」

尚美は可奈子に、はにかんで漏らした。

コクる。クラスでは可奈子と共に目立たぬポジションにいる尚美が、誰かは分からないが男子生徒に「付き合ってほしい」と告白する。それは、可奈子にとっては大事件だった。

「誰よ誰よ、ねえ誰よ」

その訊き方が可笑しかったのか、尚美はケラケラ笑うばかりでなかなか白状しない。しつこく問い質すと、

「あのね……丸山君」

尚美は小声で言って顔を伏せた。その頬は鮮やかな喜びの色に染まっていた。可奈子に白状しただけでは何も事は進まないというのに、尚美はそうしただけで、ある種の達成感を得ているようだった。

尚美が告白しようとしているのは、よりによって、あの丸山――。

かなりショックだった。

可奈子は夏休み、丸山と何度か会っている。学校の施設が使えるときは学校で、そうでなければインターネットカフェで、丸山にホームページの作り方などを習っていた。

だがそこには、常に尚美がいた。

初めて丸山と会う約束をしたとき、可奈子は嬉しさのあまり、電話で思わず尚美に報告してしまった。もちろん気恥ずかしいので、デートの約束をしたなどとは言わなかった。

だが、それが逆によくなかった。

「ああーッ、私も教えてほしいッ」

可奈子は、「ダメ」とは言えなかった。

尚美との関係は、可奈子にとってはとても居心地の好いものだった。尚美もまた、同じように感じていたのではないかと思う。

嫉妬するほどの美貌があるわけでもない。羨望の対象となる才能があるわけでもない。哀れむほどの欠点もなく、心配してやるほどの悩みも抱えていない。そんな尚美の印象はそっくりそのまま、彼女が抱く可奈子の印象でもあったはずだ。

「平均、いくつになった？」

終業式のあとはいつも、二人はお気に入りのファーストフード店で成績表を見せっこする。

「ちょっと待ってね……」

可奈子はカバンから携帯電話を取り出す。合計点までは暗算できるが、それを教科数で割るとなると難しい。携帯の電卓を使う。

一応、携帯電話は校則で持ち込み禁止になっている。だが実際には持ってこない生徒の方が少ない。可奈子も尚美も持ち込みはするが、校内では電源をオフにしておく「マナー派」だ。中にはチャイムが鳴ってもまだメールを打ち続ける子もいる。授業が始まってもやっている子などは、もはや「依存派」と呼ぶべきか。その手が女子に多いのはなぜなのだろう。

「私は、三・七八五七一……まあ、四捨五入で三・八、かな。尚美は？」

「あ、私ぴったり三・八。割りきれちゃった」

評価は五点満点。可奈子は一年の三学期、三・九をやや上回っていた。

尚美はほぼ現状維持。つまり、可奈子が勝手に成績を下げ、立場が逆転した恰好だ。でもまあ、それも所詮小数点以下の話。元々「どんぐりの背比べ」な二人が、ずっと一緒に勉強しているのだ。そんなに大きな差など生じるはずもない。

「カナ、生物落ちたね」

「うん。あの昆虫の生態とか、マジ吐きそうだった。早く植物になってほしい」

「せっかくノートコピってあげたのに」

「あれもちょっと、見るのつらかった。尚美さ、あんなに絵ぇ上手かったっけ。なんで昆虫だけ、あんなにリアルなの」

「二学期、進化して哺乳類になりますが。大丈夫っすか」

「別に、本物が出てこなきゃ大丈夫だよ。ないでしょ、ウサギを抱いてみましょう、なんて」

「あるかもよ」

「ないよ。あったら殺す。ウサギも先生も」

「よく言うよ。触れもしないくせに……えっと、私は、ああ、体育か。水泳とバスケ、カップリング最悪。マジしんどかった」

「でも尚美、クロールの息継ぎ上手くなったじゃん。もうちょっとこう、後ろ向く感じにすればいいのに」

「怖いじゃん。前見たくない？」

「ダメなの。あれは後ろを向くのがコツなの」

「はーい。がんばりまーす」

「しかも尚美、マラソンも嫌いじゃん。まだ先だけど」

「ああ、嫌い嫌ーい」

「私も好きじゃないけどさ。冬の何がつらいって、あれが一番つらいよね」

「もう三学期の体育は捨てるとして、二学期、ずーっと器械体操になんないかなぁ」

「イヤだよ、ずーっと跳び箱なんて」

「マットもあるじゃん」

「マットも埃臭いから嫌い」

「でもカナ、バック転できそうだったじゃん。私、びっくりしちゃった」

「まぐれだよ。しかもあのあと、サヨがしっかり支えてくれなかったから、失敗して首の骨折れそうになった。死ぬかと思ったよ。もうやだ。絶対やんない」

「ああ、あったねえ。湿布してたもんね。私もあれ見て、怖くなってやめた」

「うん。やめて正解。無理しない方がいい。何事も」

成績に関しては、いつもそんな感じだった。

また外見も、点数をつければどっこいどっこいだったと思う。目鼻立ちは尚美の方がはっきりしていたが、輪郭は可奈子の方がすっきりしている。バストは一センチ、尚美の方が大きかったが、可奈子の方が身長で二センチ、体重で一キロ、足が半サイズ大きかった。

恋愛については二人とも積極的ではなかったが、それも「別にいいよね」と、互いに言い訳し合える間柄だった。

パソコンについては、親に買ってもらったのは尚美の方が先で、一学期のテストでは四点、可奈子の方が上だった。ホームページを作ってみたいと言い出したのも尚美だったが、先生を見つけたのは可奈子だった。

先生。そう、丸山秀則。彼と先に親しくなったのは可奈子だったが、付き合いたいと具体的に言ったのは尚美だった。

困ったときは互いに助け合う。それは二人の間では、もはや暗黙の了解だった。当然、可奈子は尚美に言った。

「そっかぁ。尚美が、丸山君にコクるかぁ。そっかそっか、よかったじゃん。がんばんなよ」

可奈子は努めて明るく言ったつもりだった。が、微妙に顔でも引き攣っていたのか、尚美は心配げに、可奈子の目を覗き込んだ。

「……いい、よね？　ダメ？　ダメだったら、そう言って」

「なによ、いいよいいよ、なにがよ……うん、いいじゃない、丸山君。優しいし、背ぇ高いし、頭いいし。がんばんなよ、応援するから」

尚美は一応、安心したようだった。

「きっかけ、上手く作れるかな……」

それは暗に、可奈子にきっかけを作ってくれと言っているも同然だった。だが、可奈子は「まかしといて」とは言えなかった。いや、そのときに限っては言わなかったのだ。

「なによ。毎日一緒にいるんだから、きっかけなんていくらだって作れるって」

その言葉で、尚美が可奈子の気持ちに気づいたかどうか、それは分からない。だがいつもと違う、そんな感じは、二人とも漠然と抱いていたような気がする。

「……うん。だよね」

そう言った尚美は、寂しげに目を伏せた。それだけは、なぜかはっきりと覚えている。

二人の関係が、少し変化したように感じられた。

尚美は丸山になかなか告白できずにいた。それでも可奈子がしたことといえば、誘われても二人の邪魔をしないよう、せいぜい二、三回、付き合いを遠慮するくらいだった。

そんなとき可奈子は、あえて丸山の顔は見ず、

「じゃ、ほんとゴメン」

尚美に手を合わせ、一人足早に帰宅するのだった。

そして季節は秋、と呼ぶには風が冷たい、ある日の夕方。

「……麻月」

尚美は風邪をひいて休んでおり、可奈子は共に下校する適当な相手もいないので、たまには手入れの悪い花壇の様子でも見てから帰ろうと、屋上に上ってきていた。

そこに、丸山が現れた。

驚きはなかった。心のどこかでは、丸山が追ってきてくれることを期待していたのかもしれない。

「ああ……うん」

可奈子は曖昧(あいまい)に言って花壇を見やった。

パソコン室で一緒になったあの頃と違い、可奈子はほとんど緊張せず喋れるようになっていた。丸山と喋れると、次第に他の男子ともこだわりなく喋れるようになった。恋をすると女は変わるというが、周りに「この頃、変わったみたい」と噂されるのは尚美ではなく、もっぱら可奈子の方だった。

「尚美が休みで寂しいんでしょ」

そんなことまで、可奈子は言えるようになっていた。

丸山は、少し怒ったようだった。

「本気？」

「え……なにが？」

「俺が寂しがるって、本気で思ってるの」

思わない。思うわけがない。

「思ってるよぉ。だって、尚美と仲いいじゃない」

可奈子は自分の言葉で、自分自身を切り刻む。

「麻月が避けるからだろ」

丸山の温度が、ぐっと上がった気がした。

「……私が、誰を？」

「俺をだよ。なに、俺、何か麻月に悪いことした？　怒らせるようなこと、した？」

「やだちょっと、そんなんないよ。私、全然怒ってなんてないし、避けてなんてないよ。やだなぁ、もう」

怒れるものなら怒りたい。でも私は怒らないで、優しい子のお芝居を、しているんだよ――。

可奈子は丸山にそう気づいてほしいと思いながら、柄にもない軽薄な態度をとり続けてきた。これで嫌われるなら嫌われてもいい。それなら尚美への義理も立つ。彼は、どっちに転ぶだろう。

丸山は歯を喰い縛って俯（うつむ）いた。

「……二人が俺のこと、なんて言ってるかは知らないけど、俺にだって、俺の気持ちが、あるよ」

なにそれ、どういう意味――？

心と態度が、勝手に、連動しようとする。

「……聞かせて」

語尾が、少し震えた。

丸山の、硬く握った拳（こぶし）も、震えているように見えた。

「俺……」

いつになく険しい、真剣な表情の丸山に、可奈子はある種の期待と怖れを抱いた。二人の間に、今まで可奈子が越えたことのない一線——細い糸のような、触れれば指先を切りそうな線がある。それが風でふわふわと揺れている。放っておいたら、この線はどうなってしまうのだろう。

「麻月のこと……ずっと、好きだった。一年の頃から」

想定外の、ひと言。

一年の頃？　そんなに前から？

丸山は続ける。

「まだ入学してまもない頃、ちょうどあっちの花壇だよ。あれ、いま思えばC組の小野寺、小野寺淳子だったと思うけど、あそこら辺に何人かでたむろしててさ、なんか、暇潰しみたいな感じで、花をこう、こうやって、千切ってた。誰かと話しながら……覚えてない？　そしたらそれを、麻月が止めたんだよ。そういうの、よくないよ、綺麗には咲いてないけど、でも生きてるんだから、千切ったりしないで、ってさ」

そんなことがあっただろうか。可奈子はよく覚えていない。ただ、草花が好きなのは確かだから、そんなふうに千切っている人を見たら、何か言ったかもしれない。あり得ないことではない。いま丸山が言ったほど、毅然とした態度だったかどうかは分からないが。

「俺、すぐ近くにいたんだけどさ、なんか、ちょっと感動したっていうか。俺、あんまり花の名前とか分からないし、そりゃ、生きてるのは小学生だって知ってるから、分かってはいるけど、綺麗に咲いてるとかいないとか、そういうふうには思ったことなかったし。それに、小野寺ってちょっと、危ない感じするじゃない。それを、麻月みたいなさ、なんかおとなしそうな子が、ダメだよ、やめなよ、って言うのって、なんかすごい、カッコイイっていうか、ちょっと、いいなって……」

丸山は、何か勘違いをしてはいないだろうか。

それは、確かに可奈子が言いそうなことではあるのだが、相手が小野寺淳子となったら話は別だ。いま目の前で淳子が花を千切っていたら、たぶん可奈子は黙っている。そんなことで関わり合いになんてなりたくない、彼女はそんな女子生徒なのだ。それとも、入学当初の淳子は、今ほど怖い感じではなかったのか。ひょっとしたら丸山は記憶の中で、当時の可奈子を過剰に美化してはいないか。

「それから、ああ、名字は麻月っていうんだ、名前は可奈子っていうんだ、って知って。で、二年で同じクラスになったときは、もうすっごい嬉しくて。いつかちゃんと話してみたいって、ずっとチャンスを窺ってた。だからあの日……パソコンの授業、隣に座ったの、偶然じゃないんだ」

いつのまにか、あの切れ味の鋭い線は見えなくなっていた。いま可奈子に見えるのは、自分への想いを吐露する、愛(いと)しい一人の男の唇。ただそれだけだ。

「……空いてたから、俺、いっつも一緒にいる石塚がこないうちにって、慌てて座ったんだ。だからあの日、喋れてすごく嬉しかった。あれからだよな、喋れるようになったのって。だからちょっと、夏休みに石塚が……」

尚美——。

可奈子は、そこで一気に冷めた。丸山が尚美の名前を出した途端、今までの火照りはわずかな余韻も残さず消え去った。

何やってるの、私は何をしているの。このままじゃダメじゃない。こんなこと聞いてちゃ、滅茶苦茶になっちゃうじゃない——。

可奈子は自分で、自分の心に冷水を浴びせかけた。

「……一緒だって聞いたときは」

「ちょ、ちょっと待って」

丸山は眉をひそめたが、可奈子は一気に捲し立てた。

「あのね、あの、これは、私が言っちゃっていいのか、ちょっと分からないんだけど、でもね、あの、尚美がね、けっこう前から、丸山君にコクりたいって言ってて、特にここんとこ、煮詰まってたっていうか、今日休んだのも、それがあるのかもしれないのね。でね、あの、だから、いま言ってくれたことは、嬉しいは嬉しいんだけど、わたし的には、困るの……うん、困る」

丸山は、完全に色をなくしていた。

「……なにそれ。石塚がそうだから、つまり、俺と麻月は、ダメ、ってこと？」

「うん、そう。その通り」

丸山は「あり得ない」とでも言いたげな顔をしたが、それがいつにも増して恰好よく見えるのだから、皮肉なものだ。残酷だ。

「そこに、麻月の気持ちはないのかよ」

彼は明らかに怒っていた。

「うん、ない」

「いや、そうじゃなくて、好きとか嫌いとか、俺に対して、そういう気持ちは、ないの、ってこと」

「……うん。ない、の」

丸山は、静かに頬を歪ませた。

本当は何か言ってあげたい。できることなら自分も好きだと言ってしまいたい。が、それはできない。

やり場のない沈黙が、徒(いたずら)に積み重なっていく。

しばらくして、

「……そっか……あ、そっかそっか」

丸山は頭を掻いた。

事もなげに言おうとする彼が哀れで、また愛しい。その彼をいま傷つけようとしているのは、他でもない、自分の嘘だ。しかし可奈子には、どう考えても尚美との関係が壊れることの方が耐えられそうにない。

私も好きだなんて、言えない。言ってはいけない。

丸山はタイヤのパンクした自転車のように、カタカタと、ふらふらとして見えた。いや、その危うさは可奈子の心、そのものだ。二台の自転車は別々に揺れながら並行し、ぶつかりそうでぶつからない、微妙なバランスを保っていた。この、まさにこの瞬間までは。

「あ、なんか俺、一人で熱くなって、なんか、ゴメンな。なんか、恰好悪くて、イヤんなるな、ほんと。うん、ダメだね、なんか、俺……」

違う、丸山君はダメじゃない。全然、ダメなんかじゃ――。

何かが、可奈子の心の中で弾けた。

同時に、可奈子は動いていた。

「……ん」

丸山の見開いた左目が、可奈子の左目に映る。目を閉じると、柔らかな感触だけが唇に残った。

ほんの、ほんの一瞬だった。それが、可奈子の限界だった。

「……ここだけ、ここだけのことにしておいて。今だけ、今だけだから……尚美には、絶対に言わないで。お願い」

そのときはもう、この場面を誰かに見られたのではないかと心配で堪らなくなっていた。それが尚美の耳に入ったらと考えると、居ても立ってもいられなかった。

可奈子は階段室に走り出した。もはや、屋上に置き去りにされる丸山の気持ちなど考える余裕もない。

「……麻月ッ」

呼んだだけで、もう、丸山が追ってくることはなかった。

二週間後、尚美は自殺した。

その間、とりたてて尚美に変わった様子はなかったように記憶している。相変わらず丸山にいつ告白するかで悩んでいたし、可奈子は思いきって今日にしなよ、と励まし続けた。丸山の可奈子に対する態度は、一日二日は硬かっただろうか。だがその後は元通りというか、尚美が不審に思うようなものではなかったはずだ。

そしてあの日の屋上での出来事が、誰かに見られていて噂になるだとか、そういうことも特になかった。図らずも別の男子との噂が可奈子には持ち上がったが、それはそれ、気にしないでいたらいつのまにか立ち消えになった。

尚美はなぜ自殺したのか。可奈子は、自分が丸山とキスをしたからだと思った。いや、たとえその事実がなくとも、そういう心の道筋ができてしまったからだと思っていた。

現に尚美の死後、丸山が尚美をふったという噂がどこからともなく出回り始めた。丸山が可奈子とのことを理由に尚美をふったのだとしたら、やはり尚美の死は自分に責任がある。自分の裏切りが、尚美を死に追いやったのだ。

しかし、その悩みに関してだけいえば、雪乃とのあのじゃれ合いで吹っ切れていた。慰められたし、物事を割り切って前に進む術のようなものも諭された。あの時点で、可奈子の気持ちがそれなりに上向いたのは事実だ。

だが、事はそれだけでは済まなかった。

携帯に、妙な電話がかかってくるようになったのだ。

最初は耳障りな、甲高いノイズが聞こえたように記憶している。番号は非通知で、ちょっと変わったイタズラ電話なのだと思っていた。

だが次の次か、もっと何度もあとのことだったか、ノイズが薄れるのに反して、電話には誰かの笑い声が混じるようになった。男なのか女なのか、それも分からない。聞き覚えがあるのかないのかも、よく分からない。ただ非常に不愉快な、引きつけるような、押し殺すような笑い声だった。

「誰なの？」

可奈子が訊いても答えない。そんな電話が何度も続き、あるとき、それは初めて言葉を発した。

『……尚美はさぁ、二人がデキてるの、知ってたんだよ』

可奈子は思いきり息を吸い込み、慌てて電話を切った。どっと汗が噴き出し、激しい動悸が内側から胸骨を軋ませた。

嫌な声だった。依然、男なのか女なのか分からない。だが機械で声を変えているだとか、そんな感じではなかった。ロボットっぽくはない。感情は伝わってきた。それもひどく卑しい、不愉快な感じ。そう、悪意。どす黒い悪意に充ちた、そう表現するのに相応しい声だった。

電話は続いた。

『お前が殺したんだよ、尚美を』

『可哀想に。ふられて死にたくなるほど、丸山のことが好きだったんだねぇ』

『お前が正直に言ってれば、死ななかったかも』

『騙されてたって知ってしまったからね』

『親友に騙されてたって、知ってしまったんだから』

『親友と好きな男が、陰でこそこそ付き合ってる』

『きっと自分のことを、笑ってるって思い込んだろうね』

『ひどいことするもんだ』

『人殺し』

『親友殺し』

『人殺し』

『よくも図々しく、告別式なんかに顔を出せたもんだ』

『尚美が灰になるのを見て、ザマアミロとでも思ったか』

『これで心置きなく、丸山と乳繰り合えるじゃないか』

『どうだった、丸山のアレは。大きかったか、小さかったか』

『痛かったか。それとももう、感じるのか』

『いい声で鳴いてみせたんだろ、丸山に』

『どうだい、男の味は。一度覚えると、歯止めが利かないから』

『そろそろ他の男も、味わってみたいんじゃないか？』

『自分でも慰めたりするのかい。丸山を想いながら』

『見せたいだろ、自分が丸山に抱かれる姿を。あの世の尚美に』

『丸山が悦んで吸ってる乳は、お前のじゃなくてあたしのなんだってよ、尚美に言ってやりたいんだろうがお前はッ』

嘘だ。嘘だ嘘だ嘘だ。

丸山は尚美の死後、それを苦にしたか学校にこなくなってしまったし、それ以前に丸山とは、あのキス以上の関係にはなっていなかった。デタラメだ。とんでもなく悪質な中傷だ。

番号非通知の電話は二度と取るまいと決めたが、そうしていると通知してきたり、挙句の果てにはどういう技術を使っているのか、メモリーに入っているクラスメートの番号でかけてきたりした。当然、可奈子はそのクラスメートを疑った。問い質したが、そのときは白を切られた。

その疑いも晴れぬうち、次は別のクラスメートの番号でかかってきた。そんなことが何度も何度も繰り返された。やがて可奈子は、周りの人間すべてが悪意を持っているように感じ、クラスで孤立するようになった。

以後も手を替え品を替え、悪意の攻撃は続いた。手口が変わるたびに可奈子は油断し、中傷の言葉を嵐のように浴びた。可奈子は疲れ果て、壊れていった。

もう電源も入れていないのに、あるとき勝手にそれは入り、着信し、出てもいないのにカバンの中で喚(わめ)き立てた。それで駄目ならと電池を抜くと、今度は家の電話にかけてきたり、ひどいときは家族の名を騙(かた)って学校にかけ、緊急だからと呼び出しまでした。怒って泣きながら受話器を置く可奈子を、事務員はそのたびに怪訝(けげん)な目で見たが、取り繕ってみせる余裕など欠片も残ってはいなかった。

和泉も心配してあれやこれや声をかけてくるが、母親に電話の内容をそのまま伝えるのはどうしても嫌だった。尚美の自殺をネタに中傷する悪意の声。はっきりと自分を正当化できない可奈子は、和泉に助けを求めることもできない。

そうだ、雪乃ちゃんになら、相談できる。

可奈子がそう思い立ったのは、もうずいぶんと衰弱が激しくなった、ある夕方のことだった。

2

六月中旬のある日、雪乃は原宿(はらじゅく)にある馴染みの古着屋から、リーバイス501、七〇年代後期モデル「Big E」が入荷したとの連絡を受け、駆けつけた。

せまい階段を上り、古着で膨らんだハンガーラックの間からレジを覗いた、そのとき、後ろから誰かに手首を摑まれた。

「失礼」

切れのある、低い、男の声。

雪乃は不快感を、あえて隠さずに睨んだ。

「……なに、警察？」

「いえ、スカウトです」

「興味ないっす」

「時間はとらせません。話を聞いてほしい」

「怪しい者じゃありません、くらい言ったらどうよ」

「それで信じますか」

「礼儀の問題でしょ」

「怪しい者ではありません」

「ばーか」

雪乃はその手を振り払い、奥に進んだ。顔見知りの若い女性店員が伝票を整理している。

「電話もらった。現物見せて」

「お、早いねェ」

店員が雪乃の背後を覗くように見る。

「……なに、またスカウト？」

「うん。興味ないっつーの」

肩越しに振り返ると、男はまださっきの出入り口に腕組みをして立っている。雪乃は
「参ったな」と呟いてから、声を大きくした。

「おっさーん、待ってたって無駄だよ。老い先短いんだから、とっとと次探した方が会社

のためなんじゃないのォッ」

　だが、男が退く様子はない。

「会社は私のものです。私の見込みに間違いはない。所用の邪魔はしないつもりです。ご迷惑でしょうが待たせてもらいます。終わったらほんの少しでいい、お時間を頂戴したい」

　店員の目が色づく。

「……ちょっと、渋くない？」

「ないない」

　雪乃は鼻で笑ってみせた。

　だが、確かに男は雪乃が「老い先短い」と馬鹿にするほどの年寄りではなかった。むしろその言葉が本当で彼が会社社長なのだとしたら、若いと言うべきだろう。

　背は一八〇センチ近くあり、がっちりとした印象がある。肩幅が広く、胸も厚い。スーツは薄くラインの入った紺、ネクタイは明るめの臙脂（えんじ）と派手だが、濃いブルーのワイシャツとは意外なほどマッチしている。顔はゴツい。男前と言う人もいるだろう。だが、雪乃の評価は「上の下」だ。髪はまだ真っ黒でオールバック。三十代後半に見えるが、前後五歳はどうとでも言える雰囲気だった。

「うざってーっつの……ほら、ブツ見せてよ」

店員は「ああ」と我に返り、背後の通路から注文のジーンズを持ってきた。

今回入荷した品、それは結果から言えば、残念ながら期待はずれだった。思ったより傷みがひどく、これに五万は出せないというのが雪乃の結論だった。

「ぶっちゃけ七万までだったら出すよ。ただ、コンディション重視だからね」

店員が改めてカウンターに広げる。

「そう？　そんな、言うほど悪くはないと思うけど」

「この穴、一万ダウン」

「厳しいなぁ、雪乃ちゃんは」

「交渉は、不成立のようですが」

ふいに男の声が飛んできた。

それでも雪乃は振り返らなかった。

「……まだいたんですかァ」

「はい、仕事ですから。簡単には諦めません」

「こっちは遊びですからァ、おあいにくゥ」

店員が雪乃の陰でクスッと笑う。

「あなたは遊び感覚でいい。私が真剣だというのさえ分かってもらえれば」

店員が、内緒話のように手で口を囲う。

「……なんか、口説かれてるみたい」

「どーせAVだよ」

「まだ高校生だって言ってやったら？」

「やだよ、喋りたくないもん……じゃ、また出物があったら知らせて。鈴木さんによろしくね」

鈴木はこの店のオーナーだ。

「了解。会いたがってたから、伝えたら泣くかも」

「そんな暇あったら仕入れに力入れてくださーい。んじゃ」

「うん。どうもね」

雪乃がカウンターから離れると、男は腕を解いて姿勢を正した。

「……もう、よろしいですか」

「よろしくない。次の店にいく」

「そうですか」

雪乃は男の横をすり抜け、階段を下り始めた。

すぐに革靴の足音が追ってくる。

「……ちょっと、ついてこないでよ」

「そうはいきません。でも警察は勘弁していただきたい」

「案外、小っちゃいこと言うのね」

通りに出たところで雪乃は振り返った。すると、

「そう、もっと私を睨んで……そう、いい。実にいい。稀有な眼をしている」

男の声は冷ややかだった。まるで、ジーンズの年代を鑑定するかのように。頭の中に詰まったデータと事務的に照らし合わせ、価格を算出する専門家の眼。雪乃は、彼が自分にどんな値段をつけるか、にわかに興味を覚えた。

再び歩き出し、誰にともなく言ってみる。

「……喉、渇いたんだけど」

初夏。午前中でも陽射しは強烈だった。

「どこでも好きな店に入ってください。ご馳走させていただきます」

雪乃は竹下通りの入り口で立ち止まった。

「あんたの馴染みの店に連れてって」

「分かりました」

その、間を置かない返事が、雪乃には心地好かった。

男が案内したのは有名予備校の原宿校舎向かい。歩道から階段を下りて地下一階の、まだ開店前のバーだった。内部は意外なほど広く、カーブしたカウンターの奥は見えない。ボックス席も十以上ありそうだ。

店長だろうか、黒服の男がこっちに深くお辞儀をする。

「……ミキさん。ご無沙汰しております」

「ご無沙汰してます。私用で申し訳ないが、奥の清掃はもう済みましたか」

「ええ。どうぞ、お使いになってください」

「すみません……さ、どうぞ」

男、「ミキ」と呼ばれた彼が雪乃を奥にいざなう。

雪乃は、ここなら危険はないと踏んでいた。少なくとも原宿なら、雪乃はどこが危なくてどこが危なくないか知り尽くしている。真ん前が予備校だから、というのでもないのだろうが、この一帯は暴力団関係者の出入りが少ない。ミカジメのやり取りはあるにしても、バックは堅気だと思っていい。

「お座りください」

ミキが案内したのは個室、いわゆるＶＩＰルームだった。大して広くはないがソファの座り心地は悪くなかった。ナチュラル系の配色、木製の壁が程よい明るさを醸(かも)し、テーブル等の調度品もシンプルなデザインで恰好いい。照明はやや暗めだが、ここで本を読む客もいないだろうから、まあ許容範囲だろう。

「飲み物は何がよろしいですか」

「ビール」

「一応、ノンアルコールに限らせてください」

「熱い緑茶」

初めて、ミキが笑みを漏らした。

「……分かりました。ちょっと待っててください」

ミキは部屋を出ていった。

雪乃は一人、待っている間にタバコでも吸おうと思ったが、灰皿が見当たらない。きっといま店員に頼んでも、あとでミキに「タバコもご遠慮願いたい」とか言われるだろうから、我慢することにした。

しばらくすると、ミキが緑茶を持って戻った。

「お待たせしました」

「ふうん。そんなもん、置いてんだ」

「いえ。いま近所で買ってきたんです。私が淹れたので、あまり美味くはないかもしれませんが」

「……はあ」

雪乃に茶の味は分からない。ただ、こんな店に緑茶はないだろうと思ったから注文しただけだ。それをわざわざ買ってくるとは。自分のような小娘の冗談を真っ直ぐ受けとめようとするミキが、雪乃にはちょっと面白い大人に思えた。

茶をすすった。

「じゃ、せっかくだからいただきます」

雪乃は湯飲みを手に取った。これはここにあった物なのだろうか。それとも今、これも買ってきたのだろうか。だがそこまで訊くのは野暮に思え、雪乃は黙って飲みたくもない茶をすすった。

ミキが対面にある丸椅子に腰を下ろす。

雪乃は湯飲みを置き、熱くなった指を振りながら訊いた。

「……あんた、ここのオーナー？」

「いえ、友人と三人で共同出資しただけです。出資額は私が一番少ないです」

「あっそ。で、あたしをどうしようっての」

ミキは胸から名刺入れを出し、一枚抜いて雪乃に向けた。雪乃は名刺交換の礼儀も知ってはいたが、あえて無作法に指先でつまみ取った。

【三木エージェンシー（株）代表取締役　三木貴大】

「三木エージェンシー？　知らないんですけど」

「モデル専門です。ファッション雑誌、通販カタログ、紙媒体の広告が中心です。たまにはテレビCMもやりますが」

雪乃は鼻で笑ってみせた。

「AVじゃないんだ」

「そっちがいいですか」

「どっちも嫌です」

「芸能界にご興味は」

「ございませんのあいにく、おほほ」

三木はピクリとも表情を崩さない。

「私が以前、芸能プロダクションにいた関係で……名前くらいはご存じでしょう、堀内(ほりうち)プロ。ウチの事務所から二人ほど紹介したりもしています。あなたは女優でもイケると思うんですが、まったく興味ないですか」

「同じことを二度言うのは嫌いなの」

「三度目に違う返事を期待しているんです。私は」

「『初志貫徹』が母の遺言なので」

「お母様を、亡くされたのですか」

「もうずいぶん前だから、お悔やみはけっこうよ」

「面白い人ですね、あなたは」

そう言いながらも、三木はまるで笑ってなどいない。

逆にこっちから訊いてやろう。

「コメディアンなら考えると思うの？」

「いいえ。それではあなたの美貌が無駄になります」

「安心したわ。あんたが馬鹿じゃないって分かって」

三木は溜め息を漏らし、やがて微笑を浮かべた。

「……これは、私の負け戦ですか」

だが三木の見せた落胆ほど、雪乃はこのやり取りが嫌ではなかった。そういう場合は自分から提案するのが、雪乃の流儀だ。

「だったら、次はあたしの話を聞いてみない？」

雪乃は組んでいた脚を解き、前傾姿勢をとった。

「……週二回で住居はなし。このあたしに月額いくら出す？」

三木が怪訝そうに目を細める。

「どういう意味ですか」

「愛人の価格設定」

「か……」

続けるべき言葉が浮かばないのか、三木の唇が半端な形に開いて止まる。雪乃は、手にしていた名刺をテーブルに置いた。

「女としてのあたしに興味がないなら、帰るわ」

席を立ち、壁と同質のドアに進む。

だがノブを握ると、

「五十万で、どうでしょうか」

三木は最初のひと言、手首を握ったときの「失礼」と同じ、低く切れのある声で言った。

「その額で、あたしと契約する？」

「はい」

それが、雪乃と三木の始まりだった。

三木には色々な場所に連れていってもらった。食事は青山か代官山が多く、それはとても高校生では入れないような高級店ばかりだった。ホテルも常に一流のスイート。三木は雪乃に約束通り毎月五十万円を手渡し、さらに同額以上の交際費を惜しげもなく費やした。

雪乃は女として充分評価されていると感じ、かつそれに満足した。

三木は実際にモデル事務所の社長だった。一度だけ会社に案内されたことがある。そのときもマネージャーだろうかスカウトマンだろうか、男性社員にモデルをやらないかと誘われた。

「本当に駄目か、雪乃」

社長室で二人になった途端、三木は訊いた。個人契約を結んでもなお、三木は雪乃に何かさせたくて仕方がないらしい。

「やだよ。あたしには愛人が性に合ってるの」

「勿体ない。君なら女優だってなんだって、好きなことができるのに。駄目か、本当に嫌か」

「同じことを二度言うのは嫌いだって、何度言わせんのよ」

「……勿体ないなぁ」

そんなとき、決まってふざけて大きな体をしぼませる三木が、雪乃は好きだった。

だが、話を聞く限りモデル事務所は趣味的なビジネスで、本業はむしろ原宿の店のような店舗経営にあるらしかった。だから金は唸るほど持っている。雪乃に使う金など、三木にとってはほんのタバコ銭に過ぎないのかもしれない。

三木には家庭がある。妻も子供もいる。かろうじて子供は雪乃より年下だが、それでも上の娘は中学生だそうだ。だが雪乃は、それを特別なことだとは思わない。自分は十七歳で、高校に籍を置いてはいるが、三木の前では一人の女だ。女子高生として三木と付き合っているつもりはない。自分は女だ、そう考えている。

また、雪乃には嫉妬心というものがない。三木の家庭に一切の興味はないし、彼を独占したいとも思わない。雪乃は、厳密に言えば、欠片ほども三木を愛してはいない。雪乃が大切なのはあくまでも自分自身。つまり、雪乃にとって三木の価値とは、「自分という女を高く評価してくれる高級な男」という部分にのみある。

その点で、三木は現在の雪乃を映す最高の鏡だ。金をよこし、さらに美しく磨こうとする。そんな三木の掌の上で、雪乃はまた少し綺麗になった自分を意識する。それが感じられるから、雪乃は三木を大切にする。

そして三木は、ことあるごとにベッドでも言う。

「俺だけが、君をこんなふうに、間近で眺めている……申し訳ない。これは世の男どもに、本当に申し訳ないことだよ」

どうしても、雪乃を人前に出すことを諦められないらしい。

「ありがとう。もうお言葉だけで、雪乃は充分です。あたしは三木さんだけで、充分なの……」

そう言って体を預けると、三木は優しく愛撫してくれた。

三木だけ。確かに雪乃は彼にそう言っていたし、このところ体を許しているのは本当に彼だけだった。だが、厳密に言えば体を許さない援助交際の相手があと数人はいる。そのことは、三木には内緒だった。

「なあ、君のそのパワーは、一体どこからくるんだ。その、体の芯から滲み出る、男の脳味噌を腐らせるようなパワーは」

「腐らせる、って……なんかひどい」

「いや、つまり、こう、蕩けさせるっていうか」

「だったら、最初からそう言ってよ」

　雪乃は、長い髪を裸の肩にまとめて続けた。

「そんなの……自分じゃ分からないよ。そんなもんじゃない？　本当の自分なんて、自分にも分からなくない？　そもそも、三木さんがあたしをどういうふうに見てるかなんて、あたしには分からない……たとえば三木さんは、あたしを綺麗な青いお皿だと思って褒める。あたしはあたしのことを、真っ赤な花だと思ってる。でも言葉にするとき、三木さんはあたしを『綺麗だね』って褒めるし、あたしだって、あたしのことを『綺麗でしょ』って言う。言葉の上では同じでも、見えてるものは違うかもしれない。そうじゃない？　そういうもんじゃない？」

　三木は歳相応の笑みを浮かべた。

「皿と花を、見間違えやしないさ」

「たとえばの話よ。た、と、え、ば……」

　そのとき雪乃は三木の太い首を抱きしめながら、胸の奥底に、まったく別の答えを見ていた。

　君のパワーの源はなんだ。

　ちゃんと答えはある。自分では分かっている。よく知っている。血だ。雪乃の体に流れる血が男を求め、そして狂わせるのだ。

あれは中学に入った直後、まだ父親である雄介を、それでも少しは信じていた頃のことだった。

いつものように雪乃は継母である雅子に毒づいていた。彼女は泣き、どうして自分を受け入れてくれないのかと雪乃に抗議した。

「当たり前でしょ。あんたがママからパパを奪ったんじゃない」

だがその夜は少しやり過ぎたか、雪乃の暴力に怯えた雅子が、思わずといったふうに口走った。

「でもそれは、あなたのお母さんだっておな……」

雅子は途中で口を噤んだが、その続きは小学校低学年の国語力でも充分に察しがついた。

それはあなたのお母さんだって、同じでしょ。

意味は分かる。だが、どうにも辻褄が合わない。

雪乃はトーンを落として訊いた。

「……それ、どういう意味よ」

雅子は哀れなほどに狼狽した。

「それ、は……違うの」

「違くないでしょ。ママも同じってどういう意味よ」

「違うの雪乃ちゃん、私は……」

「言ったじゃない。今そう言ったじゃないのとぼけないでよ」

「違うの、違うのよ、雪乃ちゃん」

「何よそれ。つまりなに、ママも誰かからパパを奪ったってこと？　あんたの言うのはそういう意味なんでしょ？　ねえ、答えなさいよ」

「それは……」

「答えなさいって言ってんのよ。また目ン玉蹴られたいの？」

雅子は床についた手の辺りに視線を這わせた。

「何よ、案外意気地がないのね……分かった。ちゃんと答えたら、ちっとはあんたのこと認めてやるよ。だから『あんたは知らないだろうけど』みたいな、思わせぶりな態度はやめてよね。あたしはあんたのそういうところが一番嫌いなんだよ……ほら、言いなよ。途中まで言ったんだから、最後まではっきり言えよッ」

雅子は頼りなく頷き、いつになく大人びた表情で話し始めた。

「……あなたは、知らないかもしれないけど、実は、雄介さんの結婚は、私とで、三度目になるの。つまり、あなたのお母さんとが二度目。その前にも奥さんがいたのよ。これはたぶん、麻月のお兄さんにも、知らせてないんだと思うわ。言いづらいんだけど……つまり、前の前の奥さんのとき、あなたのお母さんと雄介さんは、不倫関係だったわけで……

で、あなたのお母さんが、あなたを身籠もって、あちらにはお子さんが……」

「もういい」

雪乃は遮り、雅子に背を向けた。

「……落ちは読めたから。つまり、あたしの母親ももとは愛人で、あたしはその愛人の子供ってわけね……そう、それで納得いったわ。どうりであたしが男好きなわけだ」

「ちょっと……ねえ、ちょっと、待ってよ雪乃ちゃん」

そのまま雪乃は家を飛び出し、中学入学と同時に声をかけてきた三年の男子生徒に連絡をとった。繁華街に呼び出して落ち合い、雪乃は彼に抱かれ、女になった。誰でもよかったのは事実だが、自棄にはなっていなかった。むしろそれで初めて、自分の心と体が一つになった気がした。

ホテルを出、一人夜道を歩きながら、雪乃は自分の心に「花」を見た。男に抱かれて咲いた花。毒々しいほどに赤い大輪の花。

この花は、決して男に渡してはいけないと思った。渡せばきっと、死んだ母親と同じになってしまう。

男には、花の蜜だけ吸わせてやれば、それでいい。

冬木は比較的古い交際相手の一人だが、三木とは内容がまったく違った。あるいは、人間としてのランクが天と地ほども違う。

夕方に会い、カラオケに二時間付き合い、頬にキス。それは冬木が雪乃にしてもいいし、雪乃がしてやってもいい。とにかくそれで五万円。そんな付き合いが、三木との契約以前から続いている。

出会い系サイトを通じて知り合い、実際に会うことになった。待ち合わせ場所で声をかけたのは冬木の方で、雪乃はその容姿を見て、まず「逃げよう」と思った。

白い巨大なガマガエルが、もじゃもじゃの黒いカツラをかぶった感じ。雪乃の頭に浮かんだキーワードは「オタク」「結果的フリーター」「三十前後」。踵を返したまではよかったが、冬木は意外に素早い動きで雪乃の前に回り込み、二の腕を摑んだ。逃げないでくれと騒いだ。狂ったような彼の声に周囲の目が集まったので、その場は仕方なく冬木に従った。

とりあえずは喫茶店に落ちつき、雪乃は断らせるつもりでふっかけた。カラオケと、口以外のキスで五万円。

「うん、いいよ、いいよ、それで。うんうん」

そのときの、雪乃の全財産は五千円にも満たなかった。運命の悪戯とはこのことか。かくして、冬木との付き合いは始まってしまった。

彼が、一回につき支払う五万円をどうやって調達しているのかは知らない。いまだ親から貰っている小遣いからか、それともなけなしのバイト代から捻出しているのか。どちらにせよ、月に二、三回は会うのだから、よく続くものだと逆に感心してしまう。

その日も待ち合わせはいつも通り、夕方六時に新宿アルタ前だった。

「ごめんごめん、あっちの端で待ってたから」

冬木は生臭い息を白く吐き出しながら雪乃の前に立った。

雪乃はアルタ前でも立つ場所をいつも変えている。前回が右だったら左、その次は歩道のガードレール、そのまた次はワゴンセールの裏側。それで一分でも無駄に時間が過ぎたらいいと思うのだが、そんなことはまずない。冬木にはいとも簡単に見つけられてしまう。見つかったら、逃げるわけにもいかない。

「……どうも」

とりあえず一緒に歩くしかない。

手は繋がない。腕も組まない。ときどき肩に手を回そうとするが、

「そういう約束じゃないはずだけど」

はっきりとお断りする。そうしないと、こういう手合いは図に乗りやすくてあとが面倒なのだ。

「ご、ごめんごめん。つい、恋人気分になっちゃって」

「気分だけにしてください」

そんな冷たいことを言っても、冬木は雪乃との付き合いをやめたがらない。理由は、まあ、雪乃を近くで見られるだけで充分幸せなのだろう。ある程度は匂いもするだろうし、声も聞ける。一応会話も成り立っているから、彼にとってはテレビやゲーム、漫画の類いよりは貴重な体験のはずだ。

それはある意味、雪乃にとっても同じだった。

三木と契約したことで、雪乃の懐は以前と比べてずいぶんと温かくなった。だが、あれば使ってしまうのは誰でも同じ。三木が次をくれるまで待てない場合もある。そんなとき冬木のような相手は、まあ、まったく気は進まないのだが、プライドも許さないのだが、それでも多少はありがたい気も、しないではない、ときもあるわけだ。

そして向かうのはカラオケボックス。五万円のためとはいえ、冬木と二人で過ごす時間はつらい。特に、君に似てるから、と彼が選ぶトップアイドル、中谷(なかたに)かすみのレパートリーがキツい。終始、身の毛もよだつようなファルセット、閉じきらない薄目に汚れた三白眼を震わせて熱唱するのだ。そして、

「むぅぅぅ……」

決まってエンディングの途中、ちょうどかさぶたを無理矢理剥がしたときの肉の色、そんなてらてらと濡れた唇が迫ってくる。早く避けないとこっちの唇に触ってしまうので、急いで横を向き、拳を握り、肩をすぼめ、身を固くして堪(こら)える。その間は頭が真っ黒にな

る。真っ白ではなく、あくまで真っ黒だ。

だがこの日、キスの直後に冬木はとんでもないことを口走った。

「うーん、雪乃ちゃんて、やっぱり可愛いなぁ」

「……へ？」

突如、冬木が「雪乃ちゃん」と呼んだ驚きに、雪乃の声は図らずも裏返った。冬木に本名は教えていない。会うときはいつも「サクラ」という偽名で通している。

どうして――。

だが、その疑問は言葉にならなかった。代わりに冬木は、その沈黙で雪乃の意を察したか、「ああ」と思い出したように手を打った。

「あれ？　じゃあやっぱり、メールくれたの、君じゃないんだ」

「……メール、って、なに」

携帯の番号は知っているが、それ以外は興味がないので彼については何も知らない。当然、メールなど送れるはずもない。

冬木はいつも持ち歩いているくたびれたセカンドバッグからコピー紙の束を出した。一枚目をチラリと見せて読み上げる。

「川原雪乃、十七歳。バスト八〇センチ、ウエスト五六センチ、ヒップ八三センチ、体重四五キロ、身長一五九センチ、住所……」

「ちょっとッ」

雪乃は慌てて奪い取った。

とりあえず、いま彼が読み上げたところまではすべて事実だった。そのあとにも個人データは続いている。住所、家の電話番号、学校名、学籍番号、クラス名、そして、

「……うそ」

三木と冬木を含む八名の交際相手の名前、付き合いの内容と受け取る金額、各々の連絡先まで書かれている。しかも、全部合っている。

「ちょっとあんた、こんなこと、どうや……」

どうやって調べたのか、そう言い終わる前に、冬木は両手を振って否定した。

「ち、違うよ。だから、僕のアドレスに、勝手に送ってきたんだよ、誰かが」

「誰かって誰よ」

「それが分からないんだよ。変なんだけど、パソコンには相手のアドレスが表示されないし、そのまま送り返そうとすると、当然『送り先を入力してください』ってなっちゃうし」

そして紙はまだ何枚かある。雪乃は次の一枚を見て、まさに心臓を握り潰されるような衝撃を覚えた。

「……ああ、それね」

それは、裸の雪乃が同じく裸の男に抱かれている写真だった。決して写りはよくないが、知った者ならそれが雪乃であることははっきりと分かる。男は後ろから四つん這いの雪乃を貫いており、下から回した手で乳房を揉みしだいている。

「……いい写真だよね。僕はその、ずっとあとのやつの方が、好きだけど」

まだあるのか。次を捲ると、カメラ位置は同じようだが、雪乃が男のそれを銜えている場面、逆に脚を広げて舐められている場面、立ったまま後ろで繋がっている場面と続いた。

「うん、その最後のが一番好き。サクラちゃん……じゃなかった、雪乃ちゃんて、こんなおっぱいしてるんだ。小っちゃいけど、形がいいね。すっごく可愛いよぉ。いつもはパッドで足してるの？　それとこの、おへその脇のホクロが……」

雪乃は、写真と実物を見比べる冬木の無遠慮な視線をあえて無視し、紙の束を握り潰した。

「……本当に、あんたが調べたんじゃないの」

目一杯威嚇（いかく）を込めて睨んでも、

「うんうん、違うの違うの。僕じゃないんだよ、本当に」

冬木は怯（ひる）まず、さも嬉しそうに頷いてみせた。

では一体、誰が。

写真の相手が三木であることは間違いない。体がまずそうだし、顔もはっきりとではないが、雪乃に分かる程度には写っている。部屋の様子からしてもそうだ。三木がよく使うホテルの壁と、手前にスタンドの笠が写り込んでいる。

これは、三木が隠し撮りしたものなのか。だとしたら、なぜこんなものを他人に送りつけたりするのか。それもよりによって、冬木などという最低の男に。雪乃の格付けの、最下層の男に。

雪乃が「三木さん一人だけ」と言ったのに、他に七人も付き合っていたからか。三木が、自分に嫉妬したというのか。薄汚れた女だと思ったのか。だがそうなのだとしても、あまりにひどいやり方ではないか。こんな実力行使に訴える前に、ひと言「どういうことだ」と叱ってくれればよかった。面と向かって言ってくれれば、相手が三木なら、雪乃は他を切ってもよかったのに。

それとも、三木以外の誰かなのか。いや待て。ベッドサイドのスタンド、その下といえばナイトテーブル。そこはいつも、自分が携帯電話を置く場所ではないか。

だが、雪乃にそれ以上考える暇は与えられなかった。

「ずいぶんと驚いてるねえ。そうか、全然知らなかったんだ」

冬木は、急に声を低くした。

「……それさあ、ま、分かってるとは思うけど、僕のパソコンにあるデータと画像をプリントアウトしただけだから、丸めても破っても、何回でも出力できるんだよねえ」

雪乃は冬木の言わんとしていることを察し、首から下が消失するような悪寒を覚えた。

「たとえばさあ、これを学校に送りつけたり、ネットの掲示板に貼りつけたり、使い方は色々、考えられるよねえ……」

搗(つ)きたての餅(もち)に毛が生えたような冬木の手が、雪乃の胸を無遠慮に撫で回す。血走った眼でじっと襟元を凝視し、何を思い描いたのか生唾(なまつば)を飲み込む。飛び出た鼻毛が荒い息に揺れる。

「僕さ、毎日毎日、出会ってからずっと、こんなふうに、君の胸に触ってみたいって、思ってたんだ……な、舐めて、みたいって、思ってたんだ」

「あっそ。でも残念でした」

雪乃は力いっぱい、冬木の両目に親指を捩(ね)じ込んだ。

3

翔矢は、身支度を整える女の後ろ姿を見ていた。

女という生き物は、翔矢にはなくてはならないものだ。

そう、物。それが失礼なら「存在」とまでは引き上げて言うことはできる。だがそれ以上は無理だ。少なくとも、自分と同列に扱うべき対象ではあり得ない。

とはいえ翔矢も、実のところそんな定義を善しとしているわけではない。自分と同等の存在である「女」の出現を待っている。心の底から望んでいる。

　今年ようやく十七歳になったが、同年代の女はまったく駄目だ。

　いや、女に限らず、男どもも駄目だ。くだらない日常の雑事に振り回され、自分の置かれた状況というものがまったく見えていない。自分の現状が見えていないのだから、当然先を見通そうともしない。自分がなんのために生き、どこに向かっているのか。そういったものが「ない」ことに注意すら払わないから、探す気にもなっていない。

　だったら、お前はどうだ——。

　実は翔矢にも、今はない。自分がなんのために生きているのか、どこに向かっているのか、まだ分かっていない。だが探してはいる。少なくとも同年代の、探しもしない馬鹿どもと一緒ではない。

　初めてそれを感じたのは中学のとき。当時から多少大人びて見られた翔矢は高校生の女と知り合い、付き合うようになった。あの頃は女子高生を大人の女のように思ったし、最初は敬意も払った。だがそれも長くは続かなかった。所詮、中学生が歳をとったのが高校生で、馬鹿の年季が入っただけなのだと悟った。少なくともその女に関しては。

　また女たちは、なぜか翔矢に対し「ガキじゃん」というような態度はとらなかった。「まだ中学生なの？　見えないよね」と感心ばかりする。理由を訊くと、「しっかりした感じだから」と、なんとも馬鹿馬鹿しい答えが返ってくる。結局は外見と雰囲気だけで判断し、誰もが翔矢を飴玉のように口に入れたがる。そのくせ、誰も皮を剝いて中身を食べようとはしない。生肉に触れ、貪ろうとはしない。

そんなとき翔矢は、お前がしっかりしろよ、と心の中で毒づく。

今では恋のお相手もすっかりOL専門になってしまった。ではOLが期待するほど利口で、大人で、自分というものをしっかり持ち、先を見通して生きているのかというと、そんなことはまったくない。

職場が寒くて足腰が冷えるとか、新しいダイエット方法は思ったほど効果がないとか、どこそこに旅行にいったけど騙された気がするとか、ちょっと見てくれがよければセクハラに悩んでるとか、多少は自分を高めたいと思っているように見えたのに、勉強するため、資格を取るためにあっさり退職するだとか、そいつがそいつである理由が、翔矢にはまったく見えなかった。誰が誰だかさっぱり分からない。

だがそれも無理のない話ではある。そもそも大人が全般的にそうなのだ。不景気に嘆き、暗い顔で出社し、疲れた顔で帰ってくる。翔矢の父親は最高学府を経て一流商社で働いているというが、つまりは会社の駒であり、いくらでも替えの利く人間部品に過ぎないのだ。宇野士郎という男が、別に田中太郎であってもかまわないのだ。

お前は誰だ、お前は誰だ、お前は誰だ。翔矢は社会に、世間に、大人に、子供に、そして自らに問う。お前らは誰で、なんのために生き、どこに向かっているのだと。

そう、翔矢は自分自身にも問う。

今の自分がどんなふうかと言うと、つまりはただの女ったらしなのだ。

「ねえ。帰ってくるまで、どこにもいかないでね……」

タッケンだかトッケンだか知らないが、何か次に素晴らしい仕事をするために、それには資格が必要なのでそれを取るために、その資格のための勉強をするために、就職してからたったの半年で会社を辞めた馬鹿女が、翔矢の裸の膝に頰ずりする。

「約束はしない。知ってるでしょ」

「うん、知ってるよ。知ってるけど、言いたいの。言って、私がそういう気持ちだってことだけは、翔矢に知っておいてもらいたいの。感じてほしいの……」

放っておくと、勝手にスパッツをずり下げてしゃぶり始めそうだったので、

「ほら、遅れるよ……ガッコ」

翔矢は女の髪を撫でて言ってやった。

「……うん」

女は名残惜しそうに立ち上がり、ルージュを引き直して出ていった。

実に、下らない。

翔矢は学歴も資格も大嫌いだ。人間をただ駒のように扱う企業、あらゆる組織が大嫌い

だ。人は自分という人間を測ってほしいのではなく、覆い隠すために学歴を欲し、資格を取り、組織の足元に集う。自らの命を、工業規格に合致した優良電池だと認めてもらいたがる。だが昨今、そんな電池は寿命まで使ってもらうことすらできないらしい。液漏れが起こるのか、機械の方が故障するのかは知らないが、もう社会自体が上手く機能していない、そのことだけは十七歳の翔矢にもひしひしと感じ取れる。

かといって、翔矢は恵まれない家庭の子供でも、学歴にコンプレックスを抱くようなドロップアウト組でもない。勉強は大して努力しなくてもできる方なので、大学くらいはいっていけないものではない。ただ、今はいく意味が見出せない。それだけのことだ。

翔矢は一人溜め息をつき、出窓に乗せた鉢植えを見やった。

花は、いい。

いま咲いているのは九月に植えた濃い桃色のストック。別名アラセイトウ、学名をマッティオラ・インカーナというが、翔矢が鉢植えをやるきっかけとなったのはケンタウレア・キアヌス、俗にいうヤグルマソウだ。

あれは二年前の秋、渋谷の道玄坂を歩いていたときのことだ。籠を提げた女が何か配っており、ティッシュだと思って手を出したのだが、握らされたのは花の種だった。もらってすぐ捨てるのも恰好悪いのでポケットに入れ、そのまま当時付き合っていた女の部屋まで持ち帰った。

　翔矢はそこでゴミ箱に捨てたのだが、それをどういうわけか女が拾い、鉢に植えて育て始めた。いま思えばあの女とは長かった。芽が出てふくらんで、花が咲いた春まで続いたのだから。

　なぜだろう。翔矢はそのとき、生まれて初めて花を美しいと思った。当時はその理由が分からなかった。

　とりあえず調べてみた。ヤグルマソウ、「矢車草」は実は通称で、正式には「矢車菊」といい、学名は「ケンタウレア・キアヌス」であると分かった。他にどんな色があるのか、種類があるのか。しかし、分類学上に納得できる美しさの理由は見当たらなかった。分かったのは、写真で見る花に魅力は感じないということだけだった。

　以来、色々と花を育てては眺めた。特にどの花が好きというのはなかった。ただ、切花は好きになれなかった。種から育ち、やがて花を咲かせて、散る。その過程がなんとなく好きだった。共感するというか、感じ入るものがあった。

　そしてつい最近だ。花の美しさとは、パッと咲いてパッと散るところにあるのではないかと思うようになった。それを人の一生に重ねて考えるようにもなった。

　一度でいい、美しい花を咲かせて死ねたら本望だろう。

　ただ、翔矢にとって問題なのは、自分がどんな花を咲かせるべきなのか、ということだった。

花も咲かせずに枯れる人生。

それだけは、絶対にあってはならない。

そんな翔矢がたった一人、上にも下にも思わず、その存在をありのまま受け入れられる、認められる女がいる。それが、川原雪乃だ。

彼女は「川原雪乃」という女、それ以外の何者でもない。馬鹿か利口かといえば、たぶん馬鹿な方なのだろうが、存在感がずば抜けているのでそんな価値基準に照らして考えようとは思わない。いや、そんなことすら考えさせないパワーが彼女にはある。

深い付き合いではないし、ましてや男と女になったこともない。考えたこともないと言えば嘘になるが、実行に移すことはできなかった。そう、翔矢は雪乃を口説くことができなかった。

付き合えよ、と翔矢が言えば、おそらく雪乃は簡単に体を許すだろう。それは分かっている。拒まれたり、ふられたりすることはないはずだ。だが、そうなるのが怖い。いや、違う。そうなったとき、雪乃が本当の自分を見たときに、どういう評価を下すのかが怖いのだ。

自分探しの途中の翔矢は、自分を確立している雪乃に認めてもらえるかどうか、それが不安だった。離れている分には、雪乃は翔矢に一目置いて接する。だがある一線を越えてしまったら、自分がまるで空っぽの、ただの女ったらしの、とんだ食わせ者だとバレはしないか。それが心配なのだ。

その一方で、雪乃にすべてを晒したい、全部見せて楽になりたいという欲求もある。これが恋愛感情なのかどうか、はっきりとは分からない。だがたぶん違うと思う。むしろライバル意識。同じ時代を生きる人間として、翔矢は雪乃を高く評価し、同時に嫉妬しているのだ。

ふと、雪乃は花を美しいと思うだろうか、などと考える。訊けばすかさず、「あたしの方が綺麗でしょ」と答えるだろう。そう言われたら、もう笑うしかない。

雪乃。まったく最高だよ、お前は――。

鉢植えの向こう、窓の外に目を向けると、マンションの四階から見える夜景は灰色の雨に煙っていた。ガラスが楕円に曇っている。透き通っているわずかな隙間には、この部屋の明かりを受けた雨粒がほの白く浮かび、矢の速さで縦に通り過ぎていく。

携帯が鳴った。翔矢は女の勉強机に置いていたそれを取り上げ、耳に当てた。表示には、さっき出かけていった女の名前がある。

「もしもし」

無言。背後に雨音が聞こえる。

「どうしたの。傘、持ってかなかったわけじゃないでしょ」

ひくひくと、引きつけるような息遣い。

「おい、なんだよ。なに、泣いてんの？」

そこまで言って、初めて反応があった。

『あぁ……翔矢ぁ……』

女ではない。ザラザラとした、肌触りの悪い男の声だ。ぼんやりしていた翔矢の頭脳は一瞬にしてぐるりと入れ代わり、危険と相対するときの「戦闘モード」で立ち上がった。

あの女に何かあった。携帯電話を奪われたくらいだから無事なはずがない。ボコられたか、レイプされたか。いや、それはさて措き、問題はこの電話口にいる危険な存在が、これから自分にどう関わろうとしているかだ。そしてまずは、その正体だ。

「……誰だ」

『俺だよ、おぉ……れぇ……』

「悪いがまったく覚えがない。名乗ってくれ」

『俺で分からんようやったら、ま、しゃあないな。キ、タ、ガ、ワ。キタガワ、ミツヨシや』

喜多川、光芳――。

翔矢は珍しく、息を呑むほどの驚愕を覚えた。

今ワイドショーを騒がせている練馬の主婦殺し、その息子で行方不明になっている「少年A」こそ、翔矢と同じクラスに籍を置いていた喜多川光芳なのだ。テレビで見る限り、警察は主婦殺しの容疑者をまだ断定してはいない。だが局側の姿勢は、犯人は息子である少年A、喜多川光芳だと言っているも同然だった。

そんな彼が、なぜ大して接点もない自分に電話をよこすのか。いや、ただかけてきたわけではない。この部屋の主(あるじ)である女からいかなる方法でかは分からないが携帯電話を奪い、それを使ってかけてきたのだ。なぜだ。なぜだ。

光芳は決して、メディアによって作られつつあるような、不気味なイメージの少年ではない。内に何かを溜め込み、一気に暴発させるような危険人物ではなかった。人が好く、目立たない代わりに陰もない奴だった。

クラスでの席は翔矢の一つ前。あれは十月の中頃だったか、光芳がインターネットの代金が馬鹿にならないと漏らすのを、翔矢は聞くともなしに聞いてしまい、

「あのさぁ、喜多川さぁ」

後ろから肩を叩いた。

「あ……え、僕？　えっと、あ、ゴメンゴメン。宇野君に、声かけられるなんて、思ってなかったから、びっくりしちゃった。なに？　え、なん、ですか？」

呼ばれて体を震わせたことに慌てて言い訳する光芳は、喋れば喋れるが、声をかけられ

なければ自分からはそうしない、気弱で、悪意のない、実に普通の少年だった。そのときの様子はといえば、翔矢との会話に舞い上がっていたようにすら思い出される。

「そのさ、ネットに月額、いくら払ってんの」

「僕？　僕がひと月に？　ああ、うんうん。あの、僕さ、ホームページとかブログとかやっててさ、それでけっこう時間使っちゃうわりに……ほんと、うちってローテクで嫌になっちゃうんだけど、いまだにISDNなんだよ。ほんとはADSLとか光にしたいんだけどさ、なんか知らないけど、施工可能地域に入ってないいんだよね、僕んちの一画だけ。それで今度の……」

光芳はもっと説明したそうだったが、翔矢は遮った。

「いや、いいよ。大体いくらか言ってくれれば」

「……あ」

喋り過ぎたことを詫びるように、光芳は頭を掻きながら顎を出した。

「ゴメンゴメン、大体二万くらいになっちゃうんだ。ちょっと、それで母親にもガミガミ言われててさ」

翔矢は軽く頷き、ポケットから携帯を取り出した。

「じゃあそれ、タダにしてやるよ」

「え、タダって、何が？　え、どうやって……ってか、なんで、どうして僕なんかに、宇野君が？」

「いいから、お前のも出せよ。ネットも携帯も、全部タダにしてやるから」

それからすぐ、雪乃とやったのと同じ手順で、光芳に入力させた。送信すると、まもなく翔矢の携帯にメールが入った。以降はすべてがタダになるという、例のやつだ。それも、光芳に見せてやった。

「ああーっ、ありがとうありがとう。本当にありがとう。いやもう本当に、涙が出るくらいありがとうだよ。本当にあり……ああ、ゴメンゴメン、手ぇ握っちゃった……ゴメンね、ゴメンね」

「でもお前がタダになるのは、次を登録してからだぜ」

「分かってる分かってる。うんうん、今すぐ、誰か探してくるよ。えーと……」

そこでチャイムが鳴ったので、その後に光芳が誰に登録させたかは知らないが、とにかく、彼との接点はそんなものだった。

その喜多川光芳が今、どうやって調べたのか翔矢の交際相手から携帯を奪い、電話をかけてきている。挙句になんなのだろう、この珍妙な関西弁と柄にもないダミ声は。

そう考えると、そもそもこの声の主が本当に喜多川光芳かどうかも定かではない。だが「喜多川光芳だ」と言われれば、そうかもしれないと思う。翔矢の記憶にある彼の印象は、所詮その程度でしかない。

光芳なのか、それとも別の誰かなのか。どちらにせよ、相手が正気でないことだけは確かだ。

『……窓、覗いてみろや』

とても光芳とは思えない、堂々とした命令口調。

翔矢はレースのカーテンを避け、ガラスの曇りを手で拭った。

『見えたかぁ？』

風がないのか、雨は真っ直ぐ真下に向かい、その途中途中で窓の明かりを受けながら、やがては地面に突き刺さり、消える。駐車場の黒いアスファルト、一台ずつの駐車場所を区切る白線。植え込みの向こうは歩道。そこに、あの女が最近気に入っているブランドの傘が開いて見えた。街灯の下、紺地に白のラインがはっきりと確認できる。さらにその下には、女が着ていったはずのモスグリーンのコート、その裾が覗いている。

『見えたかぁ訊いとるんじゃ』

「何が」

『かーさ。ほれ、揺れとるやろが』

「ああ、見えた。それがどうかしたか」

そう答えるや否や、傘は宙に舞い上がった。

代わってそこに現われたのは、まさにあの女と、その肩を抱く、白い男の姿だった。

なんだ、あれは。特攻服か。

長く裾を垂らす立ち姿。胸元はサラシか、そんなふうに見える。男は女の肩から左手を放し、二人の間にある何かを握ったように見えた。女の姿が揺れ、男は両手を突き出し、そして下に引いた。

音もなく、女が地面に寝転ぶ。見ると、男の全身はいつのまにか、まるで血でも浴びたかのように赤く染まっており、両手には、何か細い棒のようなものが握られていた。反りのある、角度によってはギラリと光を照り返す、棒。

日本刀か、あれは。

男は肩ではさんでいた携帯を右手に持ち直した。

『次は翔矢……お前の番じゃ』

もうそのとき、翔矢は窓際にはいなかった。廊下をエレベーター前まで走り、一階の出入り口以外にどこか逃げ出せる場所はなかったか、頭をフル回転させて考えていた。

4

おかしい。可奈子がおかしい。

和泉は愛娘（まなむすめ）の精神が何者かに侵されていく様を、なす術もなく見ていた。

可奈子は電話にひどく怯え、ときには家にかかってきたそれを叩きつけるように切り、その場で泣き崩れた。

「カナ、どうしたの。一体どうしたっていうの」

可奈子は口を押さえ、嗚咽を堪える。鼻で荒い息を繰り返す。

「ママに話してよ。どうしてよ。どうして何も言ってくれないの」

「だって……だって」

明らかに異常だった。今かかってきた電話はクラスメートからだったが、可奈子は何も言い返さず、ただ唇を噛み千切らんばかりに喰い縛って聞いていた。

「……イジメに、遭ってるんじゃないの？」

何度そう訊いても、可奈子はかぶりを振るばかり。

「イジメじゃないの？　イジメじゃないのね？　じゃあ電話、何を言われたの」

それにも答えない。

「野崎(のざき)さんだったんでしょ？　ママ、そう聞いたから取り次いだんだけど」

またかぶりを振る。

「……野崎さんじゃ、なかったの？」

折れるように頷く。

「じゃあ、誰からだったの」

「分からないの？」

「クラスの子なんでしょ？」

「違うの？　クラスの子じゃないのね？　違うのね？」

「先輩？　それとも学校の子じゃないの？」

「違うの？　そうじゃないの？　分からないの？」

「どうして分からないの」

「ずっとそうなの？」

「男の人？　女の人？」

「歳は？　どうして分からないの」

「何を言われるの？　ねえ、ママに話してちょうだい」

いつのまにか自分が可奈子を責めているように感じ、和泉もそれ以上訊けなくなってしまう。そんなことの繰り返しだった。

可奈子はもう、何日も前から携帯電話を持ち歩かなくなっていた。ときどき用があってかけても、二階の部屋で鳴っていたりする。そういえばここふた月ほど、可奈子の契約している番号での請求金額は基本料金からゼロになっているが、あれは一体どういうことなのだろう。故障でもして使用を休止しているのだろうか。かければ電話はちゃんと鳴るようだが。

だから、家にかかってくる電話が増えたことを不思議には思わなかった。そして何回目だったろうか、可奈子が相手に向かってまったく喋っていないと気づき、ようやく、これは妙だなと思い始めた。そして注意深く様子を窺うと――そもそも塞ぎ込んでいるのだから、その度合いを見極めるのは実に難しいのだが、やはり、電話を切ったあとの可奈子は、よりいっそう苦しげに眉をひそめるように見えた。胸の内にある何かを鎮めようとしているような、嫌な物は押し潰して小さくして、どこかに隠してしまおうとするような、そんな表情だった。

そして昨日、可奈子の心の防壁はついに決壊したか、とうとう和泉の前で泣くようになった。

だが、その理由までは説明してくれない。

尚美の自殺と関係があることは容易に想像がつく。それと丸山少年。これは、最近可奈子の様子が変だとわざわざ電話をくれた担任教師から聞いたことだが、丸山は学校にこないばかりでなく、実は行方不明になっているのだという。つまり、事実上二人の生徒が、可奈子の前から姿を消していることになる。

まさか。

和泉は、次に消えるのは可奈子なのではないか。そんな悪しき想像に震えた。

もしその危険があるのだとしたら、それを可奈子自身が察知しているのだとしたら、あの様子は実に納得がいくものではある。そうすると、電話は一体どんな内容だったのだろう。

『殺してやる』

『誘拐するぞ』

『海外に売り飛ばすぞ』

違う。たぶん、そんなことではない。

和泉は自分の想像力の乏しさに嫌気がさした。そもそも、そんな電話だったら警察に相談しなければならないし、和泉に報告しない可奈子ではない。では、ああまで可奈子を怯えさせる電話とは一体、どういう内容なのだろう。

子供は一人ですでに高校生、パートも習い事もしていない和泉は、結果的に多くの時間を家事に費やすことになる。掃除や洗濯に好きも嫌いもないとは思うが、料理は好きな方なので、これも一つの趣味だと考えて色々やるようにしている。

主婦としては早い方ではないだろうか、三時過ぎには夕飯の買い物に出かけるし、その日のメニューにもよるが、大体二時間はかけて支度をする。

そんな話を近所の主婦にしたとき、

「麻月さん、おっとりしてらっしゃるから」

そう、暗に馬鹿にされたのを覚えている。しかも、それを聞いた八百屋の奥さんまでにっこりと笑った。なんだ、自分は近所では、のろまだと思われているのか？もしそうなのだとしたら、決して作業がのろいのではない、と和泉は言いたい。単に手間隙かけるのが好きなだけだ。時間に余裕があるから、それを料理に充てているだけだ。その証拠に掃除や洗濯は——これも家の広さ、家族構成で様々だろうが、午前の十時半には大体終わっているし、生ゴミだってできるだけ家庭で処理できるよう、せまい庭だが家庭菜園を作り、肥料として有効活用している。それでもなお時間があるから、ゆっくりと手間のかかる料理に挑戦しているのだ。

新しい料理が上手くでき、可奈子がひと口食べて「美味しい」と言う、その顔を見るのが何よりの喜びだった。浩太郎に毎日手料理を振る舞うことはできないが、それでも週末、祝日はよりいっそう腕を振るい、可奈子にも手伝わせて一緒に美味しいものを作った。

だがもう、今はそんな可奈子の笑みも、三人の明るい家庭も、遠い過去のように思えてならない。

浩太郎もいい加減、可奈子の異状には気づいていた。このところは帰ってくるなり「可奈子はどうだ」と和泉に訊く。相変わらず、と答えると、

「やっぱり、病院に連れてった方がよくないか」

数日前、スーツを脱ぎながらそう提案してきた。

「連れていくって、どこがいいのか分からないもの」

「やっぱり大学病院、だろうな。その辺のなんとかクリニックじゃ、評判も分からないし」

「私は、あんまり大袈裟なのは、よくないと思うけど……」

「ちゃんとしたところの方がいいぞ。何かと」

「何かとって、何よ」

「何って……まあ、色々だよ」

「んもう。とにかく私は、今の可奈子に負担になるような、大袈裟な感じにはしたくないのよ」

「俺はもう充分、大袈裟なことになってると思うぞ。あんなにげっそり痩せちまって。まるで別人じゃないか」

「だから私は、もっと前に、どっかに連れていこうと思ったのに、あなたが、放っとけば大丈夫だとか言ったんじゃない……」

言い合いになりかけ、和泉はトーンを落とした。浩太郎と和泉はほとんど夫婦喧嘩などしたことがない。それほど大きなトラブルがなかったというのもあるが、それ以前にどちらかが折れる、あるいは冷静なうちに双方が歩み寄ることで治めてきた。そもそも分かり合って結婚したのだから、そんなに大きな価値観や考えのズレはないと思っている。

和泉が引いたのを察した浩太郎は、部屋着のセーターをかぶって髪型を整えてから言った。

「俺も、精神科とかの評判、それとなく聞いてみるからさ。飯島の奥さん、ちょっとノイローゼになった頃があったろ。あいつなら相談しやすいし……な、ちゃんとしたところ、連れていこう」

実際に昨夜、浩太郎は具体的な結果を知らせた。

「帝都医大の、大沼先生ってのが、なんかいいらしいぞ。担当が火曜と木曜だってから、来週にでもいってみるといい」

来週か。

早くて、来週の火曜か。

和泉はカレンダーに目をやり、溜め息をついた。

翌日の夕方、五時を過ぎても可奈子は帰ってこなかった。好物の、トマトをたっぷり利かせたピラフと白身魚のムニエルを作ったのに、六時になっても七時になっても帰ってこない。

何かあったのだろうか。

試しに携帯を鳴らしてみたが、やはり二階で呼び出し音が鳴っている。当然、可奈子が出るはずもない。

和泉は一人で食べるわけにもいかず、かといって本を読む気にもなれず、ただぼんやりとゴールデンタイムのテレビを眺めていた。

可奈子が夕飯に帰らなかったのは、一体いつ以来だろう。文化祭の準備がどうとかいった頃か。誰かの誕生日を祝うといったときだったか。なんにせよ、連絡もせずに帰りが遅くなるのは初めてではないだろうか。

何かあったに違いない――。

和泉はまず学校に電話を入れた。が、担任はすでに帰宅しており、学年主任が残ってはいたが、それでは可奈子がいつ下校したかなど分かるはずもない。

丁重に礼を述べて切り、和泉は次に友達の家にかけてみようと思い、だが連絡網を掴んだ手をはたと止めた。

もう尚美はいない。あれから可奈子がクラスの誰と仲よくしているのか、和泉にはまるで分からなかった。

夜九時。片っ端からかけてみるにはまだ早い。遊んでいるのでなくても、この時間に予備校や塾にいっている子供はいくらでもいる。一体誰なら家に帰っていて、誰なら帰っていないのか。そんなことを和泉が知るはずもない。偶然その家に呼ばれでもしていればいいが、それならなおさら、可奈子が連絡してこないのはおかしい。

どうしたんだろう。一体、どうしてしまったのだろう。

もう少し待って、十時になって帰ってこなかったら、浩太郎に電話しよう。それで指示をあおごう。

和泉はじっとソファに座り、テレビを消し、玄関の様子を窺いながら、時計の針を睨み続けた。

第三章

1

可奈子は崖っぷちにいた。こんな状態で日常生活を送るのは、もうこれ以上無理なように思えた。精神面でも、肉体面でも。

今朝、和泉に大学病院にいってみようと言われた。当然だろう。尚美が自殺する前と比べたら体重は十キロ近く減っている。頬はげっそりとこけ、唇は乾きひび割れている。目には隈（くま）、髪には枝毛、体のあちこちには骨が浮き出ている。生理もこない。だが、大学病院にいって何かいいことがあるだろうか。事態は好転するだろうか。それは、残念ながらないと言わざるを得ない。

可奈子には分かっている。あの悪意に充ちた電話の声、その正体を暴かなくては自分に未来はない。

あれが単なる悪夢や妄想なら話は別だが、悲しいかな現実だ。少なくとも、勝手にカバンの中で携帯電話が喋り出すのを友達は耳にしているし、和泉や学校の事務員はわざわざ呼び出して受話器を渡す。ときには代わって、誰かにあの声を聞かせたいと思うこともある。だが誰ならあの声の言い分を聞かせられるだろう。

和泉か。いやダメだ。今度は和泉がノイローゼになってしまう。浩太郎か。それはチャンスすらない。だったら誰だ、誰なら聞かせられる？　どう考えてもそれは、雪乃以外にはいそうになかった。

なんとか夕方まで持ち堪え、下校の支度をし、可奈子は一人足早に学校を離れた。

このところは携帯電話を持ち歩いていないので、こうやって外にいるときが一番気が楽だった。近くに電話さえなければ怖い目には遭わない。もしかしたら、あの声の主なら近くの公衆電話に直接かけることも可能なのかもしれないが、幸い携帯電話の普及した昨今ではそれもあまり見かけなくなっている。

ただ、携帯がないのに電話をかけたい、となると実に不便だ。学校の周辺に公衆電話は見当たらず、そうなると駅までいかなければならない。

渋谷駅。さすがにいくつも電話ボックスが並んでいるが、ここで迂闊に近づいてベルが鳴ったら、と考えると可奈子の足はすくんだ。

でも、雪乃には早く会いたい——。

残りわずかな気力、持てる勇気のすべてを振り絞ってボックスのドアを開ける。この電話が鳴る前に受話器を取ってしまえばいい。可奈子は、指を切りそうなほどぶつけながらフックを上げた。

よかった。ベルは、鳴らなかった。

安堵の息をつき、カバンから財布と一枚のメモ紙を取り出す。書いてあるのは雪乃の携帯番号。アドレス帳代わりの携帯電話を持ち歩いていないので、こうでもしないとどこにもかけられない。もちろん、テレホンカードも用意してきた。使わないつもりだった小学校の卒業記念テレカ。もう、こんなものを大事にしまっておく時代でもない。

かさついた手でカードを挿入し、細くなった指先で十一桁を押し終えると、ワンコールののち、

『……もしもしぃ』

不機嫌な雪乃の声が応えた。それでも可奈子は、電話口で久し振りに聞くまともな人間の声に安堵した。

「雪乃ちゃん、私、可奈子」

『ん、え、カコ？　カコなの？　なんだよかったぁ。おばちゃんにケータイ持ってってないって聞いたから困ってたんだけど、あ、だから公衆電話なんだ……ああラッキーマジちょうどよかったよあんた今どこ』

「……今、は、渋谷」

『ガッコは』

「終わった。あの、雪乃ちゃん、私ね」

『あたし今ブクロなんだけどどーせこっち帰ってくんなら落ち合おうよ』

「あ、うん。私も……」

『北口の「伯爵夫人」て店知ってんでしょ』

「うん、分か……」

『すぐきて。二十分あれば着くよね』

「うん、いけると、おも……」

『待ってる』

「あ……」


結局、雪乃は可奈子の話など何も聞かずに電話を切った。

だがそんな、いつも通りの雪乃が、今の可奈子には誰より心強く感じられた。

雪乃の指定した『伯爵夫人』は、池袋駅北口を出てすぐ左手の古びたビル、その中二階にある喫茶店だ。入り口には西洋の鎧、床はワインレッドのカーペット、各テーブルには小さな青いキャンドルグラス。ちょっと、可奈子のような高校生には馴染めない雰囲気だ。

雪乃は、なぜこんな店を選んだのだろう。

だが店名も場所も間違っていない。見ると、奥の四人席で雪乃が手招きしていた。可奈子は身を屈めて通路を進んだ。

すぐそばまでいくと、

「どーしたの、カコ……」

さすがの雪乃も可奈子の痩せ方には異状を感じたようだった。

可奈子は顔を上げ、「久し振り」くらい言って向かいに座ろうとした。が、そこにはすでに先客がいた。

「あ……」

思わず、固まってしまった。可奈子が大好きなアイドルグループ、『ＪＪ』のリーダーを彷彿させるような美形が、雪乃の向かいに座っているのだ。

明るくブリーチした髪は軽く耳にかかり、そのまま風になびくように後ろへと流れている。露出した顎のラインは鋭いナイフで切り出したようになめらかで、その下にある喉仏を逆に目立たせているが、それくらい男っぽいところがあるのはむしろ好ましくさえ思えた。二重瞼の下に覗く瞳は日本人離れした青みを帯びており、真っ直ぐ通った鼻筋と併せて、非現実的とも言える「美」を作り出している。

そう。可奈子にとって彼は、まるでテレビの中の遠い存在。何か、フィルターが一枚余計にかかったように見えていた。

「ああ、こっち、ウノショウヤ。中学んときのダチ」

雪乃が何か言った。

「……カコ？」

可奈子が言葉に詰まっていると、

「こいつが、その元凶か」

その彼、ショウヤが言った。歯を喰い縛り、敵意の表われともとれる鋭い視線を可奈子に向ける。身に覚えのない可奈子は、縮み上がる前に呆気に取られてしまった。

「ショウヤ、よしてよ。この子だって立場はあたしたちと同じなんだから。そんな言い方しないで……ほらカコ」

立ち上がった雪乃は可奈子の手に触れ、庇うように奥へといざなった。

「どうしたの。こんなに、ボロ雑巾みたいになっちゃって……」

ボロ雑巾って——。

元気だったら言い返しもしただろうが、今の可奈子にそんな余力はない。

疲れ、すり切れた挙句、ようやく顔を合わせた雪乃は見知らぬ芸能人じみた少年を伴っており、今度はその彼に謂れのない敵意を向けられる。雪乃はいい。こんな男を前にしても気後れするどころか、むしろ従えている雰囲気すらある。それに比べて自分はどうか。目一杯がんばってもこの場には到底不似合いなのに、今は「ボロ雑巾」呼ばわりだ。でも、それでもいい。可奈子は雪乃が庇ってくれる、そんな場の雰囲気にすべてを委ねたい。

可奈子は一つ頷いて雪乃の隣に腰を下ろした。

「雪乃ちゃん、私……もう、ダメだよ」

「だから、何があったか話してごらんって」

「うん……私、誰かに、恨まれてる。変な電話で、ずっと脅されてるの。なんでだろう、どうしてだろう……」

可奈子は丸山との出会い、尚美との淡い三角関係、そして彼女が自殺に至るまでの経緯を思いつくままに喋った。あまり順序立てて説明できていなかったのだろう、雪乃は確かめるように何度も質問をはさみ、可奈子はその都度、慎重に答えた。

その間には可奈子に水がきて、ウェイトレスにオーダーを訊かれ、ミルクティーを頼み、それがきた。見ると雪乃もショウヤもブラックのコーヒーだったが、誰一人、飲み物に口をつけはしなかった。

やがて話は核心に至り、ようやく悪意に充ちた電話について話す段になった。甲高いノイズ、混じり始めた笑い声、男か女か分からない声色。そして、可奈子の心を鉄ヤスリで削るかのような中傷の数々。目には自然と涙が溢れ、雪乃はそんな可奈子の肩をそっと抱いてくれた。

それなのに、

「それ、死んだ尚美って子の亡霊じゃねーの」

ショウヤは鼻で笑ってそっぽを向いた。

「ちょっと、やめてって言ってるでしょ。怖がってんじゃんよ」

雪乃は可奈子の身が固くなったのを感じ取ったのだろう、さらにしっかりと抱き寄せ、傷んだ髪を撫でてくれた。だがショウヤは退かず、逆に雪乃を睨み返す。

「あのなぁ、こっちはイタ電どころじゃないんだよ。殺すって言われてんだ。お前だってさっきニュースで見たろ。女が実際、俺の目の前で殺されてんだよ。殺人事件になってんだよッ」

可奈子には彼の言う意味がさっぱり分からない。説明を求めて隣を見ると、雪乃は珍しく、不安げに目を伏せていた。可奈子には周囲の目もはばからないショウヤの怒鳴り声よりも、むしろ雪乃の、この様子の方が怖かった。

「雪乃ちゃん」

袖を引っぱると、雪乃はゆっくりと頷いた。

「うん。カコ、今度はちょっと、こっちの話を聞いて。カコはさ……練馬の主婦が日本刀で刺し殺された事件、知ってる？」

このところ、テレビも新聞も目にしていない。可奈子はただかぶりを振ってみせた。

「……そう。実はその主婦ってのが、ショウヤのダチのお母さんなんだ。でね、まあテレビでは彼、『少年A』ってことになってるけど、どうもそのお母さんを殺したのは、息子……つまりその、ショウヤのダチらしいんだ」

ショウヤは「別にダチじゃないって」とはさんだが、可奈子の受ける印象にさしたる変化はない。目の前にいるショウヤの知り合いは、実の母親を殺すような人――可奈子はなぜ自分がこんな場所にいるのか、段々分からなくなってきた。

「でね、重要なのはこっからなの。あたし、前にカコに紹介されたよね、携帯まで無料になるプロバイダ。あれ、あたしが次に紹介したのがこのショウヤで、ショウヤが次に紹介したのが、その殺された主婦の息子、キタガワミツヨシって子なんだ」

「え……」

にわかに明らかになった、四人の接点。雪乃はともかく、ショウヤ、殺人犯かもしれないキタガワミツヨシという人、それらが自分と、一本の線で繋がっている、ということか。

可奈子は軽い眩暈(めまい)に目頭を押さえた。

雪乃が続ける。

「で、なんでか分かんないけど、昨日ね、そのキタガワミツヨシが、ショウヤの付き合ってたOLのマンションまで来て、そのOLをお母さんと同じように刺し殺してるの。テレビでも言ってた。練馬の主婦殺しと同じような手口だって。そんで、そのキタガワミツヨシが、その場からショウヤに電話してきたの。次は、お前の番だって……」

息を吞む可奈子を、ショウヤはじっと見ていた。そして溜め息を、それそのものが不愉快の原因であるかのように吐き出した。

「……雪乃。お前の事情も話してやれよ」

「うん……」

雪乃が、また気弱に頷く。

「なに、雪乃ちゃん」

息を整え、雪乃はやがて、心を決めたように向き直った。

「あのさ、あたしがエンコーやってんの、カコは知ってるよね。そん中でも、まあ、良い奴と悪い奴がいるんだけど、その悪い、最悪の奴の所に、誰かがあたしのエッチ写真を送りつけたんだ。個人データも、他のエンコー相手のデータも一緒に。理由は……よく分からない。誰からかも分からない。誰が調べたのか、写真を撮ったのかも分からない。そんで、あたしは今それをネタに、ちょっと、脅されてるんだ……けど、根本的な問題はそうじゃなくて、それを誰が仕組んだのかってことなの。でね、考えれば考えるほど変なんだけど、写真のアングルからするとね、それはあたしも知ってるホテルの、たぶんスタンドの下辺りからなんだけど、でもそこにはね、いつも、これを置いといたんだよね。つまり、それを撮ったのは、どうもあたしの、これ……みたいなんだ」

雪乃が指差したのは、テーブルの端に置いてある、彼女のカメラ付き携帯電話だった。

「……雪乃ちゃんが、自分で撮った、ってこと？」

「違う違う。勝手に撮られたの」

「この携帯に？」

「うん」

「でも、自分のでしょ」

「そうだよ。だから気味悪いんだよ」

「そんなこと、できるの？」

「分かんないから困ってんじゃない」

「そうだけど、で、勝手に撮った写真を、つまり……」

「勝手に送られちゃったの、最低最悪の客のところに。それをネタに、今あたしは強請られてんの。姦らせないとばら撒くって言われてんの」

「エッチ、な、写真……を？」

「それ、何度も言わないで」

「……はい」

自分の携帯が、勝手に写真を撮って、勝手に誰かに送りつける。

普段の可奈子だったら「そんな馬鹿な」と笑い出すところだ。しかし、自分の携帯の電源が勝手に入って喚き始めるのを経験している可奈子に、それを嘘だと断ずることはできない。電源を勝手に入れて通話することができるのだ。内蔵されたカメラのシャッターを切ることもできるだろうとの察しはつく。

「ねえ、ちょっと変だと思わない？　カコから紹介されたあたし、ショウヤ、それとキタガワミツヨシは、それぞれ変なことになってる」

「え、でも」

雪乃は遮るように頷いた。

「……分かってる。だからカコも含めて、みんながおかしくなってるんだって。そのキタガワミツヨシってのも、ショウヤが言うには、誰かに暴力を振るったり、ましてや母親を殺したりするような奴じゃなかったんだって。おとなしい奴だったんだって。それが、まったく関係ないショウヤの彼女を殺して、次はお前だって予告してきたんだって。変でしょ。何か変なことが起こってるとしか思えないでしょ」

確かに、自分の身に起きていることも異常だが、ショウヤや雪乃も大変な目に遭っていると納得できた。特にショウヤは直接命を狙われている。イタ電どころじゃない、と怒るのも無理はないし、今はむしろその落ちついた態度を立派だとすら思う。

そのショウヤが、雪乃に顎をしゃくってみせる。

「ほら、だから」

「うん。分かってるよ……ねえ、カコ。カコはあれを、誰から紹介されたの？」

今の自分は、相当に頭の働きが鈍っているのだろう。可奈子は訊かれて初めて、それを考えた。

「あ、それは……尚美」

途端、雪乃は落胆の色を見せ、ショウヤは一段と機嫌を悪くした。

「死んでんじゃねーか。いきなり打ち止めかよ」

雪乃が窘めるようにショウヤを一瞥する。だが、すぐに何か思いついたらしく、可奈子の両肩を掴む。

「ねえ、じゃあその尚美って子が誰から紹介されたか、知らない？　親友だったんでしょ、聞いてない？」

「……知ってる。知ってるけど……でも」

「誰？　誰からだったって？」

「丸山、君」

雪乃が眉をひそめる。

「それ……って」

「今度は失踪男か。碌なもんじゃないな」

ショウヤは吐き捨てて天井を見上げた。

「その先は、私も知らないの。丸山君が、誰から紹介されたかは」

「そう……じゃあやっぱり、いき止まり、か」

雪乃も倣（なら）って天井を見上げる。

可奈子は一人、誰も手をつけない色取り取りのカップを見やり、はたとあることに気づいた。

「あ、もしかして……」

二人の目が可奈子に集まる。

「尚美が自殺したのも、丸山君が失踪したのも、私たちと同じように、その、契約を、してたからなのかな」

二人が目を見合わせる。その視線は「違いない」と、無言で確かめ合っているかのようだった。

「尚美って子は、どうやって自殺したの？」

「……それは」

当初、尚美がどうやって自殺したかは可奈子たち、一般の生徒の耳にはなかなか入ってこなかった。近頃は可奈子自身がそれどころではなく、詳しく知っていそうな友達に事情を訊いて回ることもしなかったのだが、自然と耳に入ってくるところによると、どうやら単純に自殺と断定されているのでもないようだった。

「あの、私も詳しくは分からないんだけど、なんか自宅近くの、歩道橋から、足をすべらせて……」

「階段から落ちたくらいじゃ死なねーだろ」

「ちょっと、まず聞こうよ」

雪乃が「続けて」と可奈子の手を握る。

「……うん、でも、そうなの。それで死んだんじゃなくて、尚美のところは八王子で、なんて言ったっけな、大通り……ああ、甲州街道にかかってるの、その歩道橋が。尚美はその階段から転がり落ちて、なんでか分からないけど、そのままふらふらと甲州街道に出て、信号も近くにないもんだから、車もスピード出してて……それで、尚美は……轢かれた、らしいの」

その場面を思い描くのはつらい。だが、あれが自殺でないのだとしたら、可奈子の置かれている状況の意味合いまでもが根本的に変わってくる。

もう一つ、思い出したことがあった。

「あ、それと、尚美の落ちた歩道橋には、壊れた携帯電話があったって、誰かが話してた。本当かどうか、分からないけど……」

雪乃が目つきを険しくする。

「携帯？」

ショウヤが身を乗り出す。

「壊れたって、どんなふうに」

「それは、分からない。でも、警察は他殺の疑いはないって言ってるみたいで。だから、みんなは自殺だって言うんだけど、実は、事故なのかもしれないし」

「全然分かんねーよ」

ショウヤはまるで可奈子が悪いかのように言うが、雪乃ももう彼を一々睨みはしなかった。ただ溜め息をつき、眉をひそめるばかりだった。

だが可奈子は、徐々に普段の思考能力を取り戻していた。

ショウヤが殺すと脅された、雪乃が盗撮された、可奈子が中傷された、尚美が自殺した、そのどの場面にも携帯電話が介在している。もしかしたら丸山の失踪にも、携帯電話が関係していたのではないか。もしそうだとしたら、これらの諸悪の根源は、あのプロバイダとの契約なのではないか。

なんにせよ、あの契約は解除した方がよさそうだ。

可奈子はそう思いつき、雪乃に伝えようとした。だがその瞬間、テーブルの端にあった彼女の携帯が、軽やかなポップスのメロディーを奏で始めた。

雪乃は二つ折りのそれを開き、表示を確認した。なんと出ているのか、可奈子には見えなかった。だがその横顔が、少し苦しげに歪んだのは分かった。

「もしもし」

　雪乃の緊張した問いかけに、相手が応える。それは、隣にいる可奈子にも充分に意味が聞き取れる大声だった。

『けっひっひっひ……そこにいる「親友殺し」に伝えなよ。お前のような薄汚い偽善者は、さっさと首でも括って死んじまえ、ってね。なんだったら雪乃、お前も付き合って死んでやったらどうだ。この、淫売が』

　それで、いきなり電話は切れた。

「……雪乃ちゃん」

「おい、どうした」

　雪乃が、夜叉のような顔で自分の携帯を睨んでいる。もとがずば抜けて整っているだけに、その表情から窺える怒りは狂気すら孕んで見えた。それがあの声の恐怖とあいまって、可奈子を激しく震えあがらせる。

「……今のが、カコの、相手？」

　可奈子は黙って頷いた。

「最高に、胸糞悪い声、してやがるね」

　もう一度頷く。

「確かに、男か女か、はっきりしない」

　頷く。涙がこぼれる。

「どうしてあたしの番号、知ってんだろう」

それには、かぶりを振るほかない。

「あたしのことも、知ってるみたいだった」

今一度頷くが、すぐまたかぶりを振ってみる。それがもうどういう意味になるのか、自分でも分からない。

「そう。でもまあ、どうやらあたしたちは仲間だって思われたみたいだよ。ってことは、どっかで見てんだよ、今も、あたしたちのことを。カコと一緒にいるって、相手は知ってたもんね。こりゃもう間違いなく、あたしたちは運命共同体、ってわけだ……よね」

雪乃は可奈子に言っているのではなかった。ショウヤに言っているのだった。ふて腐れてないで、あんたもなんか考えてよ。そんな意味に、可奈子には聞こえた。

そこで可奈子は、不愉快な電話の前に考えていたことを思い出した。雪乃の肩をつついて口を寄せる。

「とりあえず、あの契約、解除しなきゃ」

二人は賛成も反対もせず、だが同時に椅子から腰を浮かせた。そしてまったく同じように伝票に手を伸べ、互いに手を重ね合わせた。

2

店を出ると、ショウヤは「あるぜ」と向かいのビルを指差した。

その赤い看板には大きく【マンガ・ビデオ・インターネット】とある。マンガ喫茶の発展形、いわゆるインターネットカフェだ。

「ああ。どこでもいいけど、あたしが会員になってる店が東口にあんだよね。それに見張られてんだから、少しでも移動した方がよくない？」

「うん。そう思う」

別にショウヤに反発するわけではないが、可奈子は雪乃の意見に賛成した。ショウヤはそれについては何も言わず、駅に向かった。

金曜日の夕方五時半。階段を下りて歩き始めた池袋駅の地下は、実に様々な年齢、雑多な人種で溢れ返っていた。

スーツ姿、学生服、手提げカバンを持った小学生はこれから学習塾か。清掃の作業員、ショッピング帰りの中年女性。コンクリートの柱に寄りかかっている若い女性は、彼氏がくるのを待っているのだろうか。あ、手を振った。すると、あれが彼氏か――。

東口に抜ける通路を進み、待ち合わせの名所「いけふくろう」を通り過ぎ、明治通りの下をくぐって三越百貨店の地下一階、食料品街にもぐり込む。

「ねえ、相手が分からないのに、こんなので撒けるの？」

可奈子は雪乃に訊いたのだが、

「……気休めだな」

答えたのはショウヤだった。どうやら、ちゃんと聞いてはいるらしい。

雪乃は無言のままエスカレーターで一階に上がり、サンシャイン60側から外に出た。可奈子たちも続く。

ビルとビルの間、細長い東の空はすでに暮れ、冷たく澄んだ藍色に染まっていた。薄雲もない、普段なら綺麗だとすら思える都会の夕暮れが、今の可奈子には不気味な闇の入り口に見えた。

信号が青になると、雪乃は迷うことなく、その闇の入り口へと進んでいく。

「おい」

出遅れた可奈子の肩をショウヤが小突く。

「あ……ごめんなさい」

可奈子は小走りし、雪乃の後ろについた。

もう少しいき、ドーナツショップを過ぎると、雪乃はいきなり左手のビルに入った。ショウヤが素早くあとに続く。また一人、可奈子だけが遅れて入り口を通る。

通路の奥にはエレベーターがあった。

「四階だから。先にいって待ってて」

なぜか雪乃は、すぐ横の階段に身を伏せた。

「え、雪乃ちゃんは」

「いいからお前は乗れ」

ドアが開き、可奈子はショウヤに中へと引っぱり込まれた。

彼が「4」と「閉」を素早く押す。すぐにドアが閉まる。

「どういうこと……ですか」

「雪乃は誰か追ってこないか確認してから上がってくる。心配するな。あいつなら大丈夫だ」

可奈子が気づかないうちに二人は何か相談でもしたのか。いや、そんな暇はなかったはずだ。すると、こういう場合はこうするものなのか。二人はこういうことに、そんなに慣れているのか。自分には分からない、何か特別な「モード」に二人は入っている。そんなふうに、可奈子には感じられた。

ショウヤと二人きりのエレベーター。たった三つ上がるだけなのに、それはとんでもなく長い時間に感じられた。

ショウヤの横顔には、この場をまるで映画のワンシーンのように感じさせる、ある種の華やかさがある。それは喫茶店でも混雑した地下コンコースでも同じだった。だが、今の可奈子にそれを眺めて楽しむ資格は与えられていない。彼の口元に貼りついた苛々は、可奈子を「ドン臭い女だな」と思っている証拠——いや、実はその程度にも、可奈子のことなど気にかけていないのかもしれないが、可奈子自身は、そう感じてしまう。

ようやく四階に着いてドアが開く。正面に階段、左手にガラスドアがあり、中には図書館のように本棚が並んで見える。あれが全部コミックなら、可奈子が読みたいのも山ほどあるだろう。だが、今日そんなことをしている時間がないのは考えなくても分かる。

私、このマンガ、前から読みたかったんだ——。

そんなことを口走ろうものなら、ショウヤがどんな顔で怒るか、想像するだけで恐ろしい。

しばらく待つと、

「……おまた」

息を切らした雪乃が階段を上がってきた。そのとき、ほんの微かに漏れた笑みに、可奈子は掛け替えのない安堵を覚えた。

はにかみながら、雪乃が可奈子の頭を撫でる。

「なーによぉ」

まさか、翔矢と二人きりが嫌だった、なんて言えない。

「……うん」

「さ、入ろ」

雪乃がドアを開け、右手のカウンターに進む。ブランド物の財布から会員証を出し、あと二人入会する旨を告げる。

「では、お二人はあちらで記入して、身分証明書を添えてお出しください」

店員が示したのは離れた丸テーブル。そこに入会申し込みの用紙とペンがあり、可奈子は言われた通りにしたが、

「……んだ、面倒だな」

ショウヤはまたふて腐れていた。

案外子供っぽいことも言うんだな、と思うと可笑しくて、ほんの少し、可奈子はショウヤを身近に感じた。

登録を終え、雪乃がインターネットをやりたいと言うと、店員はパソコンを設置している五階のペア席と一人席を用意すると告げた。可奈子は一台あれば充分だと思ったが、そういう決まりのようだから黙っていた。

一度店を出て階段で五階にいくと、また同じ形のドアの向こうに、今度は肩丈のパーティションで区切られたブースが並んでいる。けっこう人は入っているようだ。姿は見えないが、仕切りの上に荷物がちらほら覗いている。

中に入ると四階よりは少ないがコミックもあり、左手のカウンターにはフリードリンクが何種類も用意されていた。

丸山や尚美といった渋谷の店は、もっと「カフェ」に近い感じだったが、こっちの方が実用的で低料金な分、高校生には使いやすいように感じた。

「六十二番と、七十八番……ああ、ちゃんと向かいになってんだ」

雪乃が迷路のような通路を進んで指定されたブースに入る。パソコンが一台あり、ペア席——確かに、カップルが肩を寄せ合って座るのにちょうどよさそうなソファがある。それとは別に普通のキャスター椅子があり、可奈子はそれを勧められた。

「ほら、あたしよりか分かるでしょ。ショウヤはからっきしだし」

「悪かったな」

二人は揃ってソファに腰を下ろした。お似合いだ。可奈子は自分一人が仲間ハズレのようにも感じたが、よく考えたらショウヤと座らせられるよりはいくらかマシだ。結局、一つのブースに三人が納まり、契約の解除作業をすることになった。

「うん。じゃあ、始め……ます」

まず椅子に座って姿勢を正す。次にマウスを動かしてスクリーンセイバーを消すと、インターネットを閲覧するソフト「ブラウザ」がすでに立ち上がっていた。

普段使う家のパソコンなら、見たいページは「お気に入り」の登録から選ぶのだが、これは店のものだからそうもいかない。検索エンジンで一から探すか、直接ホームページアドレス――URLを入力しなければならない。今回目的とするそれは単純だから、ウィンドウ上の入力欄に直接打ち込むことにする。

www.2mb.net。終わったらエンターキーを押す。

自動的に表記は【http://www.2mb.net】と書き換えられ、コンピュータが接続先を探し始める。

ブースの空気が張りつめる。

すぐ、画面には一杯の闇が広がった。登録した誰もが、最初はこの表示に戸惑(とまど)っただろう。タイトルも何も出てこない、ただの、黒い闇。

大概のホームページのトップには、それが一体なんに関するものなのかを示すタイトルがあるものだ。本でいえば表紙。凝ったページなら動画を使って、映画のタイトルバックのような演出もする。可奈子のページですら、少し字体を弄(いじ)って【カナのハーブ園】と可愛く出るようにしてある。今は、インターネット上で本名をそのまま使ったことを、少し後悔しているが。

だがここは違う。真っ黒で、まるで何もないかのような印象を与える。可奈子も初めて見たときはURLを間違えたかと思った。ただ、注意深く見れば画面の右端、画面を上下にスクロールさせるバーが半分以下に縮まっているのが分かる。つまり、この真っ黒が表示されている部分の、約二倍がこのページの全容というわけだ。

マウスでスクロールバーを引き下げ、ページを上に送る。すると、初めて意味のある文字が下から出てくる。

●名前
●性別
●生年月日
●住所
●電話番号
●携帯電話番号
●現在使用しているプロバイダのドメイン
●現在使用しているプロバイダのメールアカウント
●現在使用しているプロバイダのメールサーバ
●現在使用しているメールアドレス（1）
●現在使用しているメールアドレス（2）
●紹介者の契約ＩＤ
●希望する契約ＩＤ

それぞれに入力する欄があり、最後に【送信】というボタンがある。入力が済んだらそれにポインターを合わせ、クリックする。ここは、ただそれだけのページなのだ。どこにも「無料プロバイダへの申し込み」とは書いてない。「携帯電話の通話料まで無料になる」とも書いてない。ましてや誰かに紹介してもらい、それを次の誰かに紹介して、順繰りに無料契約がスタートしていくなど、そのシステムについては何も説明されていない。そういった内容はすべて口コミによって伝えられる。そういうものだと、可奈子も納得していた。

もちろん、ページに説明書きがないことに多少の不安はあった。だが、ネットショッピングのページにありがちなクレジットカードの番号入力があるわけでなし、電話番号などの個人情報を入力することに若干の抵抗は感じたが、それをしなければ無料にはしてもらえないだろうことも容易に察しがついた。加えて可奈子の前の前、つまり、尚美に紹介した丸山がちゃんと無料になっている、そういう話を聞いてつい信用できるシステムだと思ってしまった。今、可奈子はそんなことのすべてを、軽はずみだったと後悔している。

ふいにショウヤが身を乗り出す。

「どうやって解除するんだよ」

「えっと……」

その通りだ。このページにはこちらから申し込むための入力欄以外には何もない。何を申し込むかの説明もないくらいだから、申し込み規定やトラブルが起こった際の責任の所在など、契約という手続きをする際にあるべき「おことわり」の一切がない。そして、契約を解除したい場合にはどうしたらいいのかということも、また書いていない。ただ一方的に情報を送らせる、ここはそんな不親切なページなのだ。

「どっか、他に説明のページがあるのかも……」

可奈子はURLの入力欄にカーソルを移動させた。

多くの場合、トップページは【index.html】という場所に設定されているものである。つまりここがそれに当たるのだろうが、もしかしたら違うかもしれない。可奈子は【www.2mb.net】のあとに改めて【/index.html】と付け加え、そこへ飛ぶように指示してみた。しかし、

【ページを表示できません。】

そんなものは存在しないようだった。

「ダメじゃねえか」

「黙ってなよ」

さらに可奈子は【01.html】だとか【top.html】だとか、思いつくままに色々打ち込んでみたが、そんな当てずっぽうで別のページが見つかるとも思えない。もっと専門的に分かる人なら、たとえばページのディレクトリを何かしらの方法で見たりもできるのかもしれないが、あいにく可奈子にその手の知識はない。

改めてページを下に送ってみるが、送信ボタンより下に何もないのはもう分かりきっていた。やがて、

「あたし、ちょっとトイレ……」

雪乃が席を立ち、ブースから出ていった。いかないで、この人と二人きりにしないで、と可奈子は呼び止めたかったが、トイレではそうもいかない。「私も」と一緒についていけばよかったのだが、なんだかそれも言いそびれてしまった。

なんとも、気まずい雰囲気がブース内に漂う。

それでも、可奈子は作業を続けるしかない。

ページのソース——どういう記述でこのページが作られたかという言語段階での表記を調べるが、それもなぜか空っぽに近い内容だった。制作者は意図的に、このページがどこに繋がっているのかを隠している、そんな印象を受ける。

すると、急にショウヤが口を開いた。

「あのさぁ、この【2mb.net】って、なに」

「……へ？」

「だから、このホームページアドレスっていうの、【www】ってのはどれも同じみたいだけど、そのあとは、なんか意味あるの」

「あ、うん……」

ショウヤが言うのはもっともだ。

冒頭の【www】は「ワールド・ワイド・ウェブ」の略、つまり世界中に発信している——可奈子にもその程度の認識しかない。だがホームページアドレスの冒頭は多くがこの表記で始まる。何か特別な意味があるとは思えない。

続く【2mb.net】だが、末尾の【.net】は他でも見たことがあるので、これも特別なものではないだろう。つまり、このホームページの独自性は唯一【2mb】の部分にあることになる。

「【mb】だけだったら、『メールボックス』って意味に使われることもあるけど。略字として」

「じゃあ『二つのメールボックス』ってことか」

「分からないけど……【2】が『to』の当て字だったら、『何々へ』って意味、かもしれないし」

「『メールボックスへ』か？　あるのか、メールボックス」

「え、何が」

「だから、そこにメールボックスはあるのかって訊いてるんだ」

ショウヤの声に棘が混じる。可奈子は思わず身を固くした。

「ないよ……他には、何も」

「ショボショボ喋るなよ。聞こえないだろ」

「は、はい……」

泣きたくなった。なぜ自分がこんな初対面の人に怒鳴られなければならないのか。情けない。あなただって同じように、ネットや携帯がタダになるって餌に釣られたんでしょ、私だけ怒鳴りつけるのは筋違いじゃないの、とは思っても、可奈子にはとても言えない。

まず他人に反論するには、普段は使わない精神的労力、即ち「勇気」を出す必要があるし、それ以前にショウヤに対しては、人間としての「格」が違うような気後れを感じている。自分は、こんな男の人と対等に話せる女の子じゃない。そんな思いが、可奈子の態度をいっそう鈍くしている。

でも、泣けばまた何を言われるか分からない。可奈子は必死に涙を堪え、ディスプレイを睨んで【2mb】の意味を考えようとした。
2、two、to。
ふと、頭に「tomb」という単語が浮かんだ。何かで見たことがある、だが意味までは覚えていない。可奈子は足元に置いていたカバンから英和辞典を取り出した。

tomb。さて、どんな意味だったか。

ショウヤは相変わらず険しい表情でこっちを見ているが、やることができた可奈子はそれを無視する資格を得たように感じていた。

tomb、tomb、tomb。

だがページを繰り、「tomb」の意味する日本語を探し当てた可奈子は、その漢字の不吉さに、自分の顔が引き攣るのを止められなかった。血の気の引く音が、耳の奥にはっきりと聞こえる。

「……どうした」

ショウヤが覗き込む。

「なんだ。どうした」

可奈子は黙って辞書のページ、その項を示した。

tomb――【名詞】墓、墓標。死。～stone 墓碑。

「……こりゃ、どういう意味だよ」

「し、知らないわよッ」

可奈子は動転し、やおらマウスを摑み、だが自分でも何をしようとしているのか分からないまま、ただウィンドウの中にポインターを走り回らせた。

消さなきゃ。こんな気味の悪いページ、早く――。

だが何を間違ったか、マウスのボタンをクリックしたまま引っぱってしまい、ページがズルズルッと上に移動してしまった。それは図らずも「ドラッグ」という動作になっていた。可奈子はそれを、入力欄より上の、黒い闇の部分でやってしまった。

「あっ……」

可奈子は、画面を凝視した。

ドラッグには、文字と背景の色を反転させる働きがある。ただ、今まで暗闇のように見えていた部分、そこをドラッグして反転させても、本当の空白なら何も起こらないはずだった。

しかし、実際は違った。

このページの冒頭、暗闇のように見えていた空白には、実はびっしりと文章が書き込まれていたのだった。それが、黒い背景に黒い文字だから、一見何も書いていないように見えていただけだった。今は図らずもそれが反転し、青い背景に白い文字が、くっきりと浮かび上がっている。

しかし、それを読もうとしたとき、フロアの隅の方で、女性の悲鳴があがった。

「雪乃ッ」

跳ね上がるように立ち、ショウヤがブースから飛び出す。

「えっ」

可奈子も続こうとしたが、周りには自分や雪乃、ショウヤの荷物がある。可奈子は、こんな事態になっても財布を取られはしないか、学生証や定期券を盗まれはしないか、そんなことを心配する自分が情けなかったが、やはり放っておくことはできず、三人分の荷物を抱えて騒ぎの場所に向かった。

ブースからも見えるトイレのドアが乱暴に開き、中から、片目に包帯を巻いた男が出てきた。歩を進めるうち、その男が何か大きなものを抱えていると分かった。いや、ものじゃない。人——。

雪乃だった。男は太っていて、やけに不潔な感じがした。

その前に、ショウヤが立ちはだかる。

「なにやってんだテメェッ」

いきなりショウヤは、その包帯で塞がった片目に、右の靴底で飛び蹴りを喰らわせた。

「どはっ……」

衝撃で男の顎は上がり、雪乃はその場に崩れ落ちた。すかさずショウヤが肩で体当たりをかますと、男は真後ろの壁に激突した。

「雪乃ッ」

「……ちゃん」

ショウヤが雪乃を抱き起こす。可奈子が寄り添うと、ショウヤは目で何か言って男の方に向かった。「雪乃を頼む」という意味だと思った。可奈子は雪乃の肩を抱いた。

ショウヤは男に馬乗りになり、垢(あか)抜けない灰色のコート、その襟を摑んで拳を振り上げた。

「お前が、さっきの電話をしたのか」

「ひぃっ……」

「おい、答えろよ」

「ゆ、雪乃ちゃんは、ボクんだ、ボクんだ、ボクんだもの……」

「お前のじゃないんだデブッ」

ゴッツ、と一発。

「うわァいィ……いィ……」

「おい、どうやってつけてきた」

「……あい、あいい」

「あの子にイタ電したのもお前なんだろうが」

「あいい、ち、違う、違うの」

「なぁにが違うんだデブッ」

もう一発。だがそのとき、

「やめてショウヤ」

可奈子の腕の中で雪乃が怒鳴った。左頬に痣があり、目に涙も滲んでいるが、表情は力を失っていなかった。雪乃は、雪乃だった。

「電話は違う、そいつじゃない」

改めて、ショウヤが男を見下ろす。

「だったらどうやって、雪乃がここにいるって知った」

「あい、あいい……それは、電話、電話が、あったの……そうなの、それで分かったの」

「誰からッ」

「分かんないよ……キーキー笑ってて、男みたいな、女みたいな声で、この店に、雪乃ちゃんがきてるって、知らせてきたんだよ……」

あの声だ——。

雪乃はチラリと可奈子に目をくれ、それから自力で立ち上がろうとした。

「ゆき……」

「大丈夫」

捻ったのか、雪乃は左足を引きずりながらショウヤの後ろに立った。

「右目は、潰れなかったのか」

男は、小さな片目で雪乃とショウヤを見比べている。

「……いいかフユキ。今度お前が、あたしの前にその汚いツラ出したら、目ン玉だけじゃ済まさないよ。キン玉も潰す。次は、確実に二つともな」

すると、そのフユキと呼ばれた男は、ショウヤに怯えながらも無気味に笑い始めた。

「うひ、うひっひっ……その前に、この前みたいに、おっぱい、触っていいなら、いいよ……うへいっひっひ」

「おん前ッ」

ショウヤが振りかぶる。叩き潰さんばかりに殴ろうとする。が、その拳はぴたりと止まった。

「どうしましたかァ」

「動かないでください、動かないでくださァい」

四階から駆けつけたのか、二人の店員が入り口付近でがなり始めた。見回すと周囲にはすでに他の客、野次馬が人垣を作っている。可奈子はそれで初めて、自分たちが騒ぎを起こしてしまったのだと悟った。

すぐに、

「逃げるよ」

鋭く言った雪乃がこっちに向かってくる。ショウヤも立ち上がり、フユキを一発蹴っ飛ばしてから雪乃に続く。腹を押さえたフユキが苦しげに床を転げ回る。

「ほらカコ」

「あ、うん……」

可奈子も三人分の荷物を抱えて立ち上がった。

「ちょっと君たち」

店員の一人が雪乃の前に立ち塞がる。

「どいてッ」

いきなり、雪乃は彼を突き飛ばした。

よろけた店員が、野次馬を何人も巻き添えにして倒れる。誰かが怒鳴った。それを受けた誰かがさらに怒鳴った。怒声が何重にも折り重なり、雪崩のように押し寄せてくる。どんどん騒ぎが大きくなっていく。可奈子は、まるで自分の頭の中にも同じ騒動が起こったように感じ、身動きできなくなった。

「オラ、どけッ」

だが、ショウヤが怒鳴ると出口付近の人垣が割れ、

「ほらカコ、いくよ」

雪乃に手を引かれると、

「……うん」

弾みで一歩、足が出た。

あとはもう、ただひたすら、雪乃についていくだけだった。

3

走って走って、三人は池袋駅東口からパルコ前を通り過ぎ、北口ホテル街に向かって架かる陸橋を渡った。可奈子が腕時計を見ると、夜も七時半に近い。

「待って……ちょっと、待って」

最初に音を上げたのは雪乃だった。橋のちょうど真ん中、両手を膝につき、乱れた息に背中を波打たせる。

「ああ……ここまで、くれば、まあ……いいだろう」

ショウヤも様子は似たようなものだった。

どこからどう見ても、一番へばってないのは可奈子だ。

一応、体育の授業で体は鍛えてますから——。

こんなふうになって初めて、可奈子は二人に優越感を覚えることができた。それで、別に何が変わるわけでもないが。

「うん。でも、どうしよう、これから」

「いや、その前に……」

ショウヤが可奈子を上目遣いで見る。

「お前、雪乃が、悲鳴あげる前に、なんか見て……驚いて、なかったか」

　雪乃は振り返り、「どういうこと」と訊いた。

「……ああ、さっきね、ショウヤ君と、URLにある【2mb】って、なんだろうねって言ってて、色々言ってたんだけど、綴（つづ）りにしたら『tomb』なんじゃないかって思って、それって、辞書で引いたら、『お墓』って意味で……すっごい、なんか、やな感じがして」

「それじゃなくて、そのあとだ」

「あ、うん……それで、なんかパソコン、滅茶苦茶に弄ったら、なんか、あの黒かったところに、実は、色々書いてあったのが、反転しちゃって、それが見えたから、ビックリして」

　二人が目を見合わせる。

「カコ。もうちょっと、落ちついて説明して」

　雪乃の息は、もうだいぶ整っていた。

「うん、ええと……」

　可奈子は自分がしたこと、見たことをありのままに説明したが、

「でも、雪乃ちゃんの悲鳴で、慌ててそっちにいっちゃったから、結局……何も、読めなかったの」

　そう付け加えると、二人は揃って溜め息を漏らし、どっと疲れが出たかのように座り込

んだ。

「……ごめんなさい」

「別に、カコが謝らなくても、いいよ」

そう言った雪乃の隣で、ショウヤはまた不機嫌そうに口を尖らせる。

むろん可奈子も、ショウヤに謝ったつもりはない。

「どっかでもう一度、あのページにアクセスできたら、ちゃんと読めると思うんだけど……」

「だったら、これでいいじゃん」

雪乃がバッグから携帯を取り出す。

それはいい考えだ、と可奈子は思ったが、なぜかショウヤはそれを雪乃の手から取り上げた。

「これがよ、そもそもヤバいんじゃないのか」

雪乃の目つきが尖る。

「ちょっと、返してよ」

「喫茶店で、その変な声の電話がかかってきたのもこれ。お前のエッチ写真を勝手に撮ったのもこれ。さっきだってあの男、フユキか、あいつが俺たちの居場所にたどり着いたのも、これが発信機になっちまってるからじゃないのか」

「そんなッ」

雪乃は取り返そうとするが、ショウヤが上に上げるともう手は届かない。それ以上は無駄と思ったか、雪乃は彼を睨んだまま手を下ろした。

「これでまたどっかと通信したら、あいつがスッ飛んでくるかもしれないぜ。あの電話がかかってくるかも……」

「やめて」

可奈子は耳を塞いだ。

「やめて、もう、そういうこと言うの、やめて……」

あの性別不明の電話の声も、雪乃を襲ったフユキという男も、今の可奈子には同じくらい恐ろしい存在だった。

雪乃がどんな目に遭ったのかは、あの男との短いやり取りで大体分かった。おぞましい。自分だったら自殺したくなるかもしれない。あんなブヨブヨした、気味の悪い男に、胸を触られたりしたら。自分の裸の写真を見られたりしたら。それをばら撒くなんて言われたら——。

だが、いま隣にいる雪乃の横顔は、可奈子の理解をはるかに超える気丈さを見せていた。闘志。そう呼んで差し支えないような、凛々（りり）しいまでの強さが窺える。

急に雪乃が自分の膝を叩いた。

「じゃあ、あたしの学校、いってみようよ」

可奈子は珍しく、翔矢と目を見合わせた。

雪乃が続ける。

「学校だったら、簡単にはフユキみたいなのは入ってこれないし、パソコン室だってあるし。それに、携帯みたいに電波でアクセスするんじゃないから、居場所とか分からなくない？」

「……そうかなぁ」

それは可奈子にもよく分からない。そもそも、自分たちがなぜ狙われているのか、誰に狙われているのかも分からない状況で、相手の手の内を探るのは無理があると思う。

しかし、ショウヤの意見は違った。

「そうだな。この時間ならまだ警備員だっているだろうから、三人よりは有利な状況になるな。それに、街中に安心できる場所なんて、結局のところありはしない。でも学校なら、雪乃の学校なら、隠れるにしたって都合がいい」

可奈子は賛成も反対もできなかった。

放課後、しかも夜の学校なんて好んでいく場所ではない。実際、怪談だの伝説だの、碌でもないものの舞台にしかならないではないか。だが、雪乃の提案にショウヤが賛成した以上、可奈子に意見する余地はない。

「……じゃ、これはない方がいいな」

足元には、十本以上はあるだろうか、夜景を照り返す銀色の線路が、それぞれゆるく弧を描きながら池袋駅に向かっている。今、右端に東武東上線が、けたたましい機械音で陸橋を揺るがしながら埼玉方面へと下っていった。翔矢はまだ電車が通りそうにない線路、埼京線か、そんな辺りをめがけ、雪乃の携帯電話を放り投げた。

線路は暗く、どこに落ちたかは分からなかった。壊れるような音も聞こえなかった。

そしてもう、誰も、何も言わなかった。

「二年D組……かわはら、かわはら、川原……雪乃さん……ああ、これね」

陸橋から十分以上歩き、三人は雪乃の通う高校にたどり着いた。ここまでの道中、ときおり後ろを振り返っては誰かついてこないかを確認し、角を曲がってはしばし待ち伏せ、見えない敵に目を凝らしてきた。だが、池袋の繁華街も遠くなった暗い冬の夜道、近所の住民らしき人影は見えるものの、怪しい者が追ってくる様子は特になかった。

そんな夜道の向こうに見えた、学校の、玄関の明かり。

それは何か、久し振りに出会った仲間というか、敵地を抜けてたどり着いた同胞の陣地というか、可奈子にはなんの関わりもない場所なのだけれど、でも不思議と安堵を与えてくれた。

「大事なものぉ、忘れちゃったんですよぉ……」

今日の雪乃は、白黒のスタジアムジャンパーに鮮やかなブルーのタンクトップという出で立ち。実際は可奈子より小さな胸を思いきり押し上げて強調し、今それを警備員に向けて突き出している。注意を引きつけ、可奈子たちが受付の下を這って通る時間を稼いでいるのだ。

「暗いから気をつけなさい。なんだったら、電気は点けといてもいいから。私があとで、消して回るから」

「すみませぇん……でもぉ、大変ですよねぇ、こんな遅くまで。お仕事何時までなんですかぁ？」

「え、ああ、九時まで。九時ぴったりに終わるよ。うん」

頭上に聞こえる声から察するに、警備員はわりと若い男性のようだった。しっかり、雪乃に興味を示している。雪乃はただ勤務終了時間を訊いただけなのに、完全に何か勘違いしている。

カウンター下を過ぎたら、中腰で小走り。可奈子とショウヤは、玄関ホールを右に曲がったところに隠れた。すぐに雪乃もカウンターを離れる。

「じゃ、お願いしまぁす……」

ショウヤは、雪乃が合流するのを待って呟いた。

「……俺たちが窓ガラス割って回ったら、あいつ、クビだな」

「あんた、案外古臭いこと言うのね」

雪乃が小さく笑う。だが可奈子は、たとえ相槌程度でも笑う気になどなれなかった。

この二人に付き合っていると、何か普段の自分の感覚、常識だとか良識みたいなものが、どんどん壊されていく気がする。警備員への色仕掛け、学校への不法侵入、設備の無断使用。それは、普段の可奈子が考えるところの「悪事」以外の何物でもない。だが自分は今、状況が状況とはいえそれに荷担しようとしている。

不良。自分には一生縁のないレッテルだと思っていたが、可奈子は今まさにそうなりかけている。ズルズルとなし崩し的に落ちていく感覚。それは、怖いというよりはむしろ、情けなくて悲しいものだった。

私は、何をやっているんだろう。早く自分の学校に、普通に通えるようになりたい——。

雪乃の学校は私立高校で、決して偏差値の高い方ではないが、ここ数年盛んに設備投資をした効果が表われてきたのか、受験生も年毎に増え、とりわけ女子に人気があると聞いている。

そう思って見ると、可奈子の学校より校舎は今ふうだし、通路の角々にある案内板も原色を用いたモダンなデザインで恰好いい。今も玄関を通り過ぎた向かい、新たに建設されている校舎の影が見える。生徒数が増えて教室が足りないのか、あるいはもっと新しい、宣伝効果の高い設備を導入するのか。別にそれは、他校の生徒である可奈子にはどうでもいいことだけど。

見渡すと、下駄箱の並んだ玄関には皓々と明かりが灯っているが、左右に伸びる廊下は奥へいくほどその闇を深めていた。体育祭や学園祭が終わり、各種体育会系の試合もないであろう十二月上旬。それでなくとも三年生は大学受験の追い込み時期だ。こんな時間に残っている生徒はいなくて当たり前だ。

「三階だっけな」

雪乃が階段を見上げる。

そう、三人の目的はたった一つ。パソコン室に忍び込んで、例の契約を解除することにある。可奈子とショウヤは、雪乃に続いて階段を上り始めた。

当然、階段も暗い。雪乃に誘われて去年の学園祭を見にきたときは、窓が多くて明るい校舎だと思ったが、すっかり夜になって照明も点けずにいると、コンクリート剝き出しで統一された内装は工事現場のそれと大差なかった。漂う空気の冷たさも手伝い、可奈子の心には徐々に不安が充ちてくる。

やがて三階に至り、雪乃は廊下を左に歩き始めた。

増築を繰り返して大きくなったのだろう。校舎は所々で橋状の通路で連絡しており、それらを通るたび、人のいない校庭や校舎の裏側を、連なった窓から見下ろすことになる。

無人の校舎。生徒の消えた、学校。

可奈子の前にはショウヤが、雪乃が先を急いでいるが、その他には、本当に誰もいない。あの警備員ですら今あの受付に詰めているかどうか、確かめる術はない。

そして可奈子の後ろにも、誰もいない。何か、通ったそばから廊下がなくなっていくような錯覚に囚われ、可奈子は何度も何度も後ろを振り返った。そしてまた前を向いたとき、雪乃が先に角を曲がっていたりすると、冷水を浴びせられたように震え上がるのだ。この複雑な迷路の構造を知っているのは雪乃だけ。もし、この暗がりではぐれでもしたら。可奈子はそう考えるだけで泣きそうになった。

雪乃がようやく立ち止まる。

「ここだ」

そして当たり前のようにドアのレバーハンドルを握る。が、開かない。力をこめて揺すってみるが、水平位置に固定されたレバーはカチカチ遊ぶばかりで、一向に下には回ってくれない。

「……鍵、かけやがったな」

「……え？」

雪乃は悔しげに舌打ちした。

「カーギ、かけられてんの」

いや、それは、当然ではないだろうか。仮に可奈子の学校と同等の設備がされているのであれば、そこには数十台のＬＡＮ接続されたコンピュータがあるはず。泥棒が持っていきたい物かどうかは分からないが、悪戯されたらかなり困った事態になるのは容易に察しがつく。授業が終わって、しかもこんな夜にでもなったら鍵をかけるのが普通だろう。

しかし雪乃は、まるで自分が謂れのない意地悪をされたかのようにドアを睨んでいる。

「……雪乃ちゃん、どうやって、開けるつもりだったの？」

「いや、っていうか、開いてると思ってた」

「そんなの、あるわけないじゃん。閉まってるよ、普通」

「だって、放課後は開いてたよ」

「それは、そんときは、係の先生がいたんじゃないの？」

「……ああ、いたかも」

「そういう自由時間も終わったら、きっと閉めるよ。普通、どこの学校でも。大事な物だもの」

「だったら、なんのためにパスワードとか決めてんのよ」

「それは、個人個人を識別するためでしょ。泥棒対策とは、ちょっと違うと思うよ」

そこまで黙っていたショウヤが「もうよせ」と割り込んできた。

「今グダグダ言ったってしょうがないだろ。入るなら、警備員から鍵を借りるか、蹴破るしかないだろ」

「ちょっと、ヒトの学校だからって乱暴なこと言わないでよ」

「だったらもう一度戻るんだな」

もう一度、戻る――。

可奈子は目の前が真っ暗、本当に、何も見えなくなりそうだった。

「……私、もう、いや……こんな暗いの、私、怖い」

「カコ」

雪乃が向き直り、可奈子の肩を抱く。

「分かった。鍵はあたしが取ってくるから、カコはここで待ってな」

「……え？」

立ち位置から、ショウヤは雪乃と行動を共にすると感じた。

私一人を、ここに置いていくつもり――？

だが、可奈子がそう訊くより、ショウヤの方が早かった。

「俺は残る。まだ、こいつに発狂されちゃ困るからな」

当然、と言うように雪乃が頷く。

「うん。あたしは一人で大丈夫だから、カコをよろしくね。いいよね、カコ」

また、このショウヤと二人きりになるのか。だが、インターネットカフェのときと今とでは状況が違う。ショウヤがあのフユキを蹴り倒すのも見ている。いざとなったら、やはり男の人は頼りになる。今は素直にそう思う。

「……うん」

可奈子が頷くと、雪乃は今一度ショウヤに目配せし、踵を返して暗い廊下を戻っていった。

ショウヤはずっと、雪乃の後ろ姿を目で追っていた。足音が遠ざかり、聞こえなくなっても、まるでまだ見えているかのように、闇の彼方に目を凝らしていた。

やがて、

「……従姉妹、だって？」

革ジャンのポケットから、タバコを出して銜えた。

「あの、普通、学校って、禁煙だと思うんですけど」

「普通はな」

ショウヤはかまわず火を点ける。

「……で、どうだった。小さい頃、あいつ」

「え？」

「だから、雪乃が子供の頃だよ」

「え、ああ……可愛かったよ、すごく。子供の頃から、雪乃ちゃんは、ずっと私の憧れだった」

「だろうな」

ショウヤは、実に満足そうに笑った。ぱっと花が咲いたような、とても綺麗な笑顔だった。「だろうな」と言ったのは、どっちの意味だったのだろう。雪乃は「子供の頃から可愛かった」ということに対する納得なのか。それとも「可奈子の憧れだった」ということについてなのか。

「俺もな……」

惚れ惚れするような、もう本当に、カッコイイとしか言いようのない仕草で、ショウヤはこっちに向き直った。

だが、そのときだ。

「……ン」

ショウヤの視線は可奈子から引き返し、また雪乃の後ろ姿を追ったときのように遠くへと注がれた。そして、

「雪乃ッ」

いきなり暗闇に向かって走り出した。

「あっ」

可奈子は、まさに「あっ」という間、開かないパソコン室前の廊下に、ぽつんと一人、

取り残されてしまった。

足元の床にはショウヤが吸いかけたタバコが転がり、リノリウムを溶かしながら、嫌な臭いの煙をゆるゆると上げていた。

4

雪乃は一人で廊下を歩きながら、強烈に後悔していた。

思ってたより、怖い——。

こんな場合、女は可奈子みたいに「怖い」と素直に言える方が得だと思う。翔矢は初対面から可奈子に悪感情を持っていたようだが、そうであったとしても守ろうと思うのは雪乃ではなく、可奈子の方なのだ。そういうものなのだ。

雪乃だって、暗いのは、嫌いだ。

だが、その雪乃にすら「可奈子を守りたい」という思いがある。これはもう、どうしようもないことなのだ。小さい頃から、何かあると泣いてしまうのは可奈子の方で、雪乃は彼女を慰めながら野良犬(のらいぬ)を追い払ったり、ガキ大将と喧嘩したり、ときには蛇を摑んで放り投げたりもした。

そうせざるを得なくなる、そんな可愛さが、可奈子にはある。

雪乃は歯を喰い縛り、暗い廊下を急いだ。

突き当たり、非常口のランプが寒々しい緑に光っている。その下、鉄の扉を開ければ体育館裏に下りられる非常階段があるが、そっちにはいかず、左の通路へと進む。

東C館と東B館を繋ぐ連絡通路。連なった窓の外、左には四方を校舎に囲まれた運動場、右には体育館の背中が見下ろせる。体育館は他にもう一つあるが、部活動の一切をせず、体育の授業も数えるほどしか出たことのない雪乃に、どういう違いがあるのかは分からない。

足元、自分の影が思いのほかくっきりしていることに気づき、窓から夜空を覗くと、白い月がぽっかりと浮かんで見えた。月光が影を作るほど明るいものだと、雪乃は今まで知らなかった気がする。夜の明かりといえばネオン、そうでなければ侘しい街灯、それが雪乃の認識だった。

月明かりも、悪くない——。

だが連絡通路の先、東B館、そこには外光が射さないため、中はまた暗くなっている。ずっと先で廊下が直角に交わっており、そこにはどこからか明かりが回り込んでいるが、そこまでは真っ暗といっていい状態だ。

けっこう、あるな。やだな——。

そのときだ。先に見えた薄明かりを何かが遮った。錯覚かと目を凝らすが、間違いなく、何かが雪乃と明かりの間に動いている。

なんだ。

足を止めると男物の革靴か、そんな硬い足音も聞こえる。

マズい。

「警備員……さん？」

小声で訊いてみたが、相手はまだこっちに気づいていないのか、歩調を変えずに歩いてくる。

そう、近づいてくる。

「ねェーッ、警備員さんでしょーッ」

もしそうなら、翔矢と可奈子がいるパソコン室にいかせてはならない。どこか別の場所に向かわせ、その間に二人を移動させなければならない。いや、それより事情を説明して、パソコン室を使わせてほしいと正直に言おうか。今なら鍵も持ってきているだろうから、いっそそれを貸してくれ、いや開けにきてくれと頼もうか。内緒で友達を入れたことは謝るから——。

「ねエーッ、私です、川原雪乃ですーッ。警備員さァーん」

しかし、なかなか返事は返ってこない。その間にも、彼はどんどん近づいてきている。

この距離で、この声で、聞こえないことはないはず——。

いや、待て。警備員だったら、普通見回りをするとき、懐中電灯くらいは点けて歩くのではないか。雪乃だって持っているなら迷わず点ける、ここはそんな暗がりだ。

「警備員さん……でしょ?」

もう目の前、彼は東B館と連絡通路の境まできている。

その瞬間、ふいに正面から何かが飛び出てきた。

それは、首。血のしたたる、人間の、生首。

顔はあの、受付にいた警備員だ。

続いて目の前に姿を現わしたのは、白装束を返り血に染めた男。

生首は、彼の持つ刀に、串刺しになっている。

「……い、い、イギヤァァァーッ」

雪乃は踵を返し、もときた通路を夢中で戻り始めた。

すぐに、あの硬い足音も追ってくる。それが徐々に整い、速度を増しながら迫ってくる。

どうして、どうして喜多川が、こんなところに——。

雪乃は全力で走りながら、だが怖くて、怖くて怖くて、そうすると遅れるかもしれない、足がもつれるかもしれない、そうと分かっていながらも我慢できなくて、つい、後ろを振り返ってしまった。

「ひぃッ」

喜多川は頭上に刀を構え、上着の裾をなびかせ、追いかけてくる。

いや、嫌ッ――。

泣いていた。叫んでいた。だが涙は出ていただろうか、声は出ていただろうか。そのとき、

「……あうッ」

躓いたか、足がもつれたか。とにかく雪乃は前のめりに勢いよく転び、両手を、肘を、肩を、そしてこめかみ辺りを、強か硬く冷たい床に打ちつけていた。

すぐ後ろに喜多川の気配が迫る。

「アゥッ」

いきなり髪を摑まれた。引っぱられ、肘だろうか押し当てられ、雪乃は仰向けに返された。

「ほっほう。お前が、川原雪乃か。さっすが……エエ女やな」

ニヤついた喜多川が、腰に跨ってくる。

手、あの小指を詰めたという左手、ほとんど泥玉のように血で固まった包帯の手で、雪乃のタンクトップの肩紐を握る。

「いーやッ」

引っぱり、千切ろうとするが、そう簡単に切れるものではない。だが喜多川はかまわず、

引っぱっては突き放し、引っぱっては突き放しを繰り返す。雪乃は後頭部を何度も床に叩きつけられ、抵抗するどころか失神を免れるのに精一杯になった。

「うぅ……」

目の前に刀の刃が現われる。殺られる、と思ったが、切られたのはタンクトップの紐だった。喜多川はすかさず下着ごとむしり取り、

「いやっ……」

食い千切らんばかり、

「いギャァァーッ」

乳首に嚙みついてきた。

だが同時に、

「雪乃ッ」

頭の向こうに翔矢の声がした。

「……きぃ、たぁ、なぁ」

喜多川が雪乃の胸で呟く。

「光芳ッ、キッサマァーッ」

雪乃は仰向けのまま振り返った。

「翔矢、ダメッ」

「テラァーッ」

「ふんッ」

翔矢の蹴りが、喜多川の日本刀が、雪乃の真上で交差する。

「ウッ」

「ぬごっ」

一瞬、時間が止まったかのように見えた。

だが直後、喜多川は真後ろに倒れ、翔矢も視界から消えた。急いで起き上がると、喜多川は気絶したのか大の字に倒れ、翔矢は左肩を押さえて尻餅をついていた。

「翔矢」

雪乃は胸を隠すことも忘れ、彼のもとに這った。

「うッ……ったぁ」

翔矢の顔が苦痛に歪む。

革ジャンには小さく細い穴が開き、中の黒いシャツは血か、すでに濡れ始めていた。それでも翔矢は片目で喜多川を睨みつける。

「あの野郎……ブッ殺す」

「なによ、こんな傷で」

雪乃は立たせようと両脇に腕を差し込んだ。

「こいつは本気だ。こっちも殺れるときに殺っとかねえと、マジで危ねえんだ」

だが、見た限り喜多川は気絶しているようだし、翔矢が奴に何かできる状態にあるとは思えなかった。

「だったら、あたしがやる」

ここはどこだ。見回すと一年B組とC組の間、階段の前だった。

「どうすんだ」

「いいから」

雪乃は恐る恐る喜多川に近づき、爪先で、その足をチョンと蹴ってみた。反応は、ない。よほど翔矢の蹴りが上手く入ったのだろう。喜多川は完全に失神しているようだった。

どこでこんな物を買うのか。悪趣味な白いエナメルの靴、白いズボン。雪乃はその足首を両方持ち、階段の下り口まで引きずった。右手の日本刀は、包帯みたいな布で拳に巻きつけられている。これをほどくにはかなりの時間が要りそうだ。

「えいっ」

仕方なく、そのまま蹴落とした。

喜多川は畳に投げられた巻物のように、ゴロゴロと転げながら階段を十数段落ちていった。踊り場まで落ちきり、壁にぶつかっても、声を発したり身動きしたりはしなかった。

「そんなんじゃダメだ」

翔矢がこっちに這ってくる。

「だって……」

「いま殺らなきゃ、完全に殺っちまわなきゃダメなんだ」

「そんな、そんなことしたら人殺しになっちゃうよ。それじゃ、助かったって意味ないよ」

雪乃は翔矢に肩を貸して立たせた。そのときになって初めて、また自分が足首を痛めているると気づいた。

「俺なら歩ける。大丈夫だ」

「うん……」

「とにかく、少し離れよう。ここを」

「うん」

二人は肩を寄せ合い、月明かりの射す廊下を戻り始めた。


とりあえず女子便所に逃げ込んだ。ここなら喜多川は入ってこられないだろう、などと甘いことを考えたわけではない。単に物陰として都合がよかったのと、何か武器になりそうな硬いものでもあったらいいと期待したのだ。

翔矢は、自分で言うほど大丈夫ではなかった。ずいぶんと汗をかいており、痛みもひどいようだった。

「見せて」

雪乃は革ジャンの左肩を剝いたが、やはり暗くてよく分からない。シャツはびしゃびしゃに濡れている。ひどい出血なのではないか。分かるのはその程度だ。

表情は、少し落ちついてきていた。だが額、頰、鼻筋に光る脂汗は、見ているだけでこっちが苦しくなるほどだ。

いつからか、翔矢は精神を集中するように、じっと自分の左手を見つめていた。口を尖らせて、鼻筋に皺を寄せて。痛いとか、苦しいのとは違う表情だ。

どうしたの。そう雪乃が訊く前に、翔矢は漏らした。

「……ダメだ。動かねえや」

「え？」

「神経、やられたみたいだ。左手が、全然動かない」

その手首を、まるで棒のように摑み、右肩へと持っていく。

「邪魔だ。括ってくれ」

「あ……うん、分かった」

だが、さっき掃除道具入れを見た限りでは、それに相応しい布はなかった。あったのはモップとバケツ、雑巾、それと洗剤くらいだった。

仕方ない。

雪乃は「見ないでよ」と前置きし、スタジャンと、喜多川に破かれたタンクトップを脱いだ。ついでにブラジャーも取る。これこそ引っかかってるだけで邪魔だったのだ。

スタジャンを素肌に着る。脱いだタンクトップは紐代わり、翔矢の手首と肩を固定するのに使う。腕を骨折したときのそれよりは高め、肘がみぞおちにくる位置に調節する。

翔矢が自分でそう構えたので、雪乃はそのように括ったのだが、

「これで、心臓への一撃は防げる」

「えっ」

雪乃は逆に、心臓を突かれるような衝撃を覚えた。

翔矢は、まだ喜多川と戦うつもりなのか。

「い、いいよもう、逃げようよ」

翔矢はゆるくかぶりを振る。

「ダメだ。あいつだけは赦せねえ」

「そんな、だって……なんでよ」

確かに、翔矢は付き合っていた女を喜多川に殺されている。赦せないとは、それのことか。いや、翔矢はそんな男ではない。それは雪乃が一番よく知っている。翔矢は付き合っていた女の弔い合戦をするような性格ではない。そんなはずはない。

では翔矢は、喜多川の、一体何が赦せないというのだ。

すると、

「雪乃……お前、思ったより、貧乳だな」

翔矢は、ふいにそう言って微笑んだ。視線は雪乃の胸、きっちりとは合わさらないスタジャンの襟元に注がれている。

「ちょっと、何よ、こんなときに……」

雪乃は慌てて掻き合わせ、翔矢に背中を向けた。

鼓動が、痛いほど大きく鳴っている。

胸が小さいのは、雪乃の、最大のコンプレックスだった。

パッドで大きく見せているうちはいい。何か、自分が本当にいい女になった気分でいられる。雪乃にとってファッションは減点法。マイナス要素は一切あってはならない。嘘か本当かは問題ではない。胸の大きさも含め、すべてが雪乃のファッションなのだ。

ただ、セックスは違う。セックスは加点法だ。単純に、胸はなくともそれ以外に強力な武器があればいい。あくまでもその合計値が雪乃のセックスだから、コンプレックスに思ったことはない。

だからセックス以外のときに、この小さな胸を見られるのはとにかく嫌だった。他でフォローできない状況で、胸を小さく見られるのは我慢ならない。

「……んもォ、なによ」

こんなときに、胸の話をするなんて。

だが、雪乃も他人のことは言えない。こんなときでも、胸の小ささを指摘されると涙が出るのだ。命が危ないかもしれないという状況でもなお、自分の小さな胸を見られたことが悔しくて、あとからあとから、涙がこぼれるのだ。

翔矢はそんな雪乃を思いやるでもなく、憎らしいほどにいい顔で覗き込んだ。そして、照れもせずに言う。

「雪乃。俺、ずっとお前に、憧れてたんだ」

「え……」

すぐには、その意味が呑み込めなかった。

憧れ。それは雪乃が翔矢に抱くべきものであって、翔矢が雪乃に、というものではないはずだった。

翔矢はいつでも恰好よかった。彼の何がいいのか、雪乃はずっと注視してきた。盗めるものは仕草でも言葉でも声色でも、なんでも自分なりに消化して取り入れた。男を女に置き換えて吸収してきた。

たとえばキスするときの視線。じっと見つめてから、ふっと相手の唇に下ろす、あの色っぽい目遣い。あれはなかなか、誰にでもできるものではない。翔矢はそんな技を、いくつもいくつも持っている。雪乃にとって翔矢は達人だ。なんのかはよく分からないが、強いて言うならば、恰好よさの達人だ。それなのに、なぜ逆に憧れていたなどと言うのか。

「俺は、雪乃のその……自分らしく、常に雪乃が雪乃らしくある姿に、ずっと憧れてた」

それもまた、見当違いの買いかぶりに思えた。

「そんな……そんなの、翔矢だって同じじゃん」

翔矢は苦笑いを浮かべる。

「いや、俺はダメだ。全然ダメだよ。自分が何者なのか、どこに行こうとしてるのか、何に向かって進んだらいいのか、さっぱり分かってない。うろうろ、迷って迷って……ただの野良犬だよ。女たらすしか能のない、下らない、野良犬なんだよ」

「違う」

大きくなりそうな声を、雪乃は必死で押し殺した。

「翔矢はいつだってカッコよかった。憧れてたのはあたしだよ。いつだって、最高にイケてたじゃないか」

それでも、翔矢は少しも喜んだ顔はしなかった。

「そうじゃねえんだ。見てくれじゃないんだよ。お前は……雪乃は、自分のことイケてるって、そう思ってるだろ。自信、あるだろ……そこなんだよ。実際綺麗でさ、そんでまた、図々しいくらい、あたしって綺麗でしょ、って顔してさ。それが、俺にはさ、堪んなくカッコよく見えるんだよ……俺は、ダメだ。雪乃ほど自分で自分を認められない。かといって、他人に心底惚れ込む度胸もない。俺はさ、どうにもならない、潰しの利かない、中途半端な、ただの、女ったらしなんだよ……」

違うよ、と言おうとしたが、翔矢は遮った。

「でもさ、よかったよ。今だよ、まさに今。俺はさ、分かったわけ。悟ったっつーか、パッと頭ん中に、花が咲いたみたいなんだ。遅れ馳せながら、大切なもの……つまり、守りたいものを、見つけたんだ」

口調はいつもと変わらないのに、目は、悲しげだった。

「……雪乃。俺が、お前を守る。あの気の触れたヤクザオタクから、命懸けて、お前を必ず、守ってみせる。だからお前は、あの子を守ってやれ。パソコン室を開けて、契約を解除しろ」

「翔矢……」

声が震えた。涙は相変わらず流れていたが、その質は変わっていた。熱かった。熱い涙だった。心の奥底に流れ込み、あの毒々しいほどに赤い花を黒く焦がすような、いや、白く灰にするような、そんな灼熱の涙だった。

「……ほら、聞こえるだろ」

確かに耳を澄ますと、カランカラン、床に何か硬い物を引きずる音が聞こえた。それが、少しずつ近づいてくる。

「いいか。お前はここに残って、俺が大声出したら、すぐそこの階段から一階に下りて、警備員の所にいけ」

「あ、警備員……殺られた」

翔矢は一瞬驚いた顔をしたが、でもすぐに納得したようだった。

「だったら……まあ、でも鍵はあるだろ。それ持って、どっか別のルートからパソコン室に戻れ。絶対に、この辺りは通るな」

「翔矢は……」

訊くのは馬鹿げていた。だが訊かずにはいられなかった。

「俺はさ、あいつを伸して、ま、お前らの作業が終わった頃に、ゆっくり合流するよ。そんで、そんでさ……ま、無事、契約解除できたらさ、そんときは……お前を、抱いてやるよ」

抱いてやる、そう言われて「はい」と答える、雪乃はそんな女ではない。だが今は、自分を殺してでも、別の答えを出したかった。

「絶対だよ」

すると翔矢は、また実に、いい顔で微笑んでみせた。

「だっせ」

　雪乃をじっと見つめる。

「だっせぇぞ、おい」

「バカ……」

　翔矢の減らず口を、雪乃は自分の唇で塞いだ。キスだけなら、翔矢とは何度もしてきた。それなのに、まるで小さな頃、初めて好きな男の子と手を繋いだときのように、雪乃はときめいていた。恥ずかしいくらい下手（へた）なキスなのに、雪乃は、震えるほどの頂（いただき）に達していた。

　どれくらい、唇を合わせていただろう。気がつくと、あの床を伝う金属音が、もうずいぶんと近くまできていた。

　翔矢は、雪乃の体を引き剝がし、立ち上がった。

　その背中に、翔矢の「花」が透けて見えた。

　そう。彼もまた、心に花を持つ者。やはり、翔矢は自分と同じ種類の人間なのだと感じた。

　だが、その花は美し過ぎた。ガラス細工のように透き通る花弁。散ることを怖れない、頑（かたく）なな美しさ。危うさと引き換えに身につけた、潔癖なまでの「美」。

「じゃ、いくわ」

「翔矢……」

だが応えず、振り返らず、彼は左手に歩いていった。

すぐに、

「オラァ、光芳ィーッ」

大地を揺るがすような、絶望の叫び声が聞こえた。

5

可奈子は震えていた。

パソコン室の向かい、なんに使うのか分からないが、小さな教室の引戸には鍵がかかっていなかった。そこに忍び込み、教卓の下に身を隠した。

ときおり、遠くで何か物音が聞こえた。あるいは声か。何かが起こっている、それだけは確かだった。

私は机、私は机――。

可奈子は必死にそう念じた。雪乃に、ショウヤに、いま何が起こっているのか、そんなことは想像するのさえ怖かった。だが考えてしまう。また、あのフユキとかいう気味の悪い男が現われたのか。それとも警備員と悶着(もんちゃく)になり、ショウヤが喧嘩でもしているのか。あるいはもっと別の、可奈子には想像もつかない恐ろしいことが起こっているのか。

いま可奈子に見えるのは黒板が半分と、その下の壁だけだ。室内に物音は一切ない。自分がここにもぐり込んだときと、状況は何も変わっていないはず。もしかしたら窓の外から、得体の知れない何者かが覗き込んでいるのかもしれないが――いや、ここは三階、そんなことはない。あってはならない。でもベランダになっていたら。いや、そういう感じではなかった。腰高の窓だった。ベランダなんてない。ない。絶対にない。

どれくらい経ってからだろう。翔矢が向かったのとは反対、廊下の右奥から何か聞こえた。ちょっと引きずるような、忍ばせた足音。それが少しずつ近づいてくる。しかも声がする。何か言っている。

誰――。

可奈子は、心臓がクルミのように小さく縮むのを感じた。

だが、

「……カコ……カコ」

囁く声が雪乃のそれだと分かり、可奈子は教卓から飛び出した。ガンッと天板に頭が当たり、何かとんでもない失敗をしたようにも思ったが、それでも早く雪乃の顔が見たくて、可奈子は出口まで全力で這った。

「雪乃ちゃん、雪乃ちゃん」

泣きながら鍵をはずし、引戸を開けた。細く覗いた闇にあの雪乃の顔を認めたときは、本当にその名を叫んで抱きつきたいと思った。

しかし、

「……シッ」

そうさせまいと、隙間からすべり込んだ雪乃の手が可奈子の口を塞ぐ。その冷たさが、可奈子に緊張を取り戻させた。分かったと、手の中で頷く。雪乃は音をたてないよう隙間を広げ、可奈子を廊下に迎えた。

見回すと、ショウヤの姿がない。

「……ショウヤ君は?」

雪乃は答えず、パソコン室のドアに鍵を挿す。

「あの、しょ」

「シッ」

雪乃が悪鬼の形相で睨む。可奈子は言葉を失い、雪乃がドアを開け、二人で中に入り、再び鍵を閉めるまで、黙ってその意味を考えていた。

ショウヤはいない。雪乃は、見たこともない険しい顔つきで戻ってきた。遠くでした物音、悲鳴のような声。あれは一体なんだったのか。ショウヤはどこにいってしまったのか。なぜ雪乃は一人で戻ってきたのか。二人は会わなかったのか。ショウヤは雪乃を追いかけていったのではなかったのか。

「あいつなら……ショウヤなら、大丈夫だよ」

雪乃の唇は震えていた。似たようなことをショウヤも言っていたが、あのときは感じなかった、何か「絆（きずな）」のようなものを今の二人には感じる。だが、そのショウヤが今、ここにはいない。何があったのだ。二人に、一体何があったというのだ。

「……一緒じゃ、なかったの？」

すると、途端に雪乃は泣き顔になり、だがそれを見せまいとするように背を向けた。そして手近な机にあったメモ用紙に何か書き込み、可奈子に差し出す。見ると数列が一行、アルファベットと混じったのがもう一行。たぶん、この学校での雪乃のＩＤと、パスワードだ。

「カコには……」

カコには関係ない、雪乃はそう言おうとしたのだと思う。だが言わない。代わりに、

「……契約解除に、集中してもらわないと。余計な心配は、しなくていいから」

そう言って笑みを浮かべた。

それは雪乃の優しさ。痛みを自分の心に押し込めて、微笑む強さ。

自然と涙が溢れてくる。

「カコが泣いたってしょうがないでしょ」

ひそめた声の厳しさが、余計に悲しい。

「うん……ごめん」

可奈子は頬を指で拭い、手近なコンピュータの前に座った。

濡れた手をスカートにこすりつけ、電源ボタンを押す。微かな電子音。続いてハードディスクの回転する音。画面にPCメーカーのロゴ。一度暗転し、オペレーティングシステムのタイトルとバージョンが表示され、起動。

雪乃のIDとパスワードを入力すると、ごくありふれた緑色のバックに、必要最低限のアイコンが並ぶデスクトップが現われた。可奈子はブラウザを立ち上げ、その準備が整うのを待った。

雪乃はどこから持ってきたのか、電気コードでドアレバーをぐるぐる巻きにし始めた。やはり、誰かがここにこようとしているのか。でもそんなことをしたら、ショウヤまで入ってこられなくなってしまう。もしかしたら雪乃は、ショウヤがここにこないことを知っているのか。しかし、そんなことは怖くて訊けない。

いや、とにかく自分は、この作業に集中しなければ。

立ち上がったブラウザに、インターネットカフェでやったのと同じ手順でURLを打ち込む。

【www.2mb.net】

すぐにあの暗黒が表示され、読み込み作業完了のメッセージが画面下に出た。

そのとき、

「……オーイ、川原ァーッ」

何か珍妙な声が廊下に響いた。まるで、子供が学芸会で無理やり鬼を演じているような、あんな感じ。暴力的な口調とは裏腹に漂う、如何(いかん)ともしがたいスケールの小ささ。だが雪乃は、明らかにその相手を怖れている。あの雪乃が、尋常ではない恐怖に顔を引き攣らせる。

誰だ。一体、何者なのだ。

しかし今、可奈子にはやるべきことがある。

モニターに向き直り、マウスを操って暗闇部分をドラッグする。ズラズラと反転した青い背景に白い文字が浮かぶ。それは句読点も改行もない、ひどく読みづらい文章だった。隙間なく埋まった言葉の壁。だが、日本語であることだけは間違いない。

「ここかーッ、オォーエッ」

声はすぐそこ、ドアの前からした。ガンッ、と強烈な打撃音が扉を揺らす。雪乃が必死でドアレバーを握る。

「雪乃ちゃん」

「いいから、こっちはあたしに任せて」

すると、

「なんや、まだ他にもおるんか。だったらなおさら、早よ開けェやコラァーッ」

騒ぎはさらに激しさを増した。絶え間なくドアを叩き、あるいは蹴り、揺さぶり、それでも駄目ならと、パイプ椅子だろうか消火器だろうか、硬い物をぶつけてドアを破ろうとする。雪乃は必死にドアを押さえ、何かがぶつかって、そこがボコッと膨れても、まるで十字架にかけられたキリストのように、両手を広げて扉を背負い続ける。

「どうしたのカコ」

可奈子を鼓舞することも忘れない。

「何してるの、しっかりしてよッ」

「……あ、はい」

可奈子は、涙で滲むモニターに目を凝らした。

【我々には肉体がない我々には実体がない我々には――】

頭が混乱していて、なんについて書いてあるのか分からない。

ドアの向こうで、男が「そこで待っとけよコラァ」と怒鳴る。

【現実世界に出るための肉体が必要だ以下に記入し契約を交わした者は我々の望みに従ってその肉体及び実体を明け渡し――】

肉体？　実体？　明け渡す？

雪乃が扉を背負ったまま、振り返るように上を見る。外が静かになっている。

【代わって我々の世界の住人となるべし我々は現実世界で契約者の真の欲望を満たすために――】

そこまで読んだとき、どこかで鈍い音がした。雪乃が守っていた出入り口とは真反対、校庭を見下ろすガラス窓に、何かぶつかったようだった。雪乃ははっとし、可奈子もモニターから目を移した。

窓の外。ちょうどボーリングの玉くらいの黒い物体が、暗い夜空に引き上げられていく。ロープか何かで吊られている。あれが当たったのか、ガラスには濃い色の液体が弾けたように付着している。

またすぐに、それは上の方から弧を描いて飛んできた。鈍く、低く、湿った衝突音。物はさほど硬くはないようだ。ガラスが割れない。

「ショウヤァァァーッ」

急に、雪乃が叫んだ。

雪乃は廊下側から駆け寄り、鍵を外し、窓を開け放った。可奈子は「危ない」と思ったが、声は出ず、身動きもできなかった。

次の一撃は、そこにいる雪乃を直撃した。

「ウッ」

雪乃はドッジボールのようにそれを受け止め、だが勢いに押され、思いきり後ろに転んだ。

「雪乃ちゃんッ」

同時に、

「うっ……うわ、あかん。こ、怖い」

窓より上で声がした。見ると、ズボンを穿いた足がバタついている。上から誰か下りてこようとしている。屋上からの侵入者。誰だ。

振り返ると、しゃがみ込んだ雪乃はそこで、

「ショウヤ……ショウヤ……」

あろうことか、首、生首に、泣きながら頰ずりをしていた。

つまり、それは――。

「あかん、めっちゃ怖いわ。俺、高所恐怖症なんかなあ」

もうそのときには、その誰かが窓枠に下りてきていた。「よっこらしょ」と内側にすべり込む。えらく長い上着。しかもひどく汚れている。服だけではない。見れば顔も裸の胸も同じ色に染まっている。ほとんど真っ黒といってもいい。

「キタガワ……」

雪乃が苦しげに呟く。

キタガワ? キタガワ、ミツヨシ? この男が、実の母親とショウヤの恋人を殺し、そ

してショウヤに殺人予告をしてきた、あのキタガワミツヨシなのか。

「……あかん。あかんかったわ、そいつ。普段はえらいスカシとったようやが、案外根性据わっとるやないけ。ちぃとも死ぬこと怖がらへんかった。そんななぁ、首をジョキジョキ切られてもなぁ、怖ない奴も、この世の中にはおんねんなぁ」

言いながらキタガワは、背中から何か、長い物を抜き出した。

「……ひぃっ」

思わず、可奈子は後退(あとずさ)りした。

日本刀。この暗がりの、わずかな明かりを照り返すそれは、テレビで見るほど長くはなく、また輝いてもいなかった。

「ふっ、うっ……」

雪乃は、ショウヤを抱えたまま泣いている。

「ま、それはもうエエわ。代わりが二人もおるしな。俺は一人でも多く、兄弟をこっちの世界に……シャバにな、出してやれればそれでエエんや。それが、男の仁義いうもんやろ」

キタガワは可奈子と雪乃を見比べ、刀の先で各々を指した。

どっちを先に殺し、どっちを後回しにするか。そういう意味か。

どっちが正気か。それは今のところ可奈子だろう。しかしどっちが逆境に強いかといえば、それは間違いなく雪乃だ。だがキタガワがそんなことを知るはずもない。どちらを選ぶだろう。雪乃を先に殺すだろうか、それとも可奈子だろうか。

雪乃が先なら、その死に様を見ることになる。それは嫌だが、先に殺されるのはもっと嫌だ。だったら雪乃が先でいいのか。選択の権利が可奈子にあるとしたら、先に雪乃を殺してくれと言うだろうか。言えるだろうか。言うかもしれない。言ってしまうかもしれない。私は殺さないで、あっちを先に殺してくれと、自分は言ってしまうかもしれない。

だが可奈子に、そんな選択の権利などありはしない。

「オウリャァァーッ」

キタガワは可奈子に、日本刀を振り下ろそうとした。しかし、

「ハァッ」

雪乃が、ショウヤの首を抱えた雪乃が、まるでラグビータックルのように突進してくる。

キタガワは、予想していたかのようにくるりと振り返り、頭上で刀を握り直した。

「おのれから死ねや」

「あっ」

刀が闇に弧を描き、真っ直ぐ、雪乃の頭に、

「デヤッ」

「はぁ……」

落ちた。その瞬間、部屋の空気が、何か特別な圧力を持ったように膨らんだ。可奈子の目には、細い無数の稲光(いなびかり)が、網目に辺りを覆ったように見えた。

「カ、コ……」

その中に、雪乃のすぐそばに、ぼんやりと白い影が浮かび上がる。だがそれは、フラッシュのように一瞬で消えた。やがて、稲光の網が霧散すると、

「よっしゃ。次はあんたや」

向き直ったキタガワが、可奈子を見据えた。

「いや……」

「……はあ？」

キタガワの汚れた顔が歪む。

「いや、いや、いや」

「いやぁて、なにがぁ」

左右に椅子の並ぶ通路。可奈子は這いつくばり、逃げ場を求め、いくらかは明るい窓側に向かった。

彼方にどこかのマンションと、サンシャイン60の明かりが見える。だが、それらと可奈子を隔てるように、黒々とした建設中の校舎はそびえている。

「ほれ」

ない。

キタガワは、可奈子をいたぶることに決めたのか、日本刀をどこかに投げた。

「なんや、濡れとるで。お漏らしかいな」

スカートを捲られる。

「いや、い、い、いや」

「……なぁにがぁ」

「いや、いや」

「だから、なにがァて、訊いとるんじゃ」

「ひぃ、ひぃ」

「なにが、なにが嫌なんじゃッ」

「ひ、い、いい」

「おのれは、生きとるのが嫌なんちゃうんかァーッ」

「ひぃっ」

「キャッ」

足を蹴られた。尻を踏まれた。それでも可奈子は通路の向こう、窓を目指して這うしか

また�だ。細い稲光が、上下左右から寄り集まり、網目に、蜘蛛（くも）の巣のように絡み合い、

部屋の空気が、さっきよりずっと、ずっとずっと硬く押し寄せ、やがて稲光の網が、指先

に触れ、回転ノコギリのように、キンキンと爪を割り、肉を裂き、骨を削り、

「キャァアーッ」

だが可奈子は気づいた。向こうに、可奈子が目指した窓辺に、誰か立っている。白黒のスタジアムジャンパー。

雪乃か。でも、暗くて顔が見えない。

目を凝らすと、隣に、別の誰か立っている。

誰——。

白い影。女の、裸体のようなシルエット。

「ひィーッ」

顔がない。いや、ただないのとは違う。動いている。まるでクレイアニメだ。誰も捏ねてなどいないのに、勝手に形を変える粘土。中で無数のカブトムシが蠢く、皮の袋。

「……ゆ、雪乃、雪乃、雪乃ちゃん」

可奈子は雪乃の方に手を伸べた。なぜか、雪乃は日本刀を持っている。それを両手で握り、頭の上に大きく振りかぶる。

「あっちで、雪乃が待ってるよ」

そのままそれは、真っ直ぐ可奈子の頭に、打ち下ろされた。

第四章

1

『麻月さん。落ちついて、お聞きください。実は可奈子さんが、ある事件に、巻き込まれまして。その……お怪我を、なさってですね……ですが、ご安心ください。可奈子さんはご無事です。多少痕(あと)が残るかもしれない裂傷が頭部にはありますが、大事には至っておりません。ご安心いただいて、差し支えないと思います』

突然かかってきた電話。モリモトと名乗った警察官は和泉に、噛んで含めるように言った。

「事件……じゃ、可奈子は今」

『あ、申し遅れました。豊島(としま)区要町(かなめちょう)の救急病院で治療中です。できればすぐにでも、いらしていただきたいのですが』

「もちろんです、教えてください、どこですかッ」

『お母様、どうか落ちついてください。可奈子さんはご無事ですから。慌てる必要はありません。よろしいですか……場所は、豊島区要町、地下鉄の有楽町線を、要町駅で降りていただいてですね……』

そのときは、とにかくしっかりしなければいけないと、努めて自身を落ちつかせ、メモもきちんと取ったつもりだったが、やはり冷静にはなりきれていなかったのだろう、あとで読むと字は全部平仮名、解読できるのは「かなめちよ」のみだった。

「あの、可奈子は、可奈子は」

『ええ、大丈夫です。ご安心ください』

モリモトは何度もそう繰り返した。そのゆっくりとした穏やかな口調が、和泉の乱れがちな精神を、なんとか正常に保ってくれたのだと思う。

「ではすぐに参ります」

『はい。そちらが茗荷谷でしたら、一時間はかからないですね。受付でお待ちしておりますので。はい』

それで電話を切り、和泉はすぐ浩太郎に知らせた。そこでも、落ちつけ、落ちつけ、と繰り返された。そんなに慌ててないわよ、しっかりしてるわよ、とも思ったが、浩太郎自身も慌てているのだろうと察し、和泉は素直に「はい」と返した。最後に「あなたも早くきてください」と念を押し、受話器を置いた。

何も用意する必要はない、手続き等もあとでいい、とにかく病院にきてくれればいいとモリモトは言ったが、着替えくらいなければ可奈子が可哀想だと思い、二階に上がって適当なものを見つくろった。

だが、あとになってみると、やはり慌てていたのだと分かる。バッグに詰まっていたのは、下着はパンツばかり、パジャマは上ばかりだった。

すでに明かりを落とした救急病院の夜間入り口を通ったのは、もう十一時を四、五分過ぎた頃だった。

「すみません、麻月可奈子の病室は」

受付の警備員らしき男性に調べてもらっていると、太い柱の向こう、ガラスで囲まれた喫煙室から、スーツ姿の男が飛び出してきた。

「麻月、可奈子さんの、お母様でいらっしゃいますか。夜分に申し訳ありませんでした。私、お電話差し上げましたモリモトでございます」

歳は和泉より少し若い、四十そこそこに見える彼は警察手帳を提示せず、左上に「ピーポくん」という名前だったか、キャラクターの浮き出しがある名刺を差し出してきた。

【警視庁池袋警察署　強行犯捜査第二係　警視庁巡査長　森本直純（もりもとなおずみ）】

失礼のないよう一応目を通し、和泉は丁重に頭を下げた。

「ご連絡ありがとうございました。麻月可奈子の母でございます。それで、あの、可奈子は……」

「はい、ご案内します」

森本は奥のエレベーターに和泉をいざなった。

「あの、可奈子の容体は」

「はい、大丈夫です」

森本の口調は、電話と変わらない穏やかなものだった。

「頭部に裂傷を負っているので、一応、明朝には精密検査をする予定ですが、医師は心配ないだろうと」

「それで、あの」

「はい。何しろ事件直後ですから、多少は精神的な混乱も見受けられましたので、鎮静剤で、今は眠っておられます。ですからお話はできませんが、ご家族には何よりご安心いただきたいので、顔だけでも」

「はい、ありがとうございます……」

次にきたとき、可奈子の病室は四階だと改めて知ったくらいで、このとき和泉は、自分が病院のどこを歩いているのかもよく分かっていなかった。

暗い廊下を進み、

「こちらです」

森本がまだネームプレートもない病室の引戸を開けたので、和泉はただ「はい」と従い、中に入った。

「可奈子……」

すぐさま、ベッドの傍らに駆け寄る。

頭には包帯とネット、頬にもガーゼが当てられている。だがその他は無事のようで、布団から出ている右手を握ったが、普通に温かく、擦り傷もなかった。相変わらず、ガリガリに痩せ細ってはいたが。

「カナ、カナちゃん……」

森本は知らぬまに退室していた。

和泉はしばらく、可奈子の寝顔を見守った。寝息も、伴う胸の動きも穏やかだった。それで、張り詰めていた和泉の緊張もだいぶほぐれた。そんな頃になって引戸が開き、

「大丈夫か」

浩太郎が入ってきた。十一時半。思ったよりかなり早かった。

「……うん。大丈夫みたい」

「頭、ひどいのか」

「明日、一応は精密検査するみたいだけど、心配ないだろうって」

「ほっぺたは」

「これは、どうだろう。見てないけど」

「どうしてこんなことに」

「それは、私もまだ聞いてないの……」

浩太郎に促され、和泉は廊下に出た。すぐそこのベンチには森本がおり、立ち上がった彼は浩太郎に深く頭(こうべ)を垂れた。

「刑事さん。一体、何があったんですか」

「はい、ご説明いたします。ええと……では、あちらで」

森本は廊下の先、明かりの灯った喫茶スペースのテーブルにいざなった。揃って腰かけると、森本が内ポケットに手を入れる。

「あ、私が、さっきいただきましたから」

「……いや、でも、ええ」

そのやり取りで浩太郎も察し、職業上の習慣だろう、立ち上がって自分も名刺入れを出した。そうなると森本も立たざるを得ない。二人して、何やらビジネスライクな名刺交換となる。時と場合を考えると、なんとも滑稽ではある。

ようやく三人で腰を落ちつかせる。

「ええ、まずですね、麻月さんは、練馬区で起こった主婦刺殺事件をご存じですか」

思わず息を呑んだ。何日か前にワイドショーで見て、嫌だなと思っていた、あれだ。

浩太郎も頷く。

「はい。存じておりますが、それが何か」

「実は、可奈子さんはこの近くの、桜豊（おうほう）学園高校の校舎から、ご自身で……」

和泉はそれを「ちょっと」と遮った。

「待ってください。あの、その学校に可奈子は、一人で、いったんでしょうか」

森本は驚いた顔をした。

「それは、どういうことでしょうか」

「ですから、その学校は……ね、あなた」

隣で浩太郎も頷く。

「ええ。その学校には、可奈子の従姉妹が通ってますもので」

「は？　イトコ、とは、男子ですか女子ですか」

「女の子です。川原、雪乃というんですが」

森本はさらに驚いたというか、あるいは納得したというか、複雑な表情をしてみせた。

「ははあ……いやですね、実は可奈子さんは、まさにその川原雪乃さんとご一緒でして。

彼女も似たような容体で、頭と足に怪我はありましたが、命に別状はないんです」

「じゃあ、雪乃ちゃんも、ここに？」

「ええ。まだ事情聴取など、まあこちらの都合なんですが、とりあえず二人が接触しないよう、別の病室に収容してはおりますが、この院内にはおられます……そうですか、従姉妹でしたか。何せ可奈子さんが別の学校の生徒さんのようでしたから、どういう関係かと思ってはいたんです。ああ、そうでしたか」

浩太郎が身を乗り出す。

「で、事件とおっしゃいますが、具体的には、どういった……」

森本は表情を曇らせた。

「それ、なんですが……現状、我々にも、測りかねる部分が多くてですね、はっきりとは申し上げられないのですが……」

和泉はまず、可奈子が性的暴行を受けたのではないかと案じた。一緒にいたのが雪乃だから、なおさらそう考えてしまう。だが、森本はそれはないときっぱり否定した。

「……お二人は軽傷で済みましたが、実はもう二人、被害者がおりまして。一人は学校の警備をしていた、三十二歳の男性です。ササキノボルさんという方です。ご存じ……のはず、ありませんよね。で、もう一人は可奈子さんや雪乃さんと同年代の少年です。身元はまだ分かっておりません。生徒手帳のようなものも所持はしていたのですが、破損がひどくて解読できませんで……」

森本が、意味ありげに間を置く。

和泉は浩太郎と目を見合わせた。

浩太郎が再び訊く。

「で、その二人は……」

「ええ……揃って頭部を切断され、もちろん、亡くなりました」

「なっ」

「そんな……」

森本は頷いて続けた。

「ササキさんの胴体は、彼が詰めていた受付、少年は校舎二階の廊下、頭部はササキさんが少し離れた階段に、少年のものがパソコン室にありました。可奈子さんと雪乃さんは、パソコン室で何者かに殴打されたものと思われます。頭部の傷から考えると、それがですね……日本刀か何か、そういうものの峰打ち、つまり刃の裏側で叩かれた感じ、なのだそうです……日本刀と、可奈子さんや雪乃さん、十七歳というのを考え合わせると、あの練馬区の主婦刺殺事件がすぐに思い浮かぶんですが、現場検証の結果ですね、その、殺された主婦、喜多川良江さんの長男で……一応、メディアでは名前を伏せてありますが、その、喜多川、ミツヨシ少年の指紋が、あちこちから検出されているんです。どうでしょう、何かお心当たりはございませんか」

頭部を切断、二人の男性が死亡、実母を殺したとされている少年に、可奈子が、あの可奈子が、私の可奈子が、日本刀で、斬りつけられた――。

「はぅ……」

「おっと」

「おい、和泉」

急に気が遠くなり、和泉は椅子から転げそうになったが、森本がとっさに肩を支えてくれたお陰で転倒は免れた。反対の腕を浩太郎が摑んでいる。「大丈夫、ごめんなさい」と言うと、森本はひどく恐縮してみせた。

「……すみませんでした。私が、軽率でした。ちょっと、事件の内容が内容だったもので、我々も、少しでも情報が得られたらと……失礼いたしました。本当に、申し訳ありませんでした」

浩太郎の顔には、まだ怒りの色が浮かんでいる。

「……で、なんですか、その、喜多川何某（なにがし）というのは、逮捕したんですか」

森本は、あまり大きくないその体を、さらに小さくすぼめた。

「いえ、残念ながら。事件は可奈子さんご自身の通報で……というか、一一九番されまして。お二人は学校の玄関まで出てきていて、救急隊員に、あと二人中で死んでいる、犯人は逃げた、と。ほぼ同時に警察も現場入りしまして、緊急配備も敷いておりますので、一両日中には身柄の拘束も……ええ」

その物言いはどこか自信なげではあったが、明日逮捕しますと、そう断言できるくらいなら警察に苦労はないだろう。それより和泉は、今はただ可奈子の無事を喜びたい。

だが浩太郎は、そうはいかないようだった。

「刑事さん。その喜多川少年は実母の他に、若い女性を殺していると噂されているようですが、本当のところはどうなんです」

森本は困った顔をしたが、渋々頷いた。

「はい。その疑いがあるのは事実ですが、なにぶん、今回の事件をそれと直接関連づけて捜査する段階までは、まだ状況が整っていないというのが、正直な……」

と、そこまで森本が言ったとき、

「あ……」

階段を上ってきた人影が和泉の視界に入った。浩太郎も気づき、言葉を失う。

刑事だろうか、また別の男性に付き添われた川原雄介と、その妻・雅子が姿を現わしたのだ。

「ご無沙汰、しております……お義兄さん」

二人が深く頭を垂れる。だが浩太郎のそれは固く、小さなものだった。表情も険しい。

和泉はそこまであからさまな悪感情を表わすことはできず、だが雄介に礼を尽くす気にもなれず、なんだか中途半端なお辞儀をするに留まった。

浩太郎が立ち上がる。

「どうなんだ……雪乃ちゃんは」

「ええ、お陰様で、大怪我ではないのですが」

すると突然、浩太郎は雄介のネクタイごと胸座を摑んだ。

「お前の、お前んとこの躾がなってないんじゃないのか」

「ちょっと」

だが、和泉が割って入るより先に、

「麻月さん」

森本が浩太郎の手を摑む。もう一人の刑事も宥めに入る。だが浩太郎は聞かず、ぐいぐいと摑んだそれを引っぱった。

雄介は浩太郎のされるがままだった。

雅子は怯え、半歩その輪から退いていた。

その態度が気に喰わなかったか、浩太郎の温度はさらに上がった。

「可奈子はお前の娘に誘われてこんな目に遭ったんだぞ。どう責任を取ってくれるんだ。お前は、お前は俺の家族を、何人傷つけたら気が済むんだ」

「あなた」

浩太郎は典子のことまで持ち出した。ずっと胸の底に押し留めていたものが、可奈子の件を引き金に噴出したようだった。だが、それは違う。可奈子と雪乃の関係と、雄介・典子のそれはまったく別の問題だ。いや、雪乃はれっきとした被害者なのだ。あのときも、そして今も。

「あなた、やめてってば」

「キサマァ」

揺すられながら、目を逸らした雄介が唇を嚙む。雅子はその後ろで、ただおろおろするばかりだ。

「麻月さん、よしましょう、よしましょう」

「川原さんも、さあ、こっちに」

二人は分けられ、浩太郎は森本に押さえられ、川原夫妻は今一度頭を下げ、その場から離れた。和泉は礼を返す気にはなれず、見えていない振りをするだけだった。

森本が恐る恐る浩太郎を解放する。さすがに浩太郎も追いかけまではせず、森本に小さく詫び、また椅子に腰を下ろした。

「悪いこと言っちまったな……雪乃ちゃんには」

その言葉で、和泉は少し救われた。

「……そうよ」

それ以上は言う必要もないと思い、和泉は自分の膝に置いた彼の手を、ぽんと叩いて済ませた。

いつのまにか、森本がカップのコーヒーを買ってくれていた。丸テーブルに置かれた三つのそれは、ゆるゆると湯気を上げている。耳を澄ましたら、その湯気が空気に溶ける音まで聞こえてきそうな、そんな、静かな夜更けだった。

2

翌朝、和泉は一番で入院の手続きを済ませた。

病室に戻ると、可奈子は目を覚ましていた。

「カナ、カナちゃん」

応えはなかった。が、目はぱっちりと開いている。意識ははっきりしているようだった。ただくるくると見回す目には、ここがどこなのか分からず戸惑っている、そんな様子が見てとれた。

「病院よ、病院。学校からここに運ばれて、治療してもらって、先生も、もう、大丈夫……だろうって……」

和泉は込み上げるものを抑えきれず、ベッドの傍らに膝をつき、可奈子の額に触れた。生え際までかぶったネットが痛々しいが、殺された二人のことを考えれば、生きているだけで本当によかったと思える。こぼれた涙が白い布団でシミになる。

「よかった……ほんとに、よかったわ……カナ」

だが、まだ自分の置かれた状況が呑み込めないのか、可奈子は辺りを見回し、和泉の顔を見ても、これといった表情を浮かべることなく黙っていた。

「……雪乃ちゃんも、心配ないって。怪我の程度もカナと同じくらいで、ちょっと足を捻ってるみたいだけど、それも心配ないですって。よかったわ、とにかく、二人とも無事で……」

目が覚めたら、可奈子は雪乃の様子を一番に訊くだろうと思い、今朝、和泉は雪乃の担当医に会ってきた。あえて病室にはいかなかった。雄介は仕事かもしれないが、雅子がまだ残っていると思ったからだ。

まさか、自分の子供ではないから、放って帰るなんてことは――。

それも逆に心配だ。雪乃は一人で心細い思いをしてはいないだろうか。警察が許せば、そしてあの二人が見舞いにさえこなければ、雪乃を可奈子と同じ病室にしてやりたいところだが。

「……そう」

少し間を置いて、可奈子はまるで他人事のように漏らした。和泉には、少し意外なリアクションだった。だが、まだ精神状態が安定していないというのは充分に考えられる。それとも、事件のショックで直前のことを忘れているとか。それならそれに越したことはない。警察は困るだろうが、あんな殺人事件の実情など、可奈子は忘れてしまった方がいいのだ。ただでさえこのところはノイローゼ気味だった。その上、変なトラウマを植え付けられでもしたら今後の悪影響が計り知れない。

何より、もとの生活を早く取り戻すことだ。

和泉は可奈子の手を布団に戻し、立ち上がった。

すると、ふいに可奈子が呟いた。

「お腹（なか）……」

「え、なに？」

「い……痛い」

お腹が、痛い？

今朝方、可奈子は眠ったまま精密検査を受けたが、その結果は異状なしということだった。なのに、なぜ腹が痛むのだ。あとで詳しい結果は報告すると言われていたが、まさか、実は内臓が重大な損傷を受けていた、なんてことはないのだろうか。医師はこれをちゃんと把握しているのだろうか。手遅れなどということにはならないだろうか。

「お腹痛いって、カナ、それ……」

だが、和泉がそう言っている間に、布団の中で、可奈子の腹の虫が鳴いた。

「……やだ、カナ、お腹、痛いんじゃなくて、空いてるだけじゃないの。いやだわ、もう」

とんだ笑い話。そう思って和泉は、宙で可奈子を叩く真似をした。それでも、可奈子は無表情のままだった。なんの感情も表わさず、目だけを動かして自分の腹の方を見る。

どうしたの、カナ——。

普段の可奈子だったら、まず和泉に照れ笑いの一つも見せるだろう。特にお腹が鳴るなんて恥ずかしいと、可奈子はそういうことを気にする子だから、外で鳴らなくてよかった、看護師さんも先生もいなくてよかった、そんなふうに付け加えもするだろう。

でも、そう、今は殺人事件に巻き込まれた直後だ。普通の精神状態でないことは明らかだ。そこはこっちが察して、労わってやらなければならない。ちょっと普段と違うからと、こっちが一々気にしてはいけないのだ。

時計を見ると十時だった。

「そうね。昨日から何も食べてないんだもんね。お昼まではまだちょっとあるから、お林檎でも剝こうか……じゃなかったら、先生は何を食べてもいいって仰ってたから、ママが何か買ってきてあげようか。どうせ病院のお食事なんて、味は期待できないでしょ」

和泉は軽くウィンクしてみせた。

しかし、それにも可奈子は無表情。

いや、むしろいっそう、冷ややかな視線を向けられた。

午後、再び医師の問診を受けたあと、三時過ぎには刑事が二人きた。一人は昨日の森本だったが、もう一人は初めて見る顔だった。

「捜査一課の溝口（みぞぐち）です」

和泉が廊下で受け取った名刺には、【警視庁刑事部捜査第一課】とあった。よく新聞やテレビで耳にする言葉だが、いつもは「台風一過」と音が似ているな、などと呑気（のんき）に思っていた、あれだ。さらに【殺人犯捜査第十係　警視庁巡査部長】と肩書きがある。部長だから、きっとこの刑事は偉いに違いない。実際、この日の森本は溝口の添え物みたいな感じだった。

「可奈子さんに事件のお話を伺いたいのですが、お加減はいかがですか。先生は、事情聴取なら問題ないと仰っていましたが」

この溝口という刑事は、森本と違って実に威圧的な態度をとる男だった。可奈子の容体を気遣うふうに言いながら、その実、医者の許可は取ってあるから文句はないだろうと、つまりそういうことなのだ。

そう思って見ると、眠そうな一重瞼、その奥にひそむ小さな黒目が不気味な印象を与えた。人を疑ってばかりいるとこんな目になってしまうのか。和泉はふと、警察が可奈子に何かしらの容疑をかけているのではないかと心配になった。

「あの、可奈子が……何か」

「いえ。可奈子さんご自身がどうというのではありません。どんな事件でも、捜査というのは関係者全員にお話を伺うものなんですよ。特に今回の事件で、可奈子さんと雪乃さんは当事者でいらっしゃる。お話を伺う方が、むしろ自然だと思いますが」

嫌な言い方だった。いい大人がそんなことも分からないのかと、暗にそう非難しているようだった。

「そう、ですか……分かりました、どうぞ」

和泉が引戸を開け、二人を中にいざない、最後に入ろうとすると、

「申し訳ない。お母さんはご遠慮ください」

溝口は掌を向けて遮った。隣の森本が済まなそうに会釈する。

「でも、この子はまだ……」

「別に尋問するわけではありませんよ。ご心配なさらないでください」

溝口はそのまま戸を閉めた。

和泉は締め出された恰好で、仕方なく廊下の先、見舞い客用であろう予備の椅子に腰掛けて待った。

二十分くらい経った頃だろうか、二人は病室から出てきた。事情聴取が済んだからなの

か、それともあらかじめ医師に決められた時間だったのか。和泉には分からないが、たぶん後者なのだと思う。溝口の表情がさっきより苛ついて見える。

「……ああ、どうも」

まるで締め出したことを忘れていたかのように溝口は言い、それを補うように、また森本が深く頭を下げた。

「お母さん。ちょっとそちらに、よろしいですか」

廊下の先を示し、溝口は昨晩森本と話をした喫茶スペースに歩き始めた。「すみません」と森本が小声で詫びる。同じ刑事なのに、どうしてこうも態度が違うのだろう。

溝口はテーブルの脇に立ち、あとからきた和泉に「どうぞ」と椅子を勧めた。ちょっと背もたれを取って引いたのが、彼のせめてものサービスか。森本はまたコーヒーを買いにいっている。外見上、二人の歳はあまり変わらないように見える。溝口も四十そこそこのはず。だが二人の間には、歴然とした格の違いを感じる。

和泉はコーヒーを渡してくれた森本に、意識して「ありがとうございます」と笑顔を向けた。だが溝口が、そんな和泉の小芝居を気にかけた様子はない。

「あの、お嬢さんはなんですか、無口なタイプですか」

いきなり、まるで迷惑をこうむったのはこっちだ、とでも言いたげに吐き捨てる。

「いえ、別に……ただ、今は」

「担当医は精神的なダメージはないと言ってました。ですがほとんど会話が成り立たない。これは一体どういうことでしょう」

「いえ、ですから今は、まだちょっと、混乱しているのだと……」

溝口は短い溜め息をついた。

「お母さん。あのですね、可奈子さんは事件直後にご自身で救急車を呼ばれているんですよ。目の前で同じ歳の少年が首を刎ねられて殺されたというのに、自分の学校でもないあの暗い建物の中を歩いて、玄関の公衆電話から一一九番に電話をして正確に現場住所を伝え、救急車に乗り込む前にはコンピュータ室の状態を大まかに告げてもいるんですよ。混乱している人間にできることだとは到底思えませんが、そこら辺いかがお考えですか」

矢継ぎ早の説明が分かりづらい。一々「お母さん」と呼ぶのも気に障る。そして何より、この圧迫感。和泉ですら言葉を失う。

この調子で溝口は、可奈子にも質問を浴びせかけたのだろうか。

口幅ったい言い方になるが、可奈子は他人に対して、特にこんな状況で警察の人間に対して、決して礼を欠くような真似をする娘ではない。むしろ非があるとすればこの溝口の方ではないのか。苛々が貼りついたようなこの態度が、情緒不安定な可奈子の口をさらに重くさせているのではないのか。

それに、事件現場では冷静に立ち回ったのだから、事情聴取にだってすらすら答えてもらわなければ困ると、それは一体どういう理屈だろう。火事場の馬鹿力というのがある。可奈子は事件現場では、とにかく冷静にいなければならないと、普段以上に自分を律したのではなかったか。だが入院してみて、助かって、それで放心状態に陥っているのではないだろうか。だとしたら、大人はそれを褒めるべきではないだろうか。話は落ちついてから、ゆっくり伺うからいいですよと、それが社会的善意というものではないだろうか。

和泉はもう、溝口に対する悪感情を押し隠すのをやめた。

「……別に、いかがも何も考えてはおりません。じゃなんですか、刑事さんは、現場では冷静で、入院してから口が重くなった可奈子が、二人の男性を殺した犯人だとでも仰りたいわけですか」

溝口の眉がぴくりと動き、呆（あき）れたように頬が攣った。

「そんなことを申し上げているのではありません。犯人は現場から逃走した少年であると、これまでの初動捜査でも明らかになっております。ですが可奈子さんがその少年といかなる関係にあるのか、あるいは何も関係がないのか、そういうことは本人に伺わなければ分からないのですよ。お母さん、この少年に見覚えはありませんか」

溝口は一枚の写真をポケットから抜き出して向けた。端正な顔をした、可奈子と同年代の男の子だ。和泉はそれが喜多川少年なのだろうと思い、

「いいえ」

わざと素っ気なく答えた。こんな綺麗な顔をしていたのかと驚いたが、それは顔に出さないようにした。しかし、違った。

「宇野翔矢君。これが、殺された少年です」

「えっ……」

ちょうど、可奈子が夢中になっているアイドルグループ、あれの真ん中にいる男の子に雰囲気が似ている。この少年が、雪乃の学校で首を刎ねられ、殺されたというのか。

和泉の驚愕に満足したか、溝口は続けた。

「お母さん。可奈子さんは、この宇野君については、何も知らないと言うんですよ。どうして殺されたかもまったく分からないと。これは川原雪乃さんから伺ったことですがね、彼は雪乃さんの、中学のときの同級生だそうです。ですが彼女も、それ以上は分からない。なぜ宇野君が殺されたのか、どうやって殺されたのか、まったく心当たりがないというんです」

溝口が、確かめるように写真を見る。

「まあ、この少年の身元が分かってからは話が早かった。彼と、現在本件の重要参考人である……ご存じですね？　喜多川ミツヨシ。二人は高校のクラスメートであると、その繋がりまでは分かった。可奈子さんの従姉妹が川原雪乃さん。宇野翔矢君はその中学時代の同級生。喜多川ミツヨシはその高校の同級生。そんな、いわば希薄な関係ではあるが、一本の線で結ばれた彼らが、雪乃さんの通っている高校に集い、事件は起こったわけです……ねえ、お母さん。変だとは思いませんか。この少年ですよ。私から見てもね、カッコいいですよ、宇野君は。参考までにご覧ください。こっちがね、喜多川ミツヨシです。どうですか」

もう一枚見せられた写真、現在四人の男女を殺害したとされている喜多川少年は、とてもそんなふうには見えない、平凡を絵に描いたような顔立ちの少年だった。

「別に、美醜だけで云々言うわけじゃありませんが、ウチのね、たとえば私の娘が同じ立場だったら、もっとね、宇野君が可哀想とか、なんかそんなことを言ってね、騒ぎ立てるというか、そういうことがあってもいいと思うんですよ。こっちですよ、殺されたのは。今の若い子だったら、ほっとかないでしょう、この子。それがね、まるで他人事、何も話してもらえないんですよ……ねえ、お母さん、何か心当たりはないですか。嫌な言い方になりますが、今の様子ではね、まるで可奈子さんと雪乃さんは、このカッコいい宇野君より、殺人犯であろう喜多川の肩を持っていると、そう取られても仕方ないんですよ。我々にとっても、それは本意ではないんです。是非、積極的に捜査にご協力いただきたいんですよ」

何を馬鹿なことを、と思ったが、反論の暇は与えられなかった。

溝口が続ける。

「仮に、仮にですよ、可奈子さんと喜多川が直接、我々がまだ知らない関係にあったとしても、繋がりがあったとしても、少なくとも現状では、可奈子さんが本件で罪に問われることはないわけですし、喜多川の容疑が晴れるわけでもないんですよ。お分かりですか、麻月さん」

最後だけ、取ってつけたように苗字で呼ばれ、和泉は思わず「はい」と答えてしまった。

どうして、こんなことになってしまったのだろう。和泉は初めて、本気で疑問に思った。

昨夜から今までは、可奈子は助かった、雪乃と一緒に助かった、二人も殺されているのに、可奈子はちょっとした切傷で済んだ、そのことで頭が一杯だった。事件の真相云々より、今後、可奈子が何かの悪夢にうなされたりはしないか、トラウマになったりはしないか、ノイローゼが余計にひどくなったりはしないか、そんなことばかりを案じていた。

溝口は嫌いだ。いまだ印象は悪いままだ。しかし、確かにその疑問は理解できる。彼の言う通り、可奈子や雪乃に精神的問題がないのだとしたら、もっと怒っていいはずだと思う。この、宇野という美少年を目の前で殺し、自分たちまで危ない目に遭わせた喜多川少年に対して、もっと憤っていいだろうと思う。

和泉は立ち上がり、溝口に頭を下げてその場を去った。もう溝口が、森本が、どんな目で自分を見ているかなど気にもならなかった。

なぜ可奈子は、こんな事件に巻き込まれてしまったのだろう。

警察の疑問は、もう和泉自身の疑問になっていた。

それでも病室の前に立つと、警察の調べを受けた可奈子が参ってはいないかと心配になった。

蒼褪(あおざ)めた顔を予想して引戸を開けた。だが意外なことに、可奈子はわりと平気な顔でミカンを食べていた。

「……疲れたでしょ。警察って、なんか嫌ね」

また、可奈子は無言だった。コクッと小さく顎を引く、ただそれだけの肯定。和泉に、今の可奈子の心の内は測れない。閉じきるでもない、かといって開いてもいない態度。これは一体何を意味しているのだろう。

あんな事件のあとなのだから、ちょっとくらい様子が変なのは仕方ない。今朝、可奈子が目を覚ましてから、和泉は何度自分に言い聞かせただろう。溝口の言い分は大人気ない、優しくないと思ったが、いま実際こうやって向かい合ってみると、他人にはそれも無理のないことのように思えてくる。

医師は午後の問診のあと、精神的にも特に心配はないでしょうと言った。だが、本当にそうなのだろうか。これは心配するほどのことではないのか。和泉が過敏で、心配し過ぎているだけなのだろうか。事件現場で受けたショックが、何か悪い影響を及ぼしているのではないのか。

この子はあの学校で、何を見て、何を感じたのだろう。

先の疑問がぶり返す。可奈子はなぜ事件に巻き込まれ、雪乃の学校で、一体何が起こったというのだろう。だが、それをいま訊くことは避けたい。態度はこんなでも、警察がきたことによる精神的ダメージは少なからずあるはずだから。

「カナ……」

和泉も、呼びかけるのが段々虚しくなってきた。

もしかしたら、この子はそっとしておいてほしいのかも、一人になりたいのかも。そんなふうに思った。だとしたら、ご都合主義のようだが和泉には和泉の雑用がある。可奈子が一人で大丈夫ならば。

「ねえ、カナ。ママ、ちょっと着替えとか色々持ってきたいから、一度お家に帰りたいんだけど、いいかしら。カナ、一人でも大丈夫かしら」

可奈子の反応を待つ。

しかし返ってきたのは、またあの小さな肯定だけだった。視線は手の中、ミカンの房に注がれたままだ。

和泉は見るともなしに、可奈子の手元を見やった。

「……え」

それは、やけに汚い剝き方だった。ミカンの皮がボロボロに散らばっている。いつもの可奈子だったら綺麗なヒトデ型というか、全部が繫がった状態で剝き終わるはずだ。いや、そんなことは可奈子でなくても、大人なら誰でもすることだし、よほど小さな子供でない限り、あるいは硬い皮でない限り、こんなふうに千切り千切り剝いたりはしない。

さらに不思議なのは、手にあるミカンはもう残りが半分ほどなのに、薄皮がないことだ。和泉の家族で、ミカンを薄皮まで食べてしまうのは浩太郎だけだ。和泉は綺麗に白いスジを取って、薄皮も残す。可奈子も和泉に倣って子供の頃からそうしていたし、一、二度はそのまま食べたこともあったが、そのときは、喉に詰まってえらい騒ぎになった覚えがある。

「カナ、皮も、食べちゃったの？」

可奈子は和泉をちろりと見、オーバーテーブルの上に散らかしたボロボロの皮を顎で示した。

「じゃなくて、薄皮」

すると今度は上目遣い、和泉を見上げながら舌で口の中を探る。まるで初めてその存在を意識し、「これのことか」と確かめているかのようだった。

「……別に、いいでしょ」

「うん。別に、いいけど」

それ以上の応えはなかったが、目には「なに言ってんの」と、馬鹿にするような色があった。

どうしちゃったの、カナ――。

和泉はなんだか、ひどく寂しい気持ちになった。

3

頭のてっぺんが痛い。それとは別に頭痛もする。原因はこの、妙な機械音かもしれない。回転ノコギリだとか、そういう類いではない。むしろコンピュータ。調子の悪くなったハードディスク、そんな感じの音だ。

可奈子は、重い瞼を眉で引っぱり上げるようにして開けた。

すると、

「……え……や」

目の前には男がいた。

「……い、いや」

顔ではなく、体で男と分かった。薄い胸板、骨に張りついたような筋肉、へその辺りから下に続く縮れ毛。そして、その下にあるモノ。しかも一人ではない。三人もだ。全員が似た体形をしている。

「い、キャァァーッ」

しかも顔がない。頭はあるが、髪の毛も、目も、鼻も、口もない。ただグヨグヨと顔面が歪み、見えない手に捏ねられる粘土のように形を変え続ける。顔の皮下、一杯に詰まったカブトムシがてんでんバラバラに蠢いているようだ。どこかでこんな顔を見たことがある。だがそれがいつ、どこでだったかは思い出せない。

「いや、やめて、やめて……」

可奈子は仰向け、四肢を縛られているのか身動きができなかった。その感触から、自分も全裸であることが分かった。

三人は黙っていた。黙って、もがく可奈子を見下ろしていた。だが、歪んだその「のっぺらぼう」たちは笑っているのだと、それは分かった。理由はない。声は出さないし、むろん表情もない。それでも、笑っている、それだけは伝わってきた。

彼らの背後はレンガ模様の浮き出た灰色の壁だ。天井は見えない。ただ延々と高い四辺の壁がすぼまっていくだけだ。まるで四角い井戸の底。しかもかなり遠くまでレンガの凹凸がはっきりと見える。空気は綺麗だということか。いや、そんなことはどうでもいい。

「……ぼぼぼぼぼぼ……」

男たちが何か喋り始めた。だがその意味は分からない。そのうち、一人が可奈子の首に手を伸べてきた。

「い……い、や……ぐぇ」

毛の生えた手の甲、節くれだった指、ガサガサと荒れた指先、強い力。顔に血が溜まり、ぷちぷちと血管の破れる音が鼓膜に響いた。視界が黒ずみ、その中で男たちはなおも笑っていた。表情はないが、肩がひくひく上下している。

「ぽぽぽぽ……」

「ぽぽ……」

「ぽぽぽぽ……ぽぽぽぽ……」

気を失うかと思ったが、なぜかそうなる前に力は弛(ゆる)んだ。吐き気混じりの咳(せき)に噎(む)せ、固く目を閉じて涙を絞る。

改めて目を開けると、足元の一人が、頭上に文化包丁を構えていた。

「ヒッ」

残りの二人が横から可奈子の四肢を押さえる。すでに身動きできない状態なのに、それでも二人がかりで押さえ込む。

「ぽぽぽ」

「ぽぽ、ぽぽぽぽ」

「ぽ、ぽ、ぽぽぽぽ……」

包丁が、真っ直ぐみぞおちに落ちてくる。

「ンギャァァーッ」

最初は、ぶたれただけのような、そんな痛みだった。次に感じたのは温度だった。へその上辺りに深くすべり込む、異物の冷たさ。だがそれもほんの一瞬で、すぐに体温と同化したそれは、激痛という名の物体と化して体内に居座った。

「ぎぃーっ……いっ、いっ……いィッ」

全身の感覚という感覚が腹に向かい、今度は引く波のように、脂汗が体の隅々まで広がっていった。みぞおちの激痛を中心に、痺れにも似た悪寒が荒波のごとく肌を洗う。可奈子は自分が気を失わない理由がまったく分からなかった。

「ぼぼ、ぼぼぼぼ」

腹から包丁が抜かれ、だがそれで助かったのかというと、そんなことはまるでなく、今度は三人がいっぺんに、腹の中に手を突っ込み、内臓を揉み始めた。

「うぐぅ……ううっ、ぐっ……いぎっ、いっ」

小さな洗面器で手を洗うように、六本の手が湿った音をたてながら内臓を捏ねくる。くちゃくちゃ。その音だけが妙に大きく耳に届く。痛みというありふれた感覚はすでに遠退いていた。あるのは、ただ内臓を捏ねくり回される不快感、嫌悪感、そして音。体が冷たくなっていく、その喪失感だけが確かになっていく。

私、死ぬんだ——。

男たちは互いの蠢く顔を見合わせ、頷いたり、首を傾げたりした。ときには腹の中身を摑み出したり、それを下に落としてみたり、さらに自らの体に血を塗ってみたり、好き放題やっていた。そこまでいくと、もはや他人事だった。

こんな、こんな死に方って——。

可奈子は内臓を弄られるのにも、悲鳴をあげるのにも疲れた。ある意味では、殺されることにも。「もう死にたい」という台詞(せりふ)をドラマなどで聞いたことはあったが、まさか、自分がそんな心境になるとは思ってもみなかった。

そんなときだ。

「ぼッ」

鈍い音がし、可奈子の腹に何か落ちてきた。重たくて息が詰まった。そんな感覚がまだこの体にあるのを不思議に思ったが、息が苦しくなったのは事実だ。なんだろうと顎を引くと、そこには「のっぺらぼう」の頭があった。頭だけが、可奈子の腹に載っている。まるで可奈子の中に入ろうとするかのように、顔の半分がぱっくり開いた傷口に埋まっている。

「ひぃっ……」

だが可奈子の悲鳴は、残りの二人が慌てふためく声に掻き消された。彼らの視線は右手、首を刎ねられた仲間の背後に向けられている。直後に右下で鈍い音がしたのは、体が倒れたそれだったのだろう。

やがて右の方から、

「ぼぼッ」

「ぼッ」

中国ふうの、大きな刃の剣が、彼らの肩の高さを水平にすべり抜けていった。

なに、何が起こったの。他にも、まだ誰かいるの――。

可奈子は碌に動かない首を、それでも目一杯右に向けた。するとそこにいたのは、

「えっ」

尚美、だった。

この状況で学校の制服を着ているのを妙にも思ったが、でもそれは確かに、自殺したはずの、可奈子の親友の、あの石塚尚美だった。

「よかったカナ、間に合って。ほら、逃げよう」

尚美は言ったものの、次の行動はまた奇妙だった。

どこに落ちていたのか文化包丁を拾い上げ、それを自分の左手、水平に差し出した掌に、ツンと突き下ろして見せた。するとどうだろう。刃渡りの中程に真っ直ぐ亀裂が入り、そこから先が内部に引っ込んだ。まるで縁日で売っているオモチャのナイフ。包丁の切っ先

がふざけたように消えた。

可奈子が黙っていると、尚美はまた別のものを拾い上げた。それは内臓やら肉片の入ったビニール袋。それを見せると、またすぐグチャリと捨てる。同じその手で、今度は可奈子の腹をこする。いつのまにかちゃんとハンカチを持っている。それはバラクラの、あの紫のハンカチ——。

「いッ……」

だが可奈子は、すぐにその悲鳴を呑み込んだ。

痛みが、ない。むしろ反射的に押し返そうとする、自分の腹筋を力強く感じる。顎を引いて見ると、なんと、傷はなかった。そこには見慣れた腹の肌がのっぺりとあるばかりだ。なら、今の残虐行為はなんだったのだ。嘘だったのか。すべて芝居だったのか。あの痛みは？　のっぺらぼうたちは、なぜこんな手品をして見せた。その彼らは揃って尚美に首を刎ねられ、すでに死亡している。いいのか、それで。

可奈子が混乱していると、尚美が強く手を握ってきた。思わず身を固くしたが、

「大丈夫だよ。ほら、一緒に逃げよう」

尚美は、最初に使った大きな刀で可奈子の体中に絡みつく革のベルトを切断した。両手首、足首、肘、腿(もも)、そして、首。さすがに、顎の下にその大きな刃を見たときはひやりとしたが、尚美の剣捌(けんさば)きは見事だった。

「ほら、起きて」

手を引かれ、可奈子は頷いて起き上がった。そのまま二人で灰色の壁に向かう。尚美は刀をレンガの、腰の高さの一点に突き立て、捻った。カチャリと、まるで鍵の開くような音がした。そのまま押すと、ちょうどドアくらいの大きさで壁が開いた。隠し扉になっていたのか。尚美はここから入ってきたのか。だが問う間もなく飛び出すので、可奈子も引きずられるように外に出た。

そう、外。

そこは今までいた部屋よりも、さらに奇妙な眺めの場所だった。

色取り取りの立方体、それが無数に、前後、左右、上下に並んでいる。一つ一つはかなり大きい。戸建ての家屋ほどではないにせよ、それに近い大きさだ。今までいた部屋も、そんな立方体の一つだったようだ。それが隣同士、一定の間隔を保ちながら規則正しく並んでいる。

見れば、上下にも間隔がある。つまり、上のそれは浮かんでいることになるのだが、その仕組みは見ただけでは分からない。

また、可奈子の立っている場所から下に向けても立方体は続いている。延々と続く、その先は闇だ。それは前後左右も上も同じ。巨大な闇の空間に、無数の立方体が規則正しく並び、浮かんでいる。

「なんなの、これ……」

「説明はあと」

尚美は可奈子の手を取り、いきなり走り始めた。

「ちょっと……」

暗闇の路地をいく尚美。手を引かれ、可奈子はついていくほかなかった。ときおり階段を上るように、その背中が上がっていく。段が見えないのは不安だったが、勢いで足を掛けると、ちゃんと可奈子にも上ることができた。

右に、左に、ときには上に、可奈子は尚美のあとについて走った。不思議と、下りることは一度もなかった。

どこまでも続く暗闇と立方体の世界。見上げる空は高層ビル街の夜を思わせた。だがビルにはそれぞれ最上階がある。この立方体の連なりには終わりがない。可奈子は大きな建造物をその足元から見上げると、いつも言い知れぬ不安を覚えるのだが、この眺めはその何倍もの恐怖を呼び起こした。

しかも同じ景色が足の下にも、地獄の闇を透かし見るように広がっている。上も下も怖い。そのくせ、ついつい見てしまう。見れば二の腕辺りがぞわぞわと粟立(あわだ)つのに、尚美の背中を追うことに集中できない。だがそれは、尚美が手を引いている、握っていてくれるからであり、それがなければ、可奈子は泣きながらでも必死に追わざるを得ないだろう。

でも、よかった。尚美、生きてたんだね――。

可奈子はぎゅっと、その温かな手を握り返した。

4

あれから三日。事件以来、初めての雨。

刑事たちは毎日必ず事情聴取に訪れた。担当がそう決まっているのか、いつもあの溝口が森本とコンビでやってくる。

和泉は今日、思いきって「立ち合わせてください」と願い出た。すると溝口は、意外にも簡単に「かまいませんよ」と承知した。

改めて、三人で病室に入る。

「こんにちは。毎日申し訳ないが、またちょっと、お話を聞かせてください」

溝口は濡れたコートを脱ぎ、ベッド脇の丸椅子に腰を下ろした。森本はその隣、和泉は反対側に回った。

「昨日はなぜ三人が集まったのかということをお訊きしましたが、どうでしょう、何か思い出せましたか。従姉妹の川原雪乃さん、彼女の友人である宇野翔矢君。彼らが同席した理由は、何か思い出しましたか」

溝口の苛ついた態度は相変わらずだった。だがそれも無理のないことに思えた。医師に決められた面会時間は短い。当然、話も途切れ途切れになるだろう。これでは宇野翔矢と警備員が殺害され、可奈子たちが暴行を受けた真相にいき着くまで、一体どれほどの時間を要するか分かったものではない。

挙句、可奈子は応えず、ただ黙って窓の外を見やるだけ。その態度はこの三日、和泉に対してとるそれと同じだった。こっちの言葉が理解できないほど呆然としているのではない。明らかに無視しているのだ。

「可奈子さん、お願いしますよ。我々はあなたを襲った犯人を捕まえたい。そのために事情を伺っているのですよ。なぜ何も話していただけないのでしょうか……喫茶店に入ったのは、間違いないですね。最初に店にきたのは宇野君、川原さん、あとから遅れてあなた。そこまでは調べて分かってるんです。そして三人は揃って店を出た。あの店は単なる待ち合わせ場所だった、そうですね？　その後に三人で、インターネットカフェにいったのも間違いないですね。そこであなた方は、冬木弘忠という人物と乱闘騒ぎを起こしている。彼が川原さんに暴力を振るった。そこに宇野君が割って入った。店員が駆けつけ、あなた方は混乱に乗じて店から逃げ出した……なぜです？　最初に暴力に訴えたのは冬木の方らしいじゃないですか。それをなぜ正当に訴えようとはしないのです。可奈子さん、あなた方に大きな非はないんですよ。それをなぜ黙ったまま、まるでなかったかのような顔をするんですか」

溝口は腕を組んだ。彼は質問するばかりで、記録をとるのはもっぱら森本の役割であるようだった。

森本はいわゆる警察手帳ではなく、普通のシステム手帳を手に持っている。しかし可奈子が何も答えないので、ページを開きも、ペンを構えもしない。ただ静かに、可奈子の様子を窺っている。その落ちつきが、この日も溝口とは対照的だった。

溝口は似たような質問を微妙に違う切り口で繰り返した。そんな努力も、可奈子が何も喋らない以上は無駄としか思えなかった。最初の頃より多少は長い小一時間を費やしたが、可奈子は馬鹿にしたように小首を傾げたり、つまらなそうにそっぽを向くだけだった。

やがて、腕時計を見た溝口が立ち上がる。

「……それではまた、明日参ります。どんなことでもいい。事件についてお話が聞けることを、我々は願っています。では」

目配せし、森本が応じて戸口に向かう。和泉も見送ろうと立ち上がった。すると、そのとき初めて、可奈子が口を開いた。

「あのさ」

それは、我が子とは思えないほど、蓮っ葉（はすっぱ）な口調だった。

「……あたしが誰とどこで会ったとか、そんなこと調べるよりさ、あの喜多川とかいうキレした奴捕まえること考えたら？　宇野って人をなんで殺したのか、そんなの、喜多川に訊けば全部分かんでしょ。いくらあたしの周りを嗅ぎ回ったって無駄だよ。なんにも出てきやしな……」

　パンッ、と乾いた音がし、和泉ははっと我に返った。

　生まれて初めて我が子の頬を叩いた。その突発的な行動を、自分自身で、瞬時には認められずにいた。

「麻月さん」

　戸口から戻った森本がいつのまにか和泉の手首を取り、すぐ横でかぶりを振っていた。

「すみません、私……」

　振り返った溝口が可奈子を見やる。彼の表情に変化はない。

「……喜多川の身柄確保については、我々も全力を尽くしている。だがそれとは別に、可奈子さん、あなたの側に立った、あなたが事実とする事柄も、我々は把握しておく必要があるのです。同じように川原雪乃さんには、川原雪乃さんの事実がある。我々はそのすべてを把握した上で、今回の事件の実像を、全容を認識しなければならない。そこのところを、是非ご理解いただきたい。今日はこれで帰ります。ですがまた、明日きます。何か聞けると、そう信じてきます。では」

　溝口が言い終えると、森本も深く一礼し、二人は病室を出ていった。和泉は追いかけて娘の非礼を詫びたいのと、今さら溝口におもねるような態度はとりたくないという気持ちの板ばさみになり、だが結局可奈子のそばから離れられぬまま、タイミングを逸してしまった。

目の前の可奈子は相変わらずの無表情。灰色の空から落ちる針のような雨を眺めている。和泉は、素足で冬のアスファルトの地面に立たされるような、そんなうそ寒さに震えた。先の可奈子の口調は、まるで毒づいたときの雪乃のようだった。いや、雪乃ならそういうときでも、まだどことなく気風（きっぷ）のよさというか、明るさみたいなものが感じられる。だが可奈子のそれには、むしろ「悪意」しかないように思えた。

可奈子の様子がおかしいのはずいぶん前からだ。だが事件前に関していえば、それは尚美が自殺したためであり、妙な電話がかかってきていたからであり、いわば外からの圧力に可奈子が押し潰される恰好で、その様子がおかしかったのだ。

だが今は違う。確かに外因はある。殺人事件に遭遇したのは一大事だし、警察に根掘り葉掘り訊かれるのも今までにない経験だから、和泉には理解できないプレッシャーがかかっていると考えられなくもない。しかし、そうだとしても、このところの態度は可奈子らしくない。刑事に対しても、和泉に対しても、だ。

特に刑事に対するそれには驚かされた。まるで可奈子自身が犯罪者のようだった。可奈子が何かの罪を犯し、それを隠しているような態度だった。

可奈子は明らかにあの事件を境にして変わった。事件が可奈子の内面的な何かを変えた。可奈子はあの事件に何を感じたのか。和泉は、やはり我が子の身に何が起こったのかは知っておきたいと思った。

刑事に喋らせることができないのなら、母親である自分がそうするほかない。今までは事件後のショックを考慮し、遠慮してきたが、どうやらもうその必要もなさそうだ。

和泉は決心すると同時に、自分がこうすることを、溝口は望んだのではないかとも思った。そのために溝口は今日、和泉を事情聴取に同席させたのではないか。それは考え過ぎだろうか。

「カナ」

呼びかけても反応はない。もうそれも、半ば当たり前のようになっている。

「ねえ、カナ、どうしちゃったの。あなたは他人に、ああいう失礼な態度をとる子じゃなかったじゃない。どうしちゃったの？　あれじゃまるで、あなたが自分で、自分が悪者ですよって、言ってるみたいじゃない。よくないわよ、ああいうのは。刑事さんが嫌いなら、それはそれだけど、でも、やっぱりよくないわよ……ねえ、でもママにだったら、話せるでしょ？　雪乃ちゃんの学校で何があったの。どうして雪乃ちゃんと、宇野君て子と、あんな夜になって学校になんかいったの。カナは喜多川って子、事件の前から知ってたの？　ねえ、カナ、ママには話してよ。力になるわ。刑事さんに言いづらいことがあるなら、それはちゃんと黙ってるから。ママはカナの味方なんだから、話せるでしょ、カナ」

可奈子の視線が、ゆっくりと窓辺から、和泉に向いた。黒目だけの上目遣い、三白眼が嫌悪を煽る。かつて、我が子をこんなに可愛いと思えない瞬間があっただろうか。和泉が可奈子を、愛しいと思えないことがあっただろうか。

そしてその思いは、他でもない可奈子の言葉で、さらに確かになった。

「自分で『ママ』とか言ってんじゃねーよ」

カナ、あなた――。

言葉を返すどころか、息もできなくなりそうだった。

白い病室が水の底、いや、非現実的な異世界にすら見えた。

それから夕方まで、和泉は可奈子とひと言も交わさずに過ごした。


冷たいアスファルトから一歩踏み出すと、そこには薄いガラスの板があり、気づかずに乗ると、背筋の凍るような音が素足の裏に直接聞こえた。無数の破片が指先に、土踏まずに、踵に突き刺さる。いや、それは単なる妄想で、実はただの水溜りだったのだけど、今の和泉にはそれほどに冷たく、痛く感じられた。

茗荷谷駅から自宅までの道。確か尚美の通夜の夜も、こんな冷たい雨が降ったあとだった。あのときは隣に可奈子がいた。親友の死を嘆き悲しみ、和泉に後追い自殺の心配までさせた。だがそれでも、可奈子はいい娘だった。愛しかった。守ってやりたい、いや絶対に守ってみせると、そう強く心に誓ったものだった。

可奈子は目立って美人ではないし、成績も飛び抜けていいわけではなかったが、心の優しい、穏やかな性格の娘だった。

二人で洋服などを買いに出かけると、三回に一回は「ご姉妹かと思いましたわ」などと店員に言われた。和泉は無邪気に喜んでみせたけれど、それが商売上のリップサービスであることは承知していた。それなのに可奈子は、「姉妹だって」と腕を組んでくれた。本当はそんなふうに見えやしない。見えたら見えたで可奈子が可哀想だ。なのに、冗談にもそれを否定しようとはしなかった。そうしたら、和泉が傷つくと思っていたのだろう。可奈子は、そんな優しい娘だった。

また、あれは幼稚園の頃だったか、名前は忘れたが男の子に意地悪をされ、泣きながら帰ってきたことがあった。だが話を聞けば、その男の子は可奈子のことが好きで、その裏返しで意地悪をしてしまったようだった。

「その子はきっと、カナちゃんのことが好きなのよ。でもそう言えなくて、間違って意地悪しちゃったのね」

すると可奈子は、「そうなんだ」と、意外にも簡単に納得して泣き止(や)んだ。そして言うのだ。

「でも私は、ママのことが好きだもの」

まだ男女の区別も、恋という言葉の意味も知らない子供の発想だった。それでも和泉は嬉しかった。

ことあるごとに「パパよりママが好き」と言った可奈子。

「それじゃあパパが可哀想よ。パパにも好きだって言ってあげて」

そう和泉が言えば、ちゃんと浩太郎にも「パパ大好き」と言った可奈子。でもそのあとで、必ず「本当はママが好きなの」と内緒で付け加えた可奈子。

甘ったるい、他人から見たらベタベタした母娘関係だということは承知していた。だが、こんなふうにいつまでもしていられるものではない、可奈子が本気で恋の一つもすれば、途端にそっちにいってしまうのだからと、和泉はまるで期間限定のフルーツケーキを頬張るように、互いに甘え合う可奈子との関係を楽しんできた。

それが、あのひと言でもろくも崩れ去った。

自分で「ママ」とか言ってんじゃねーよ。

信じられなかった。我が耳を疑った。そして恥ずかしかった。悔しかった。過去のすべてを否定されたようで悲しかった。あの可奈子に、愛しくて愛しくて、かすり傷一つでも一緒に涙を流したほど一心同体だった娘に、一瞬だが、憎しみが湧いた。

自分で「ママ」とか言ってんじゃねーよ。

声色、口調、選んだ言葉、そのすべてが和泉を完膚なきまでに打ちのめした。計り知れない「悪意」が、そこには存在していた。

自分で「ママ」とか言ってんじゃねーよ。

どうしてそんなことを言うの、どうしてそんなことが言えるの、どうして今になってそんなことを言うの。ママが自分を「ママ」って言うのが嫌なら、もっと他に言い方だってタイミングだってあったでしょう。カナだったら、もっと優しい言葉を選ぶことだってできたはずでしょう。それともそういうつもりじゃないの？　私を傷つけることが目的なの？　ねえ、カナ、あなたは一体、どうなってしまったの。

心には悲鳴が渦巻くが、直接可奈子には言えそうもない。十七歳の娘とその母親、それを考えると、可奈子の言い分の方が正しいと分かっているからだ。自分の方が依存していた甘えの構造を、白日の下に晒すのが怖いのだ。一般論に照らして測定するのが恐ろしいのだ。

だから浩太郎にも相談できない。浩太郎は和泉にとって、もっとも身近な「常識」であり、「一般社会」なのだ。

「歳を考えろよ。お前の歳も、可奈子の歳も」

そんなふうに言われるのは分かりきっていた。そこに可奈子の表情がどうだったか、声色が、口調がどうだったかを付け加えるのは避けたい。それではただ、裏切った娘を悪者にしようとする卑怯な母親に成り下がるだけだ。そこまでいっぺんに落ちたくはない。

玄関の鍵を開け、誰もいない家に入る。それは珍しいことではないはずなのに、今の和泉にはひどくつらく感じられた。

五年前、可奈子が小学六年のときに購入した家。決して大きくはない、二十坪に欠ける土地に建てられた二階建ての家屋。それでも家族の集うリビング、対面カウンターで隔てたキッチン、夫婦の寝室、可奈子の部屋、さらに予備の四畳半がひと部屋ある。三人家族には相応しい、過不足のない住まいだ。

実際、これまでは幸せの絶頂だったと言っていい。浩太郎と結婚してから、可奈子が産まれてから、つらいことなんてあっただろうか。むろん、出産には人並みに苦しんだし、直後は二人目なんていらないと本気で思いもしたけれど、実際はただできなかっただけで、作らないようにコントロールしたわけでも、夫婦仲が冷えたわけでもなかった。まあ人並みに、歳相応の温度に保たれていたのではないかと思っている。

そんな温かかったはずの家が、今まで留守にしていたというのを理由にするには、あまりに寒々としている。

暗いままの玄関を通り、リビングの照明を点ける。壁紙の白が果てしなく広がる雪原のそれに見え、和泉は一人震え、急いでエアコンのスイッチを入れた。

暖かくなるまで待てず、キッチンで湯を沸かした。そうなると体を動かしていた方がいい。主婦の習性か、和泉は可奈子の着替えを洗濯してしまおうと、持ち帰った荷物を提げて風呂場に向かった。

昨日までの洗濯物は午前中に済ませていたので、洗濯機は空っぽだった。そこに、可奈子の匂いのするパジャマ、下着を落とし込む。洗剤を撒き、フタを閉めてスイッチを押す。すると、袋の中にパンツが一枚残っているのが目にとまった。赤いシミが付いたそれは、可奈子に急な生理が訪れたことを示していた。

可奈子は和泉さえ驚くほど、そのての日にちを読み違えない子だった。生理で下着を汚したのは、確か中学校も最初の頃までだったと記憶している。これも事件のショックが原因なのだろうか。本当に、ただそれだけのことなのか。

いま和泉が思う可奈子には、どことなくだらしないイメージがある。「だらしない」が可哀想なら、自分を管理しきれない、と言い換えてもいい。ミカンの皮がそう、パジャマの着方がそう。特にトイレにいって戻ったとき、少し濡らして戻ってきたのには驚いた。しかもそのまま平気な顔でベッドにもぐり込もうとした。この赤いシミも、その無頓着の延長線上にあるように思えた。

だが状態がどうであれ、やはり子供の面倒は見てやらなければならない。もう明後日には退院だから着替えの補充は必要ないと思っていたが、この分だともう二、三組はあった方がいいかもしれない。

和泉はちょうど沸いた湯をポットに移し、だが飲み物を用意するのは後回しにして、可奈子の部屋に向かった。

階段周りの明かりを点けて上る。自分がたてるスリッパの音がやけに大きく聞こえ、また寂しい気持ちになったが、目的があるうちはそこそこ動ける。病院でもそうだった。

あの可奈子と黙り合ってしまうのはつらいので、和泉はなんやかんや仕事を見つけては細々（こまごま）と動いた。そんな入院生活も明日いっぱい、明後日の退院手続きと精算で終わりだ。頭のネットさえ気にしなければ、その翌日からでも学校にいけるだろう。そうなったら、可奈子の調子も戻るかもしれない。

部屋の明かりを点ける。壁にはクリーニング済みの制服がかけてある。机には和泉が持ち帰った学校のカバン、その傍らには携帯電話。何日か前に見たときには、すでに電池が切れており、どのボタンを押してもなんの反応もなかった。お節介だとは思ったが、充電器に挿しておいた。

しかしあのとき、なぜ自分は可奈子の携帯を弄ったのだろうか。ボタンを押して、何か見られたらいいとでも思ったのか。そう、そう思った。だが電池が切れていたので充電器に挿したのだ。

今なら、見られる——。

そうは思ったが、やめておくことにした。これ以上、自分を惨めな母親にはしたくない。

今日はもう充分傷ついている。この上、泥棒の真似事までして自分を貶(おとし)めたくはない。

気を取り直し、整理簞笥から適当な下着とパジャマを見つくろった。退院用の私服はすでに持っていってあったが、当日が寒いといけないので、マフラーと手袋もそれに加える。

帰ってきたら、きっと今まで通りの、可奈子に戻るよね――。

和泉はチョンと携帯をつつき、照明を消した。

5

尚美は、一つの立方体の前で立ち止まった。

「……なに？」

だが応えず、真っ平な灰色の壁、その腰の高さでノブを握るような仕草をした。引くと、ちょうどあの残虐行為の部屋から出るときのように、壁がドア大に開く。

「入って」

中も、やはり灰色。よく見ないと外壁との区別もつかないのだが、尚美を追えば間違いはない。可奈子はその背中に続いた。

室内に入って振り返ると、ドアはすでに音もなく閉まっており、またのっぺりとした灰色の壁に戻っていた。可奈子に見えるのは尚美の姿だけ。そういう意味では、灰色という色はあるけれど、ここも一種の闇のように思えた。

改めて向き合う。

可奈子と同じくらい、担任教師に目をつけられない程度にブリーチした髪。わりとはっきりした目、鼻、丸みのある頬。可奈子よりほんの少し小柄、でも同じサイズの制服。それは可奈子が最もよく知っている、そして可奈子を最もよく知ってくれている、まさしく親友の、石塚尚美その人だった。

「カナ……」

「尚美ぃ」

二人はぶつかり合うように、互いの首を強く抱いた。ふざけては「親友だよね」と言い、こんなふうに何度も抱き合った。髪の匂いも、肌のぬくもりも、肩の小ささも、すべてが間違いなく尚美だった。死んだはずの尚美が、いま現実に、可奈子の腕の中にいる。

「尚美、生きて……生きてたのね」

様々な思いが心に溢れる。出会ってから共に過ごした日々。揃って丸山に抱いた淡い恋心。友情と板ばさみになる葛藤。そして、可奈子の裏切り。

突如自らその命を絶った友が、どういうわけか今この腕の中にいる。いや、それだけではない。尚美はあの危険な状況から勇敢にも可奈子を救い出し、共に連れて逃げてくれた。今や親友以上、もはや命の恩人だ。

だが、尚美の口から漏れたのは意外な言葉だった。

「ごめん……カナ」

「なに、なによ」

「ごめん。カナをこんなところに連れ込んじゃったのは、私なんだ……」

可奈子は辺りを見回した。

「こんなところ、って、どういう意味」

尚美がきつく眉をひそめる。

「カナ、覚えてるでしょ。私が、カナに紹介した無料プロバイダ、『2mb.net』。いま私たちがいるのは、あれのサーバの中なの。信じらんないと思うけど」

サーバの、中？

サーバとはこの場合、ネットワークの提供者である「2mb.net」が所持するホストコンピュータを意味するものと思われる。つまり、尚美の言葉を額面通り受け取るならば、可奈子たちは「2mb.net」の、サーバコンピュータの中に入ってしまった、ということになるが。

「それって……」

言葉に詰まった可奈子に、尚美は、当然という顔で頷いてみせた。

「カナは、ここにくる前のこと、どれくらい覚えてる？」

「え？」

「一番最近で覚えてること、なに？」

「なに……さっきの、変な顔の……」

「そうじゃなくて、まともな、普通の世界でのことよ。一番最後に何か、死にそうな目に遭ったんじゃない？　誰かに殺されそうになったとか、どっかから落ちそうになったとか、そういう、なんかそういう、危険な目に遭ったんじゃない？」

そこまで言われて、ようやく思い当たった。雪乃の高校のパソコン室、ショウヤの生首、日本刀を持った白装束のキタガワ。そして、その刀を可奈子に振り下ろしたのは、なぜか、雪乃だった。

「遭ったんでしょ？　何か危険な目に、遭ったんでしょ……話して。力になるから、私に話して」

力になる。そんな言葉を、尚美の口から聞くとは思わなかった。いつも二人で「どうしよう、どうしよう」と言い合っていた。互いに相手を「頼れる存在」などと思ってはいなかった。むしろ自分と同じくらいに頼りないから、二人でいると安心できた。そんな尚美が、今はやけに大きく見える。

頰を安堵の涙が伝った。再会の瞬間には出なかった涙が今、蛇口を徐々に開くように勢いを増しながら、頰から首筋、胸へと流れる。尚美はそれを拭ってくれた。ハンカチは、またあのバラクラだった。血の汚れもない、綺麗な紫。なぜだろう。気に入って、あとから何枚も買ったのだろうか。

「……聞かせて。何があったのか」

可奈子は促されるまま、今までの事情を尚美に話した。

涙に詰まり詰まりしながら、事の順序もいったり来たりしながら、それでもなんとか話し終えると、尚美は納得したように頷いた。

「……つまり、そのキタガワって奴がショウヤって人を殺して、雪乃さんは生きてたけど、刀でカナに斬りつけてきた、ってわけね」

そう、と可奈子は頷いた。

「あのね、カナ。さっき見た顔がブヨブヨした連中、この世界では、あれが普通なの。ここには、あんな連中ばっかりなの。あんなのがウヨウヨしてるの」

まるっきり、合点がいかない。

「この世界って……」

「だから、無料プロバイダのサーバの中だってば」

「だってば、ってそんな」

尚美が困り顔をしてみせる。

「うん。だから、すぐには納得できないかもしれないけど、そういうものだと思ってよ。

話が進まないから……でね、私にだって、どうしてこんなことが起こったのかは分からないし、すべてを見通せてるわけでもないけど、大体なら分かる。私たちに何が起こったのか、それは分かってるの」

尚美が、灰色の壁に目を向ける。

「あのね……ここにいる連中は、言わば『悪意の権化』みたいなもんなの。レイプ、殺し、そんなのほとんど挨拶代わり。生きたままどれくらい切り刻めるかとか、互いに体を食べ合ってどっちが生き残るかとか、電車に轢かれた死体をたくさん集めて埋もれてる奴とか、もうほんと、見てるだけでこっちの頭がおかしくなるような世界なんだ」

電車に轢かれた死体を、集めて、埋もれる？

「さっき私、ここはサーバの中だって言ったよね。つまりね、ここは仮想現実、バーチャル・リアリティの世界なの。だからいくら切り刻まれても、死なないと思えば死なない、死ぬと思ったら、たとえかすり傷でも死んじゃうの。ここで死ぬってことは、つまりデータとしての存在を消去されちゃうことなの……私たちは今現在、肉体がない状態でこのサーバ内にデータとして存在してる。だからさっきみたいにカナが切り刻まれても……まあ、間に合って本当によかったんだけど、私が、これは手品だったんだよ、って思わせてあげられれば、カナがそれをちょっとでも信じてくれれば、死なないんだって思ってくれれば、死なずに済むの。だってそうでしょ？　私たちはデータなんだもん」

可奈子はあの部屋での出来事が、結局あったことなのか、なかったことなのか、よく分からなくなってきた。

「分かりやすいところだと、たとえばパソコンの画像で、人の顔を間違って消しちゃっても、『やり直し』ってすればもとに戻るでしょ。でもデータを保存しないで消しちゃったら、もうやり直しはきかないよね。つまりそういうこと。分かるかな……」

尚美が、ひと呼吸置いて覗き込む。

「分かる？」

「……分かんない」

可奈子がかぶりを振ると、尚美は溜め息をつき、眉間に皺を寄せた。

なんでよ、尚美——。

可奈子は、尚美が自分にこんな顔をしてみせるなんて、思ってもみなかった。

たとえば、体育の授業でのバスケット。たまたま可奈子はあるバスケ部員と同じチームになり、彼女からパスを受け、だがそれを上手くシュートできなかった。そのときの彼女が、ちょうどこんな顔をした。可奈子は「ごめん」と謝り、彼女も「ドンマイ」と手を上げてはくれたが、心の中で可奈子は「なによ」と毒づいていた。

誰もが部活レベルでボールを操れるわけではない。特に可奈子は、いうなれば文化系で、そんなことはクラスメートなのだから彼女にだって分かっていたはずだ。それなのに彼女は、「これを入れられないの？　ダメね」と言わんばかりの目を可奈子に向けた。

　あのとき、相手チームにいた尚美は「私もシュートしたーい」と呟いて歩いていた。尚美は、そういう子だった。いつだって可奈子を慰め、安心させてくれた。意識的にではなく、自然とそういうことを互いにし合っていた。

　だが、今は違うのか。ここでの尚美は、つまりあのバスケ部員と同じで、この世界における専門家であり、可奈子より遥かに高い能力を持っていると、そういうことなのか。

「カナ」

　尚美に両肩を摑まれる。

「……うん」

　強い尚美は頼もしい。だが一方で、可奈子を寂しくもさせる。以前の尚美はどこにいってしまったのか。目の前にいる尚美は、本当に尚美なのだろうか。

「カナ。大切なのは、できるって思うことなんだよ」

　できると信じる。信じてがんばる。それは、かつての二人には無縁の言葉。合わない感覚。だがそんな思いを見透かしたように、尚美は続けた。

「カナ、聞いて。あのね、ここは外の世界とは違うの。今までみたいな私たちじゃ、すぐに潰されちゃうんだよ。強くならなきゃ生きていけないの。強くならなきゃ、自分を保てなくなっちゃうの」

私には無理、と言いたいところだが、今の尚美にはそんな弱音を許さない雰囲気がある。

「具体的に言えば、強く思うことでデータを書き換えるってこと。そういう精神力の勝負。思い込みが肝心なの……ほら、カナだってもう、ちゃんと制服を着てるよ」

言われて自分の体を見下ろすと、確かに尚美と同じ制服を着ていた。ついさっき、この部屋に入ってきたときは全裸だったのに。

「これがこの世界の『力』。いま私はカナに『暗示』をかけた。カナはそれを信じた。それがこの制服になったの。私の働きかけが、カナの『裸』っていうデータを『制服姿』に書き換えたの。ね？　ほら、引っぱってごらん。破けないよ。ちゃんとした制服だよ。これはカナのものだよ。もう、誰も脱がしたり破ったりしないよ」

つまりここは、手品の世界、ということなのか。


尚美は再び可奈子を外に連れ出した。

「うっ……」

「見て、カナ。目を逸らさないで、ちゃんと見て。ほら、これがこの世界の日常なんだよ」

尚美はとある立方体の壁に、あの幅広の刃の「青竜刀（せいりゅうとう）」を突き立て、勝手に窓を作った。どこにでも作れるわけではない、セキュリティの甘いところにほんの少しだけ作れるのだというが、つまりは、無用心な家の雨戸を勝手に開けて覗き見するようなものだ。

しかし、そこで行われている行為は、決して覗いて楽しいものではなかった。いや、事前に知っていたら絶対に覗かない。

可奈子の印象では、昭和の中期。それもあまり裕福ではない家の、薄暗い和室。正面奥に見える障子は紙が破け、畳は黄色く色褪せている。照明は電球、和風の四角い笠がかぶっており、ゆらゆらと横に揺れている。その真下、長い髪を振り乱した女が、小さな男の子に跨って、なんと、渾身の力で殴りつけている。
四、五歳か、子供の顔は血に塗れ、ボコボコに変形していた。両目は青梅のように腫れて塞がり、前歯は折れ、裂けた唇には肉が覗いていた。ごつん、ごつんと、拳が打ち下ろされるたび、その小さな頭は畳の上で弾み、また女は高く拳を振り上げる。子供は毛羽立った臙脂のセーターに黒っぽい半ズボン、女は長襦袢というのだろうか、赤い着物の下着に袖だけを通している。はだけたところに覗いて見えるのは、申し訳程度の乳房、骨に乾いた皮膚を貼りつけただけのような脇腹、腰、腿。何より可奈子が驚いたのは、顔が、あのグヨグヨと変形する「のっぺらぼう」だったことだ。
「分かる？」

隣の尚美は冷ややかだった。

「分かるって、なにが……そんなこと言ってる場合じゃないいじゃない。助けなきゃ、あの子、助けなきゃ」

　尚美はなおも冷静にかぶりを振る。

「ちゃんと見て。あの子は作り物だよ。あれは単なるイメージ。言わば『絵』よ。女は悪霊、亡霊……まあ、なんて呼んでもいいけど、ここの一般的な住人よ」

「そんな……」

　とても、そんなふうには見えなかった。女は「のっぺらぼう」だから「悪霊」でも「亡霊」でもいいのだが、あの殴られている子供が作り物、単なるイメージだとは到底思えない。てっきり自分と同じ、不幸にも囚われた犠牲者だと思っていた。

「そんなの、どうやって見分けるの」

「もうちょっと見てればカナにも分かるよ。あの子、あれ以上にはならないし、女も殴ることとしかしないはず。あれはね、どっか別の場所から持ってきたイメージなの。殴るのにちょうどいい子供のイメージを持ってきて、それをああやって……まあ、虐待気分を味わってるんでしょ。おとなしい方よ、これは」

　尚美はそう言って窓を撫でた。一瞬にしてそれは消え、また別の室内が見えた。そう、それはちょうどインターネットで、別のページに切り替わる瞬間のようだった。

　今度は浴室だ。それも打って変わって近代的なユニットバス。洗い場の床には、また子供が横たわっている。歳の頃はさっきと同じくらいだが、今度は女の子だ。裸で、しかも全身が赤黒く爛れている。その向こうにはまた「のっぺらぼう」女がいる。その女が足元の女の子にシャワーを浴びせているのだが、湯気の濃さが尋常ではない。まるで熱湯だ。

「これも、イメージ……なの？」

「そう。ここは幼児虐待がテーマみたいね。きっとこんなんばっかりだから、次いこう」

それからも数軒、似たような場所を見て回った。中には放り込まれた人が実際に被害に遭っているところにも出くわした。それは確かに、他の作り物の被害者とは様子が違っていた。

切られるそばから血が噴き出るし、目を抉られれば眼球がどろりとこぼれた。内臓を掻き出すこともできるし、表情も狂ったように苦しがっていた。

「分かる？　連中には、このリアリティが堪らないんだよ。このリアリティ欲しさに、この連中は『人間の魂』を自分たちの陣地に引きずり込むの」

「私も、ああだった……？」

「そう。だから危なかったの」

「じゃ、この人は助けなきゃ」

しかし、尚美は窓を睨んだまま動かない。

「ここは、覗くのは簡単だけど、入るのは無理そう。さっきから探ってるんだけど、パスが全然分からないの」

パス？　パスワードを、さっきから探っている？

可奈子には尚美が何かしているようには見えなかったが、そう思って注意深く見ると、尚美の右手人差し指は第一関節辺りまで壁にめり込んでいた。それで、何が探れるのだろうか。

「ダメだ。この人は可哀想だけど、諦めよう。まだ、私の力じゃ無理だ」

「そんな……」

だが、尚美に無理なものは可奈子にはどうしようもない。

尚美は窓を睨んだまま、壁から指を引き抜いた。

「……カナ。この人は無理だけど、でも、できることなら、こういう人、助けたいよね？」

可奈子は窓と尚美を見比べた。

「そりゃ、助けたいよ。人として、助けなきゃいけないよ」

「うん。だったらカナも、もっとこの世界について勉強しなきゃ。力をつけなきゃ。私もがんばる。がんばって、カナを強くしてあげる。私だってある人に、そうやって教えてもらって、強くしてもらったんだから」

やはり、尚美はかつての尚美ではなかった。

戦士。そんな言葉すら似合いそうな、凜々しさを漂わせていた。

第五章

1

可奈子は予定通り退院し、その翌々日から学校に通い始めた。

だが、その日はもう学期末試験の三日目。それでなくとも十一月の末には情緒不安定、体調不良に陥っていた。和泉は可奈子に、二学期の成績はあまり気にしないよう言って送り出した。

「いってらっしゃい」

いや、送り出したというよりは、勝手に出ていったという感じか。

可奈子の様子は相変わらずだった。ただ病院にいるのと違い、食事から洗濯から入浴から、生活のありとあらゆる場面で和泉との接触は避けられない。その分、多少は態度も軟化した気がしないではなかった。

中でも、食欲に関しては明らかな変化が見られた。まるで人が変わったように旺盛で、あの可奈子が、出すもの出すもの残さず平らげるのだ。このところは作る量を少なめにしていたが、一昨日よりは昨日、昨日よりは今日と、その量も次第に増える傾向にあった。

最初は和泉も、可奈子が食べるようになったことを単純に喜んだ。いくぶん頰もふっくらとし、ともなって顔色もよくなってきた。ただ、食べ方が少々気になった。

ガツガツ、という表現がぴったりだろうか。自家製のアップルパイも袋入りのせんべいも、前日から煮込んだビーフストロガノフもインスタントの味噌汁も、何を食べても同じよう、かまわず詰め込んで飲み下す感じなのだ。

美味しいかと訊くと、一瞬だけその手を止め、顔は皿に向けたまま上目遣いで和泉を見る。そして何も言わず、また食べ始める。まるでゴミ箱をあさる野良犬のようだ、と一瞬思い、和泉は慌ててその言葉を頭の中で打ち消した。

なんてことを考えるのだ。可奈子は事件のショックから回復し、以前の心労も癒え、ようやく食べる楽しみを思い出したところなのだ。少しくらいガツガツしたっていいのだ、決しておかしなことではない。

だが、心で念じれば念じるほど、頭の中には「野良犬」「下品」「汚い」、そんな単語が次々と浮かぶ。

作る甲斐も、あるようなないような――。

以前の可奈子ならもっと綺麗に、しとやかに食べた。そしてどんなふうに美味しいかを言葉にした。

かつての可奈子。私が育てた、私の可奈子。あの子は一体どうしてしまったというのだろう。親友の自殺、相次いだイタズラ電話、そして殺人事件。可奈子を変えたのはその内のどれなのだろうか。それともすべてなのだろうか。どれが、何が、可奈子を無感動な人間にし、卑しい食べ方をさせ、不愉快な態度をとらせているのだろう。

深夜、そっと部屋を覗くと、当然のことながら布団にくるまって眠っている。寝顔だけは以前と変わらないように思え、和泉はその頰に触れてみたい衝動を堪えながら、ただじっと眺めた。

閉じた瞳、長く生え揃った睫毛が、小さな花弁のようで愛らしい。本人は丸い鼻を気にしているようだが、そこは、ただ高く尖っていればいいものでもない。可奈子のそれは小さくまとまっていて、とてもチャーミングだと思う。唇も小さめだが、それなりに山ははっきりしており、いい形をしている。今はまだ早いが、輪郭をオレンジのライナーで描いて自然なベージュに仕上げたら、きっと可愛らしく上品な口元になるに違いない。

ただ、頭の白いネットは痛々しい。四針縫った痕はどうしても残るだろうが、医師は掻き分けなければまず見えないと言ってくれた。縫合のために剃った毛髪が、早く生えたらいいと願う。

ん、なんだ、これは——。

和泉はふと、微かな異臭を嗅いだ気がした。すぐにそれは可奈子の寝息、その口臭だと分かった。そういえば退院以来、歯を磨いている姿を見たことがない。どうしたのだろう。以前は朝晩十分くらい、ソファに座ってテレビを見ながら丹念に磨く子だった。それとも、食べ過ぎて胃でもおかしくしたか。

そんなことを考えていると、気配を感じたのか可奈子はぼんやりと目を開け、和泉の姿を認めた。

「……ああ、ごめんなさい。起こしちゃった」

和泉はそっと囁いた。少し優しい気持ちになっていた。なんだか可奈子がかつてのように「んーん、大丈夫」と言って、また目を閉じてくれるような気がしていた。

だが、それは和泉の勝手な妄想に過ぎなかった。

「……勝手に入んな。見てんじゃねーよ」

その夜、和泉は、娘の寝顔まで失った。

可奈子が学校にいっている間は当然、普段通りに家事をこなす。朝食の片づけ、ゴミ出し、洗濯機を回して掃除。リビングと夫婦の寝室が終われば、次は可奈子の部屋だ。

二階に上がると、ドアが半分ほど開いていた。完全に閉まっていなかったのが徐々に開いた感じだった。和泉はそんな些細(ささい)なことにも、現在の可奈子の変化を感じ取る。

以前は必ずドアを開け放って外出した。特に暖房を使うこの季節、可奈子は部屋の空気がこもるのを嫌った。小さな頃には諸々アレルギーの気があったので、かなり神経質なところがあるのだ。それなのに、なぜ。

つまり、気にならなくなったか、気にしなくなったということだろう。死を覚悟するような事件に遭遇し、大概のものが怖くなくなったのか。些細なことにこだわっても、死ぬときは死ぬ、だったら大雑把に生きても同じではないか、そんな境地にでも達したか。

室内は、和泉のそんな推察を具現化したような眺めだった。

脱ぎ散らかした衣服。半ばトンネルのように盛り上がったままの布団。床に開いたまま放置されているのは、このところ狂ったように買いあさっているマンガ雑誌だ。

これではまるで、一人暮しの男子の部屋だ。

そんな部屋を実際に見たことはないけれど、イメージとしてはそんな感じだ。カップラーメンの空容器でも転がっていれば完璧だ。

溜め息をつきながら、和泉はまず散らかった床から片づけ始めた。雑誌を揃え、とりあえず机の上に積む。衣類は洗濯、と思ったが、手にしたパジャマ、その袖口が土のようなもので汚れていることに気づいた。

朝、ハーブでもいじったのか。いや、そんな様子はなかったし、時間もなかったはずだ。可奈子は先月の末頃から、ほとんどハーブの手入れをしていない。せまい庭に作った菜園の一画にそれらはあるが、現在は和泉が管理している。今朝はもう水をやったが、誰かが何かをした形跡はなかった。

和泉はその土のようなものを指でこすり、袖口をピンと張って広げた。するとそれは、ただ土が付着しているのではなく、そもそもが血で汚れているのだと分かった。

しかし、どこの血だろう。

可奈子のかぶっているネット、その下の裂傷はまだ抜糸が済んでいない。だが、その他は特に悪いところもなく、傷口の消毒だけなら近所の外科でもいいだろうということで、要町の病院で紹介状を書いてもらい、退院したのだ。

しかし、傷が治りかける時期には痒みが出る。可奈子は寝ている間に、無意識に傷を掻いてしまったのだろうか。いや、そんな様子もなかった。今朝、制服に着替えて下に下りてきたとき、可奈子の頭のネットはちゃんと白かった。「嫌だな、恰好悪いな」と可奈子は思っているだろう。和泉はいつもそう思いながら眺めるのだ。間違いない、これは頭から出た血ではない。

ではなんの血だ。また生理か。そんなことはないだろう。あれでこんなふうにパジャマの袖を汚すなんてあり得ない。だったら、ベッドはもっと汚れているはず。和泉は可奈子の柔らかな体臭の残る布団を捲り上げた。

すると、驚いたことに、シーツも汚れていた。

だがそれは枕のすぐ近く、ちょうど横向きに丸くなって寝たときに手を置く辺りだ。掌を一杯に広げたくらいの大きさ。さして多量の出血ではなく、止まった血を拭かなかった、そんな程度の汚れだった。そこにもパラパラと土が落ちている。

可奈子はどこから出血しているのだ。なぜ土で汚れているのだ。

可奈子の手は今朝どうだったろうか。朝食のときはなんともなかったと思う。和泉の向かいで六枚切りのトーストを三枚食べていったのだ。手が土で汚れていたら、少しでも出血していたら、和泉が気づかぬはずがない。では一体、この汚れはなんなのだ。なぜ可奈子はこんなに手を汚したまま眠っていたのだ。

そのときだ。

「……ヒッ」

突如けたたましく電子音の音楽が鳴り、和泉は、胸が詰まって噎せるほど息を吸い込んでしまった。落ちつけばなんてことはない、可奈子の携帯の着信音なのだが、不可解な血と土に意識を奪われていただけに、気を失うかと思うほど驚いた。

誰、こんなときに。

充電器に挿したままのそれを見ると、ディスプレイには【非通知】と出ている。可奈子はずいぶん前からこの携帯を使っていない。そもそも、この電話にかかってくる相手は、和泉と尚美がほとんどだと可奈子は笑っていた。尚美はもういない。可奈子は学校なのだから、おそらく同じ学校の生徒ではないだろう。では、誰なのか。

和泉はあの、喜多川光芳という少年のことを思い出した。彼はいまだ逮捕されてはおらず、現在も逃走中だという。可奈子と直接繋がりがあるかどうかは分からないが、その彼が可奈子に接触しようとするのではないか。理由はないが、そんな考えが浮かんだ。それでなくとも可奈子はイタズラ電話に悩まされていた。和泉はトラブルから可奈子を守るつもりで、携帯を充電器から引き抜いた。

通話ボタンを押し、耳に当て、和泉はまず相手の声を待った。しかし聞こえたのは、何かの雑音。あの、普通の電話に間違えてファックスを送信してきたときのような音。あれがもっと甲高く、一つ一つが伸びた感じ。「ジー」とも「ピー」とも言いがたい、奇妙な電子音の束。長く聞いていると頭痛がしてきそうだ。

和泉は耳を離し、ディスプレイを見て、また聞き、また見るを繰り返した。どれくらいそうしていただろうか。通話は相手から切れ、やがて「ツー、ツー」という耳慣れた音に変わった。ディスプレイには【通話時間　四十八秒】と表示されている。

よく見ると、ディスプレイ表面には自分のであろう皮脂が付いている。慌ててスカートにこすりつけた。

なんだったのだろう、今のは。

とりあえず携帯電話は、また充電器に挿しておいた。

可奈子は夕方六時過ぎに帰宅し、いったんは自分の部屋に上がった。下りてきたとき、綺麗になった部屋について何を言うだろうとかまえていたが、それについては何も触れなかった。

黙ったまま、ただじっとダイニングを見回す。このところよく見せる仕草、これは「食べ物はないか」という意味なのだ。

「……もうすぐお夕飯もできるけど、その前に何か食べる？」

まるで喋ってはいけないかのように、可奈子はコクッと小さく、短く頷く。

「明日の朝にしてもいいと思って買ってきたんだけど、ほら、駅前のパン屋さんの、チーズの入ったの。あれ、食べる？　切ろうか」

同じことを何度も訊くなとでも言いたいのか、可奈子は面倒臭そうに再び頷き、自分の席に座った。早く出せ、早く出せと、苛々した視線をテーブルに這わせる。すると、肘をついて口元に組んだ手、そのスウェットの袖口に覗く肌が、赤黒く汚れているように見えた。

やはり、どこかに怪我をしているのか。

むろんそれは、事件で負った傷ではない。入院中でもない。退院後、昨日の夜から今日にかけてできた傷だ。

和泉は、自分の手首で同じ辺りを示して訊いた。

「カナ、どうしたの？　その手」

すると可奈子は、初めてそれに気づいたというように、袖の隙間から自分の手首を覗き見た。少し捲ると、洗ったのに落ちきっていなかった、そんな程度の汚れだった。

どうするだろう。なんと言うだろう。和泉はなんの予想もせずに可奈子の出方を窺ったが、それはあまりにも意外な行動だった。

「ん……」

可奈子は、その汚れた手首を、舐めた。

それこそフランスパンか何かに丸ごと齧(かじ)りつくように、大きく口を開け、パックリと手首を含んだ。唇と舌で汚れを濡らし、何度も何度も舐める。挙句、綺麗にはなったが濡れた手首を、今度はスウェットの脇腹で拭う。

可奈子――。

目が、獣のようだった。野良犬なんてもんじゃない。もっと獰猛(どうもう)で、危険な目つきだ。

「……腹、減ってんだよ」

そんなときに限り、可奈子ははっきりと言うのだ。和泉の神経を逆撫でするような卑しい声色で、言葉で、目つきで言うのだ。

「あ……うん、今」

慌ててカウンターの端にあった紙袋からパンを取り出す。前腕ほどの長さで、背が割れていて、そこに角切りのチーズがころころと載っている、生地にもチーズがたくさん入っている、可奈子も和泉もお気に入りの一品だ。

パン切り包丁を持ち、丸まった先を落とし、ふた切れ、厚めに引き切る。和泉はあの目に、言葉に動揺していたのか、ただパンを切るだけのことなのに、誤って親指の関節に包丁を当ててしまった。

パン切り包丁の波打った刃が、ぞりっ、と皮を剝がす。痛い、と思ったときには、血が、残りのパンの切り口に染み始めていた。

もしかして、可奈子の手首は、こんな感じだったのか。

2

尚美は部屋に戻ると奇妙なことを始めた。

まるで子供の砂場遊び。灰色の床を両手で撫でて盛り上げる。しかし床は砂ではない。ではなんなのかというと、可奈子には分からないのだが、なんだか粘土のように尚美は床を捏ねくる。

「ねえ、なにしてんの？」

「電話作ってるの」

「へ？」

「で、ん、わ。テレフォーン」

ほんの一瞬、尚美の頭はおかしくなってしまったのだと思った。だがここは、可奈子が知る今までの常識はほとんど通用しない世界。床を捏ねて電話を作ることも不可能ではない、のかもしれない。

「電話、作って、どーすんの？」

「かけるに決まってるでしょ」

「……誰に？」

「カナのママよ」

「え？」

そのときはもう、尚美の膝元に灰色の電話ができあがっていた。

「はい、分かりづらいので色を塗りまーす」

いつのまにか絵の具も用意されている。電話を絵の具で塗るのか？　そんなことをして壊れないのか？　いや、一々疑問に思っている場合ではない。

「……ちょっと、ママに電話なんてできんの？」

「まあ、無難にピンク、でいいかな。ボタンは白、数字は黒。いまいち地味かしら」

「ちょっと尚美、尚美ってば」

「いいよね。はい、こんな感じ。可愛いっしょ？」

「ねえ答えてよ。ママに電話なんてほんとにできるの？」

「はい、線を繋ぎまーす。ジャックはここに差し込みまーす」

「ちょっと尚美ってば」

　いきなり、尚美は上目遣いで睨んだ。ふざけているのか本気なのか、まったく判断がつかない。

「できるわよ。当たり前じゃない」

「マジ？　ちょっと貸して。貸して貸して」

　尚美を押し退け、可奈子は電話の前に正座した。

「えっと、『03』は要る？　ここって市外？」

「うん。そりゃいるよ」

「そう」

　受話器を上げ、十桁を押す。すると、どうだろう。ごく普通の電子音が鳴り、呼び出しが始まった。二回、三回、しかし五回目辺りから、その音が徐々に小さくなり始める。

「……なんか、調子悪いんですけど」

「大丈夫。調子は最高、鳴らせば必ず出るから」

「でも留守なのかも。ママ、留守電とかちゃんとできない人だし」

「出るって。出るに決まってるって」

「どんどん小っちゃくなってきたよ」

「カナ、ダメよ、しっかり」

そこで、呼出音は途切れた。

「……あ、切れちゃった」

受話器を置くと、尚美がまだ隣で睨んでいる。

「なによ、そんな怖い顔して」

まるで聞こえていないかのように、尚美はただあらぬ方に視線を向ける。

「なによぉ、ちょっとぉ」

しばらくして尚美はうな垂れた。

「……そうそう、上手くはいかないか」

「へ？」

可奈子には、尚美の意図がまるで理解できない。はしゃいだように電話を作ったかと思ったら睨みつけ、今度は落ち込む。一体どういう精神状態なのだろう。

いつのまにか電話はなくなっていた。尚美はその辺りをぼんやりと見ながら話し始めた。

「……いきなりやったら、カナはあんま疑問も持たないだろうから上手くいくかと思ったけど、やっぱそうはいかないみたいね。ごめんごめん、もうちょっとちゃんと手順を踏んでやらなきゃね」

それでも尚美は、電話のあった辺りを手で撫でる。

「あのね……電話っていうのは、現実世界みたいにちゃんと、電話会社が電線を通して、通話料取ってみたいな、そういうんじゃないの。これもね、イメージ力、思い込みの問題なの。初めはカナだって、ママに電話できるかもって、テンション上がったでしょ。期待の方が大きかったでしょ。でも、徐々に音が小さくなってきて、不安になった。あれは、カナの信じる力、電話をかけようっていう精神力が落ちたからなんだよ……じゃあもう一回、ってすぐにやっても、ダメだからね。今のカナは、相手が出なかったことで不安になってるから、たぶんさっきよりパワーが落ちてる。もうちょっと自信を持てるようになってからじゃないと、不安ばっかり蓄積しちゃうから」

可奈子は、一人分かったように言う尚美を憎らしく思った。

「だったら、尚美がかけてよ。そんで、出たら代わってよ」

尚美はかぶりを振る。

「言ったでしょ。電話はあくまでもイメージだって。大切なのはカナが自分のイメージを、この場合は音声を電話の向こうに伝えることなの。思い込むことで、言葉を音声信号に変換して現実世界に届けることなんだよ。いま私が代わってあげることはできるかもしれないけど、それじゃなんにもならないんだよ。この先……」

「もうイヤッ」

思わず可奈子が膝を叩くと、

「バカッ」

間髪を入れず、尚美の平手が飛んできた。

左頬に、大きく平たい、痺れるような痛みが走る。

信じられなかった。尚美が、自分の頬を思いきり叩くなんて、思ってもみなかった。

「カナ、甘ったれるのもいい加減にして。私たちには、特にカナには時間がないんだよ」

肩を摑まれたが、可奈子は反射的に顔を背けた。

「ねえカナ、カナは、どうして私がこんなにこっちの世界のことを知ってるか、疑問に思わないの？ 私、さっきわざと『ある人に教えてもらった』って言ったんだけど、それ、聞いてた？」

そういえば、そんなことを言われた気もする。が、可奈子には風景にしろ一つ一つの出来事にしろ、すべてが理解の範疇(はんちゅう)を超えていて、分からないことだらけなのだ。頭はこんがらがりっ放しなのだ。確かに尚美は今の可奈子にとって唯一の頼りだが、それは同時に安堵を与えてくれる存在という意味でもあるのだ。息を抜けるのは尚美がいてくれるからなのだ。なのに――。

「そんなに、責めないでよ……尚美、厳しいよ」

だが、尚美は手を弛めない。

「カナ。さっき見たここの連中、亡霊、悪霊……なんて呼ぼうか。とりあえず亡霊ってしておくけど、あの連中の目的って、なんだと思う？」

可奈子は考えもせず、そっぽを向いた。

「分かんない」

「考えて」

「分かんないっ」

「甘えないでって言ったでしょ。ここは現実の世界とは違うんだよ」

またぶたれるかと思ったが、それもまた本意ではないらしく、尚美は話を続けた。

「あのね、ここの亡霊たちは、カナやさっきの人もそうだけど、確かに迷い込んできた人を餌食にして、そりゃもう大事に大事にいたぶってくれるわよ。けど、連中が本当に欲しいのは餌食になる人間の魂じゃないの。むしろ逆。人間の肉体なんだよ……連中がどこから生まれてきて、どうしてこのサーバに溜まってるのかは私にも分からない。けど一つ確かなのは、連中は亡霊だから、肉体がないってこと。しかも本物の亡霊と違って、一度も肉体を持ったことがないってこと。だから欲しいの、人間の肉体が。実体が。実体を手に入れたら、外の現実世界に出れるから。連中の最大の目的はそれ。そのための仕掛けが、あの無料プロバイダだったの」

そういえば、まったく同じことが、あのホームページの暗闇部分に書かれていたような。

「奴らは、次々と契約して『実体のデータ』を集めてる。その中で適合しそうな亡霊が、単独の場合もあるし、協力者がいたりする場合もあるけど、ああ、そのキタガワとかいうのも外での協力者なんだろうけど、そんなのが狙った実体に、死の恐怖を味わわせるの。死ぬかも、って思わせて、ひやっとさせるの」

尚美が、わっ、と驚かせるときのように手振りをする。

「このね、ひやっとさせるのが、ここの連中の手なの。なんていうんだろう……魂と肉体が離れそうになるっていうか、なんかそういう感じ。そこを狙って、ここの連中は『実体』にアクセスするの。それで乗っ取る、っていうか……だから、カナに刀を振り下ろした雪乃さんは、もう乗っ取られたあとだったんだと思う。本当の雪乃さんじゃない。その前に、そのキタガワって奴に、何かひやっとさせられた、死ぬかもって思っちゃうような何かが、あったんじゃないかな」

すぐに思い当たった。雪乃に刀を振り下ろす瞬間、確か、キタガワは――。

「あのキタガワって、雪乃ちゃんを斬る前に、刀を裏っ返しにしてた。なんていうんだっけ、そういうの」

「峰打ち？」

「あ、それ。時代劇とかであるよね。うん、あんな感じだった」

尚美は妙に納得した顔をした。

「そのショウヤ君て子は、なに……首を、斬られちゃったの？　それって、いくら脅かしても死ぬのを怖がらなかったからじゃないかな。だから、やり過ぎて殺しちゃったんじゃないかな」

可奈子は「キタガワもそんなこと言ってた」とはさんだ。

「でしょうね。そのキタガワってのは、もうとっくに乗っ取られてて、それでショウヤ君に殺人予告をしてきた。でもその前の二人、カナと雪乃さんが一緒にいて、ショウヤ君は殺してしまったけど、カナと雪乃さんは怖がらせることができて、上手いこと乗っ取りに成功した、ってわけだ……」

それで、尚美の話は一段落した。気持ちも落ちついたのか、少し態度が和らいでいた。

だが、可奈子にはまだ、さっぱりわけが分からない。

「でも、その、乗っ取るのはいいけど、いや、よくはないんだけど、でも、だからってどうして、私たちがここにいるの？」

尚美は「ああ」と思い出したように頷いた。

「だから、なんて言うのかな、私にもよく分かんないけど、追い出されたもとの人格って、行き場がないんじゃない？　死んだら霊界にいくんだろうけど、あいにく、死んではいないわけだし」

可奈子はそこに至って、初めて気づいた。尚美はその意を汲んだようで、「分かってる」と可奈子の肩を叩いた。

「私の話をしようか。私がどうやって、ひやっとさせられたか。私の場合ね、私を殺そうとしたのは、実は、丸山君なんだよ」

とっさには、何も言い返せなかった。慰めも、驚きも口にできない。

「あの夜、私が自殺したって言われてる十一月十五日の夜、実は丸山君から電話がかかってきたの。私、すっごい嬉しくって。しかも彼が近くまできてて、ちょっと話せないかって言うもんだから、もうソッコー着替えて、携帯とお財布と傘持って飛び出したの」

場違いなくらい、本当に嬉しそうな笑みを、尚美は浮かべている。

「すぐ近く、すぐ近くって、丸山君、どこにいるかなかなか教えてくんないの。きっと驚かせようと思って、ほんとはマンション出てすぐんとこで待ってるんだろうとか思ってたんだけど、そこにはいなくて。でまた電話かかってきて、向かいのコンビニだって言うから、見たらいるの。甲州街道をはさんで向こうに、ちゃんと丸山君がいるのよ。携帯で話しながら、ちょっと待って、すぐいくからとか言って、もうほとんどスキップで……途中でさ、話ってなあに？　とか訊いちゃったりしてさ。やだもぉビックリしたぁ、とか言いながら、かなりルンルンで。きっと、逆にコクられちゃったりするんだわ、とか思ったりね……歩道橋渡ってあっち側いって、あとは階段下りるだけ、下りれば丸山君に会える、もういきなり抱きついちゃってもいいかな、くらい思ってた……馬鹿だよね」

ふいに、尚美の声のトーンが落ちる。

「……相手は、私を、殺しにきたのに……そんで、とことこ階段下り始めたらさ、いきなりだよ。『お前、邪魔だよ。死ねよ』って言われた……一瞬、足が止まって、その瞬間、パンッ、て、携帯が破裂した……たぶん敵は、携帯のスピーカーの、許容量を超える大音量とか、重低音を、いきなり送りつけてきたんだと思う。もう『着うた』とかそういうレベルじゃなくて、携帯に直接命令するみたいなやり方で……私ビックリして、それで、雨ですべったってのもあって、そのまま階段を転がり落ちてった。それまではスキップだったしね」

尚美が、浅く頷く。

「そりゃもう、ひやっとしたよ。一瞬のことだから、そっから下には十数段しかないとか、そんなこと思わないわけ。死ぬ、って思っちゃった。それが現実世界での、私の、最後の記憶」

可奈子は目を閉じた。これもこの世界特有の現象か、あるいは単に尚美の説明が上手かったのか。まるでその場面を目撃しているかのように、生々しく状況が脳裏に浮かぶ。

「……やだカナ、そんな顔しないで」

自分がどんな顔でその話を聞いていたのか、可奈子には分からない。ただ目の前の尚美は、意外なほど冷静に見えた。

「だって……」

「だってなによ」

「ひどい……丸山君」

尚美は苦笑いした。

「そんな、カナ、丸山君は悪くないって。だって、丸山君はもう本当の丸山君じゃなくなってたんだもん。カナに刀を振り下ろした雪乃さんと一緒、もう乗っ取られたあとだったんだから」

尚美はひと呼吸置き、じっと可奈子を見つめた。

「でも、ごめんね。カナ、丸山君のこと、好きだったんだもんね」

「えっ……」

可奈子の体内時計が、凍りついたように止まる。心拍も、血流すらも停止した。

ただ口だけが、無関係にたったひと言、漏らした。

「……どうして」

尚美は、すべて分かっているというふうに頷いた。

「そんなの、見てれば分かるよ。丸山君を見るカナの目、それまでと、全然違ってたもん。

でも、でも……」

尚美が声を詰まらせる。表情が見る見るうちに崩れていく。それはむしろ、可奈子には馴染みのある、かつての尚美の泣き顔だった。

やがて、詫びるように深く頭を下げ、嗚咽混じりに漏らす。

「……私、カナを……丸山君に、取られたくなかった」

可奈子はもう、心の内の言葉まで失った。

「……ごめん、カナ。私、カナが、カナが遠くにいっちゃう気がして、先に先にいっちゃう気がして、それで嫉妬して、丸山君にも嫉妬して、それで、コクりたいなんて嘘、ついたの。二人の邪魔したくて、夏休みにつきまとったり、あんな嘘ついたり、しちゃったの……でも、嘘でも丸山君のどこがいいとか、こんなふうに好きとか、なんか、そういうこと言ってるうちに、なんか段々、ほんとに好きな気がしてきちゃって、それで、こんなことに、なっちゃったの。ごめん、カナ……」

可奈子は、うずくまった尚美の背中にかぶさった。震えを、直接胸に感じる。

尚美は、やはり尚美だった。戦士の凜々しさを備えてもなお、尚美は可奈子の親友だった。可奈子とどっこいの、どんぐりの背比べの、尚美だった。

可奈子は尚美の背中を抱きしめた。

「もう、いいよ……私も、尚美を、裏切ったの……」

小さくなった尚美がかぶりを振る。

「違う。カナは、カナは裏切ってなんてない。キスしたくらいで、自分を責めないで……」

もう、この驚きを受け止められるものは、何も残っていなかった。

尚美が、なんで、どうして——。

「……言ったでしょ。ある人が、私にこの世界のことを教えてくれたって。それもね、丸山君なの。私がカナを助けたように、私を助けてくれたのが、丸山君だった。この世界のことをたくさん教えてくれたのは、丸山君。この部屋を用意してくれたのも丸山君。私はこの世界で、丸山君に会ったんだよ」

じゃあいま彼はどこにいるの、どうしてここにいないの、そんな疑問も言葉にならない。

尚美が、ゆっくりと体を起こす。

「……丸山君は、やっぱり、すごかったよ。私たちより、全然、頭よかった。この世界に落ちてきて、たまたま最初に連れ込まれたのが、さほど残酷趣味じゃない女の亡霊の所だったってのが、幸運ていえばそうなんだけど。丸山君はね、自力で脱出したんだよ、そこから。それで、自分一人でこの世界について調べたの……でも、普通じゃないよね。強く思えば世界のデータを書き換えられるなんて、そんなの普通思わないって。そりゃ相手は『のっぺらぼう』だから、まともな世界じゃないのはすぐ分かるけど、でも、だからってね、思えないと思うんだよね、普通は」

　尚美が、斜め上を見上げる。

　背の高い、丸山の顔を見上げるかのように。

「丸山君は、次の契約者である私も、近々この世界に落ちてくるだろうって準備してたんだ。だから私は、ほとんど危険な目に遭わないで助けてもらえた。カナには、悪いことしたと思ってる。私も準備はしてたつもりなんだけど、丸山君ほどは、要領よくできなくて……丸山君に、全部聞いた。カナとのこと。それから丸山君が調べて分かったこと、ほんとに色々教わった。イメージして何かを具現化していく方法も、いっぱい練習した。こんなこと言ったら、カナにも丸山君にも悪いかもしんないけど、ちょっと、楽しかったな……」

　尚美は涙ぐんだまま、笑みを浮かべた。

「でも、だから私は上達が早かったんだと思う。丸山君がいてくれたから、馴染めた、って言ったら変かもしんないけど、けっこうこの世界でやっていく自信もついた。それからは二人で、この世界を調べて回った。だから効率もよかったと思う。二人の知識とか、実力みたいなものが、ぐんぐんアップしたのもその頃だったと思う。現実世界での時間に照らし合わせたら、どれくらいなのかは分かんないけど」

　尚美が、ふいに真顔になる。

「ところが、そんな丸山君の存在を恐れる人もいた。それは、丸山君を乗っ取った亡霊。一定期間は契約して、そのデータを集めてたんだから知ってるはずだよね、丸山君が頭いいことくらい。こういう世界での発想や、仕組みにいち早く気づく才能っていうか、感覚みたいなのに優れてる。そういうことを、相手は怖れた……この部屋は、丸山君が確保したの。契約はあるけど、誰も使っていないホームページのディレクトリ。つまり、空家みたいなもの。丸山君はパスワードを設定して、簡単には見つからないように工夫してたけど、どっかで足がついたんだ……」

目を閉じ、唇を震わせる。

「あるとき、振り返ったら……丸山君、消えてた。ついさっきまで一緒にいたのに、笑ったりもしてたのに、まるで、ちょっとどっかに隠れたみたいに、影も形もなくなってた……捜したよ。泣きながら、外を捜し回ったよ。でもいなかった。丸山君、まるで最初からいなかったみたいに、急に、一人で消えちゃった……でもね、丸山君はよく言ってた。もしはぐれたり、別れ別れになっちゃったら、そのときは君が、麻月を助けてくれって。いずれは麻月もこの世界に落ちてくる、そのときもし僕がいなかったら、君が、麻月を助け出すんだって、もうしつこいくらい、いっつもいっつも」

尚美が、自分で自分の肩を抱く。

「……丸山君、きっと知ってたんだよ、自分が消されるの。覚悟してたんだと思う。だから、ほんと大急ぎで、私に色々教えたんだと思う。私一人になっても、カナを助けられるように、私にいっぱい訓練して。本当は怖かったと思うのね、消されちゃうの、丸山君だって、怖かったと思うのね」

ふと気配を感じた気がして、可奈子は灰色の壁に目をやった。

「……本当は、自分だってここから脱出する方法試したり、丸山君なら色々、探せばあったと思うのね。けど、ちっともそんなことには時間使わないで、麻月が、麻月が落ちてくる前にって、それぱっかり休みなく、ずっと、ずっと、それで、準備万端整えて、それで丸山君は、一人で、黙って消えていったんだよ」

例の、幅の広い刀に手を伸べる。

「……丸山君がいた辺りに、これだけは残ってた。これ、丸山君が作った青竜刀なのね。これは、丸山君の形見なの。これで麻月を助けてくれっていう、これは丸山君のメッセージなの。これは、この剣だけは、この世界にあるあらゆるものを叩き斬ることができるって、私は信じてる。私はそう信じて、カナが落ちてくる日に備えてたんだよ」

かと思うと、急にこっちに向き直る。

「だからカナ……カナが助かることは、私たち二人の願いなんだよ。カナががんばってくれなきゃ、消えてった丸山君の時間も私の存在も無駄になっちゃうんだよ。カナ、もう昔の私たちじゃダメなんだよ。ここから脱出するために、強くならなきゃダメなんだよ」

あまりのことに、可奈子は呆然と聞き入ってしまっていたが、だがそれでも、初めて聞いた言葉だけは、耳に引っかかっていた。

ここから、脱出――。

そんなことができるのか。あり得るのか。

だが、問う間もなく尚美は続けた。

「分かった？　カナにだって、そんなに時間はないかもしれないんだよ。カナの肉体を乗っ取った奴が、カナを消そうとしないとは限らないんだから。だからその前に、カナは、こっから脱出しなきゃならないんだよ」

ようやく、考えが口まで下りてくる。

「だっ……しゅつ？」

尚美は力強く頷いた。

「そう、この世界からの脱出。カナは、カナの肉体を取り戻すの。あんな『のっぺらぼう』にできるんだ。私たちにだってできないはずはない。カナ、カナは自分の肉体を奪い返すんだよ。そして、現実世界に帰るの」

そんなこと、どうやって――。

その週末、可奈子は朝から一人で出かけていった。まだ月曜に期末試験の最終日を残しているというのに、土曜、日曜と勉強すれば、残りの三教科はそこそこできるだろうに、それをほったらかして出ていった。

確かに、二学期の成績は気にするなと和泉は言った。だがそれは、この状況で成績が下がって落ち込むのは可奈子が可哀想だと思ったからで、何も試験を丸ごと放棄してしまえという意味ではなかった。可奈子ならそれくらい分かってくれると思ったが、どうやらそんな気持ちも通じなくなってしまったようだ。

それでも朝食はちゃんと食べていく。土曜の朝には四枚切りの食パンを三枚食べ、ハムエッグ、コーンスープを二杯、コーヒーにミルクと砂糖をたっぷり入れて二杯飲んでいった。帰りは八時になったが夕飯は家で食べた。辛いのが苦手な可奈子でも食べられるキーマカレー、それを三杯食べた。

日曜の今朝は、鮭(さけ)と納豆でご飯を三杯、味噌汁を三杯、やはりコーヒーを二杯飲んでいった。このまま続けたら、麻月の家系には極めて珍しい「太めの女の子」ができあがるのは間違いなかった。

浩太郎は、そんな可奈子の姿をほとんど見ていない。土日の朝くらいゆっくり寝かせてほしいという。当然だろう。サラリーマンの、ごく普通の欲求だと思う。

ふと、可奈子がこんな日も朝から出かけるのは、浩太郎と顔を合わせたくないからなのではないか、と考えた。今の可奈子と相対したとき、浩太郎がどういう印象を抱くかには興味がある。だがわざわざセッティングしてまでそういう機会は設けない。それはまだ先でいい。和泉には和泉の考えがある。まだやるべきことがある。

浩太郎は午後になるとゴルフバッグを抱え、「ちょっと、いってくる」と打ちっぱなしに出かけた。

和泉は、このチャンスを待っていた。

車がガレージから出て見えなくなるまで、和泉はリビングの窓から見送り、そしてすぐ可奈子の部屋に向かった。

日記だ。可奈子は日記をつけている。しまってある場所は昨日、すでに確認済みだ。すぐに開いて読まなかったのは、単に決心がつかなかったからだ。

これまで、可奈子のプライバシーはできる限り尊重してきたつもりだ。机の引き出しを勝手に開けたことはないし、たとえ開いていたとしても、中に何か気になる物が覗いていたとしても、見て見ぬ振りをしようくらいの気持ちでいた。

だがいい加減、この状況は打開しなければならないと思う。

加えて昨日の夕方、森本から電話があった。彼の声を聞くのは退院前日の事情聴取以来だ。

『可奈子さんはその後、いかがですか』

和泉には「相変わらずです」としか答えようがない。

『そうですか。いや実は、こちらにはいくつか進展がございまして、それについて……可奈子さんがあの調子のままでは、まあ、お会いしてもなんですので、お母様、もしよろしければお時間頂戴できませんでしょうか。月曜にでも伺わせていただければ、こちらとしては好都合なのですが』

森本が月曜を指定したのは、逆に可奈子が学校にいって不在だからではないかと思った。警察は可奈子とではなく、むしろ和泉と話がしたいのではないか。それが捜査本部とやらの方針なのか、あるいは溝口の考えなのかは分からないが、とにかく、可奈子についてはの母親に訊く、そういう方法に向こうが切り替えてきたのは間違いないように思われた。

和泉は承知して電話を切った。そして考えた。警察は可奈子の何を知りたいのだろう。可奈子があの喜多川少年といかなる関係にあったのかを調べたいのか。だとすると、どんな情報源が自分にあるだろう。思いついたのが、可奈子の日記だった。

一番最近のは三段ある机の引き出しの真ん中、すでに終わりまで埋めた数冊と並んで一番右に収められていた。白地に、アジサイに似た青い花のパターンがプリントされている、ハードカバー調の表紙。

まだ、開くには躊躇があった。だが警察がきて、これを見せてほしいと言われてから初めて開くより、いま和泉が確認しておいた方がいいに決まっている。何か不都合な記述があれば、隠してもおかねばならない。目の前にあるけれど見せない、そういう拒否はしたくない。そんな諸々を考えると、和泉は泥棒の真似をしてでも今、見る必要があると思うのだ。

最新の一冊は夏休みの中頃から始まっていた。

《八月十六日金曜日。三人でいつものネットカフェ。丸山君は黒いシャツにジーパン。この前は制服だったけど、やっぱり私服の方がカッコいい。講義は画像処理について。あんまよく分かんなかった。丸山君の横顔ばっかり見てた気がする。》

これだけで、可奈子が丸山にどういう感情を抱いていたかが分かる。しかし、可奈子は丸山ともう一人、誰と一緒だっただろう。やはり尚美か。

《八月二十一日水曜日。いつものネットカフェ。今日は急に尚美が来れなくなってラッキー。とか言ったら尚美に悪いけど、正直、嬉しかった。デートって感じだった。授業より雑談で盛り上がった。丸山君はノンフィクションが好き。ちょっと話が合わなくて困るけど、お互いに読んだ本を紹介し合えばいいんだって、帰ってきてから思った。恋愛小説は嫌いかな。ミステリーはどうかな。やっぱり男の子は、ハードボイルドとかがいいのかな。

私は苦手だ。》

《八月二十九日木曜日。丸山君が、今度動物園にいこうと言ったときには困った。最悪！怖いし臭いし汚いし。尚美もちょっと意地悪だった。私はいいけど、とか言って横目で見て。でも、そのあとはやっぱり尚美だった。ちゃんと丸山君に「カナは動物が苦手なの」って説明してくれた。計画は水族館になったけど、なんとか、植物園に変更できないかな。ホームページは大体できたけど、なんかほとんど丸山君に作ってもらったって感じ。文章は自分で書きなさいだって。はーい、せんせー（はあと）。》

可奈子と丸山、尚美。やはりそうか。

夏休みの間はずっとこんな感じだった。実際に会わない日でも、丸山の名前が出ない日はなかった。頭の中は彼のことでいっぱい。この頃の可奈子が家でどんなふうだったか、今はちょっと思い出せない。どちらにせよ、こんなに可奈子がしっかりと「恋」をしていたとは知らなかった。正直、ちょっとショックだった。

だが、そんな甘い日々にも終わりが訪れる。

《九月十一日水曜日。尚美が、丸山君にコクりたいって言ってきた。そんなことは全然思ってもみなかったから、驚いたし、慌てた。だって、たぶん最初に好きになったのは私。尚美が丸山君をどんな目で見てるかなんて、全然考えなかった。私も、丸山君しか見てなかった。どうしよう。応援するとか言っちゃった……自己嫌悪。》

その後、可奈子の筆致は日に日に暗くなっていく。

《九月二十七日金曜日。私にできるのは、先に帰ることだけ。》

《九月三十日月曜日。今日も一人で帰ってきた。泣いた。》

《十月三日木曜日。三人でいても、なんかギクシャク。つらい。》

《十月四日金曜日。二人が廊下で話してた。今日もトイレで泣いた。尚美、早くコクるならコクればいいのに。私に頼らないで。》

どんなに記憶をたどっても、この頃の可奈子が淡い三角関係に悩んでいたとは思えなかった。要するに、和泉はまったく見抜けていなかったわけだ。たぶん、家では努めて明るく振る舞っていたのだろう。可哀想な可奈子。

久々に長文の日があった。

《十月七日月曜日。尚美に変なＨＰを紹介された。ネットも携帯も、全部無料になるなんて本当？　レイアウトもなんか不気味。説明ないし、不親切。でも丸山君の紹介なら大丈夫か。実際、丸山君は尚美に紹介して無料になったらしい。私は誰に紹介しよう。明日、雪乃ちゃんに会うから、雪乃ちゃんにしようかな。きっと、あの子なら喜ぶ。》

気になる記述だった。

丸山から尚美に、尚美から可奈子に、それをさらに、可奈子から雪乃に――「ＨＰ」って、なんだ。

それが「ホームページ」の頭文字であると気づくのに、さして時間はかからなかった。しかし、紹介するとインターネットも携帯電話も無料になるホームページとはいかなるものか。確かにこの二ヶ月、可奈子の携帯電話の請求金額はゼロだった。今月もそろそろ明細書が送られてくる頃だ。

ただ、インターネットはどうだったろう。あれは浩太郎の個人口座から引き落とされるので、和泉には明細書の類いがこないものだから、請求がないことにすら気づいていなかった。あとで通帳を確認しなければならない。

《十月八日火曜日。池袋で雪乃ちゃんに会った。一緒に服を買いにいったけど、やっぱり雪乃ちゃんはセンスがいい。それを雪乃ちゃんが着ると、やっぱりカッコいい。私みたいに悩んだりしないのは、もとがいいからだ。けっこうお金も持ってるから決断が早い。「どう」って言われて、覗いた試着室の鏡に映った制服姿の自分が、ヤボったたく見えて落ち込んだ。でもあの胸はウソすぎ。似合ってるけど、ウソはよくないぞ!》

《十月十日木曜日。雪乃ちゃんが手続きをしてくれたんだろう。無料契約スタートのメールがきた。これは来月からなのかな。今月からなのかな。それ次第で、携帯の使い方も変わるんだけど。》

《十月十七日木曜日。すごい! 本当にタダになった。嬉しくて雪乃ちゃんに電話したら、明日男の子に紹介するって言ってた。雪乃ちゃんはいいな、簡単に彼氏が作れて。いいな

いいないいな。私は帰り道で鳩フンくらった。最悪。あの制服捨てたい。》

この前後数日は無料契約についての記述が多く、多少浮かれた感じもあった。しかし可奈子は、これについても和泉には何も言わなかった。

しかし、携帯電話もインターネットも、全部タダって——。

大人なら、こういう甘い話には必ず裏があると考える。携帯電話が無料になるというのは、通話料だけでなく基本料金から何から一切が無料になるということだから、そんなことをしたら電話会社はどうやって儲けるのかとその仕組みを疑う。インターネットは、ちょっと和泉には分からないが、少なくとも電話に関しては怪しい。

これは、一度調べておく必要がある。

問題は具体的にどうやって調べるか、ということだ。おそらく、森本に話せばちゃんと調べてくれるだろう。だが、その結果が何か可奈子に不都合な事態を招いたりしないか、それが心配だ。日記の調子からすれば、可奈子は単にこの無料契約を結んで、無邪気に喜んでいるだけなのだから罪はないと思うが、自分でこの「HP」とやらを見るまでは安心できない。しかし、どうやって見ればいいのだろう。和泉にはその術がない。でも、浩太郎なら分かるはず。いよいよ助けを求めるべき段階になってきたか。

和泉はとりあえずページを捲った。

《十一月一日金曜日。やっちゃった。私やっちゃった。どうしよう。尚美にどんな顔して

会ったらいいだろう。丸山君にも。ああ、久々にどっぷりの自己嫌悪。》

　和泉は思わず顔をしかめた。

「やっちゃった」って、なんだ。

　字面だけなら、つまり丸山と、そういう関係になってしまったと読めなくもないが、それにしては雰囲気が軽過ぎる。その後もこれについてであろう記述が続く。

《十一月五日火曜日。噂になるなら、もうなってもいい頃。だからもう大丈夫だと思う。誰かが見てたとしても、きっと学園祭があったから忘れちゃったのかも。だからもう、他からあのことが尚美の耳に入ることはないと思う。あとは私と丸山君の気持ち。丸山君も一所懸命隠してるんだと思う。それでいいんだ。いいんだいいんだいいんだ。》

　誰かに見られたら噂になるようなこと。しかも校内でできること。可奈子と丸山がしたこと。

　せいぜい、キスか。

　可愛いものだと、和泉は一人微笑んだ。

《十一月十二日火曜日。あれから一週間。私は尚美に早くコクれと言い続けてきた。でも最近、照れたりとか、そういう感じがない。悩んでるうちに冷めてきたのか。それとも、もうコクったのか。聞きづらい。私はどうやら、長谷川(はせがわ)君と噂になってるらしい。どうでもいい。席が隣ってだけじゃん。バカみたい。》

《十一月十五日金曜日。二回目の請求もタダだった。尚美は変だった。はしゃいでる感じ。でも丸山君とは普通だった。まだコクってなかったのかも。私はずっとずっとブルーだ。帰り道でぼんやりしてたらモンタに吠えられた。びっくりして脇に抱えてた雑誌を落とした。角がつぶれた。ムカつく。毒だんご食わすぞ！》

　この夜、尚美は自殺するが、可奈子がそれを知るのは三日後だ。

《十一月十八日月曜日。学校で、尚美が死んだって聞いた。信じられない。どうしよう。》

《十一月十九日火曜日。自殺だという噂。だとしたら原因は私だ。丸山君は学校に来ない。私はどうしたらいいの。》

　ここまでは毎日書いていたが、通夜の晩以降、書かない日が多くなる。

《十一月二十六日火曜日。尚美も丸山君もいない学校。寂しい。つらい。特に尚美の自殺の原因が丸山君みたいに言われてるのがつらい。でも、なんでみんなあんなこと知ってるんだろう。誰かが噂を広めてるのかも。私は何も知らないのに。》

《十一月二十九日金曜日。昨日の夜、雪乃ちゃんが来てくれて、ちょっと気持ちが晴れた。ありがと、雪乃ちゃん。大好き。》

　と、ここまでは和泉にも確認作業の感が大きかった。無料契約云々は初めて知ったのだが、携帯の請求がゼロだったのは気づいていたし、丸山を間に置いての三角関係も、まあ許容の範囲内といってよく、さして驚くほどのものではなかった。

だが、ここからが妙だった。
《十一月三十日土曜日。変な電話がやまない。誰？》
《十二月二日月曜日。怖い。誰？　なんであんなことまで知ってるの。怖い。》
《十二月四日水曜日。頭が変になりそう。怖いよ。助けて。》
そして、最後の日付だ。
《十二月五日木曜日。明日、公衆電話で雪乃ちゃんを呼び出そう。雪乃ちゃんなら、私の話をちゃんと聞いてくれるはず。》
そこまで読み終わったとき、まるで待っていたかのように携帯が鳴った。前回ほどの驚きはない。
見ると表示も前回と同じで【非通知】。これが、可奈子を悩ませた「変な電話」なのか。相手は誰なのか。喜多川か、あるいは丸山ということも考えられる。
「……もしもし」
和泉は声をできるだけ低く、重くして言った。聞こえるのは前回と同じ雑音。だが、それが少し減ったように感じられる。そのまま耳を澄ましていると、
『……あぁ……あぁ……あぁ……あぁ……』
人の声のような音が、微かに混じって聞こえた。テープの逆回転のように、子音がぼやけて、母音だけが残って聞こえる。

「もしもし。あなた、どなた？」

『……あぁ……いぃ……あぁ……あぁ……』

幽霊――。

その言葉が頭に浮かんだ途端、和泉の頬は粟立った。

可奈子は、これに怯えていたのか？

『……あぁ……あぁ……いぃ……あぁ……』

「もしもし。可奈子にご用ですか？　どちらさまですか？　私は可奈子の母です。どちらさまですか？」

『……あぁ……あぁ……あぁ……あぁ……』

「もしもし。もしもし」

『……あぁ……いぃ』

それで、電話はまた向こうから切れた。通話時間は一分十二秒。前回よりは多少長くなっている。

和泉は携帯を充電器に戻した。とそのとき、

「なにやってんだよ」

押し殺した怒声が聞こえ、振り返ると入り口に可奈子が立っていた。和泉の手にはまだ日記がある。

しまった。

「え、あ、これは……」

慌てて言い訳を考えたが、何も思い浮かばなかった。留守中に娘の部屋に入り込み、引き出しを開け、日記を手に持ち、携帯電話で喋っていた母親。そんな状況を正当化できる理由などあるはずがない。

可奈子の顔が見る見る歪んでいく。醜く、卑しく。つかつかと近づいてきて、日記帳を取り上げられるまで、和泉は言葉を発することも身動きすることもできなかった。

何を言われるだろう。泥棒呼ばわりか。

何をされるだろう。まさか、ぶつのか。蹴るのか。

和泉はもう、親子関係の修復は一生無理だと思った。親である自分も今の可奈子には不審を抱いているが、それは信じたいという気持ちの裏返しであり、理解したいと願った結果だ。だが可奈子は、裏切りを知ったら離れていくだけだろう。罵声でも暴力でも和泉に浴びせて出ていくだろう。

しかし、可奈子の反応はまたもや意外なものだった。

自分の日記を、まるで初めて読む他人のそれのように、一ページ目からパラパラと捲る。

退院以来、こんなに真剣な可奈子の表情は見たことがなかった。ざっとではあるが、可奈子は日記の内容を頭に叩き込んでいるかのようだった。なぜだ、なぜ自分の日記を、そんなに真剣に読むのだ。しかも母親がそれを盗み読む現場を押さえたというのに、なぜ怒らないのだ。黙っているのだ。

もしかして、記憶がないのか。そんなふうにも思った。和泉も詳しくは知らないが、記憶喪失といっても色々あるはずだ。一定期間の記憶だけが欠損したり、ほんの部分的なものだったり。可奈子はどんな状態なのだろう。医師は、この症状には気づかなかったのか。これで異状がないといえるだろうか。

奇異な行動はなおも続く。

「くっくっくっく」

噛み殺すように笑い、肩を震わせる。

「カナ……」

「くっくっくっく……今さら、こんなもん読んだって、なんにも、なりゃ、しないよ……くっきっきっきっき」

変態――。

和泉は心の中で断じ、いま目の前にいる実の娘に、許しがたい嫌悪感を覚えた。

やがて、可奈子は笑いながら日記を破り始めた。真ん中辺りのページから裂くと、表紙の部分が繋がったまま中身だけが抜け出た。それをどんどんバラバラにしていく。床いっぱいに散らかし、水遊びをする子供のように、天井に舞い上げては甲高く笑う。その間には口に含んだページを食い千切り、吐き出し、表紙を窓に投げつけもした。

可奈子――。

気の触れた我が子をその名で呼ぶことすら、今の和泉にはできない。

4

可奈子の訓練が始まった。

「私たちは今までキーボードやマウスを使って、モニターを見ながらパソコンを使ってたよね。今度はそれを体でやりましょう、ってこと。ほら、ゲームだってそうじゃない。画面の中のキャラクターをコントローラーで操るでしょ。それを私たちは自分でやってみましょう、ってことね」

まるで小学生相手、尚美は身振り手振りを交えて説明する。馬鹿にされたように感じるのは決して気のせいではあるまい。

「……具体的には、何からやるんすか。尚美先生」

可奈子はちょっとデキの悪い生徒を演じてみせる。

「じゃあ、床に字を書いてみましょう」

「はあ」

だが、実際にやってみるとなかなかできない。尚美は濡れた砂浜に落書きするように、指で床をほじって「なおみ」と書くのだが、可奈子がやってもなぜかリノリウムをこすっている感じで、いつまで経っても、一ミリも掘れない。同じ灰色の床なのに。

尚美は焦れたか、腰に手を当てて小首を傾げた。

「……ねえ、ちゃんとほじくろうとしてる?」

「してるよ。ちゃんと考えてやってるよ」

「考えちゃダメよ。イメージするのよ、イメージ」

「分かってるわよ。イメージでしょ。言い間違えたの」

「砂場よ、砂場。いや粘土、粘土よ。幼稚園で使ったでしょ、あの手の臭くなるやつ。あれを思い出して」

「……んー。私、あれ嫌いだったんだよね」

「私だって別に好きじゃありません。でもできました。だから可奈子さんもやってください。はい、粘土ですよぉ」

しかし、硬いものを柔らかいと思い込むのは大変なことだ。しかも実際に指を押し込まなければならない。やろうと思ってなんでもできるなら、人生こんなに楽なことはない。それが上手くできないから、人はみな苦労するのだ。

「まったく、世話のやける生徒さんだわねぇ」

尚美は習字の先生よろしく、とうとう可奈子の手を取って教え始めた。

「ほら、粘土だっつーの。粘土粘土粘土」

「分かってるわよ。粘土粘土粘土……」

「分かってなーい。手が硬ぁーい」

「手はいいでしょ、硬くたって」

「手つきが硬いって言ってるの」

「何よ。手が粘土になったら指がぐにゃって……」

そのとき、

「ウワンッ」

いきなり、尚美が吠えた。

それはかつて、何度もやられた冗談で、一瞬は可奈子の尻もヒクンと小さくなるのだが、改めて辺りを窺うほど尚美の犬真似が上手いわけでもなく、

「やだもォ……ムカつくぅ」

そんなことを言えばすむ程度のこと、だったのだが、

「カナ……指」

見ると、指先が床に埋まっている。尚美に持たれた手の人差し指が、灰色の床にめり込んでいる。

「あ……できた」

それは実に不思議で、それでいて、どうってことない感じの大成功だった。可奈子の指はごく自然に、床に突き刺さっている。

尚美も驚いていた。

「無我の境地、ってやつかしら」

「あの、驚いて、邪念がなくなった、ってこと？ もしかして、これって悟り？」

いったんは首を傾げたが、尚美も一応認めて頷いた。

「ほんの指先だけね。指先だけの『解脱（げだつ）』ね。一寸仏陀（いっすんぶっだ）」

「なぁんかカッコ悪い」

だが、本当にカッコ悪かった。それからしばらく、今度は逆に、可奈子の指は床から抜けなくなってしまった。

イメージで物体の質を変える。それは比較的短時間でマスターできた。慣れると案外楽しいもので、尚美を真似て床から電話を作ったり、壁にドアを作ったりできるようにもなった。最初は形だけ、機能は伴わなかったが、次第に電話は呼び出しできるようになり、ドアはくぐれるようになった。

「カナ。今度は家電じゃなくて、自分の携帯にかけてみなよ」

それは新たな提案だった。

「それって、何か違うの？」

「うん。相手の使う機械をイメージするのは大事だよ。家電より、自分の携帯の方が細かいところまでイメージできるでしょ」

「でも、電池切れになってんじゃないかな」

だが尚美がかけて確かめると、ちゃんと呼び出し音は鳴るようだった。

「まさか、乗っ取った奴が、充電して使ってるんじゃ」

そう考えると非常に不気味だったが、尚美は大丈夫だと断言した。

「相手は私が盗聴しながら監視してあげるから、カナはママが出るまでがんばりな」

小さなテレビモニターを用意して、向こうのノイズから背景や人物像を映像化するのだという。試しにクラスメートの携帯に無言電話をしてみたが、まあ電波の入りが悪いテレビ放送くらいには映っていた。これなら相手が和泉かニセ可奈子かくらいは識別できそうだ。

可奈子がかけてみると、確かに携帯の方が楽にイメージでき、呼び出しも長く続けられた。そんな試みの四回目だったか、五回目だったか、初めて相手が出た。

モニターを確認した尚美が頷く。相手は和泉のようだ。

「ママ、ママ」

必死で呼びかけたが、返事はなかった。それでも可奈子は続けた。最後はほとんど叫んでいた。だが、電話は無情にも一分足らずで切れてしまった。和泉が切ったというよりは、可奈子の集中力が途切れたのが原因のようだった。

「でも、いい感じだった。その調子でがんばろう」

尚美が褒めてくれたので、そのときはさほど落ち込まずに済んだ。

外の世界を偵察するのも重要な訓練の一つだ、と尚美はいう。たとえば他所の部屋を覗き見るのは、ハッキングのテクニックを磨くのに好都合だし、映像・画像を乱れなく受け取ることで、イメージを安定させる精神力も養えるという。もちろん、人間の魂を見つけて助けたいというのもある。だが、それについては偶然に頼らざるを得ない、というのが実情だった。

特に可奈子は雪乃を捜し出して助けたいのだが、可奈子にはまだその技術がない。尚美にならできるかとも思ったが、尚美は雪乃を写真でしか知らない。可奈子を捜すようにはできないという。

「もうちょっとで新しい機械ができるから、それに期待してよ。そしたら、雪乃さんも見つけられると思う」

そんな諸々の事情で、偵察は二人の日課になっていた。

「……しっかし、これはどうかなあ」

あるとき尚美は苦笑した。

「一応、有名ブランドばっかりみたいだけど、ね」

可奈子も首を傾げざるを得なかった。

二人で並んで壁に貼りつき、次から次へと部屋を見て回る。理解不能な場面に出くわすことも少なくない。ここはどうやら買物依存症の発展形のようで、崖のように切り立った壁面は、よく見ればブランド物のバッグでできていた。

プラダ、グッチ、フェンディにエルメス、セリーヌ、ディオール、シャネルにヴィトン、ロッシにトッズ。バッグだけではない。埋まっているのでブランド名までは見分けられないが、靴やブラウス、ジャケット、パンツ、コートに傘に長靴まで。ありとあらゆる女の物欲が、ただ物欲のままに積み上げられている。

「で、肝心ののっぺらぼうはどこにいるのかしらね」

尚美はしゃがみ、下から窓を見上げる。

「……いないね。埋まってんじゃない？」

可奈子も倣って上を見たが、果てしなくブランド物の崖が続くばかりで、所有者の影はどこにもない。もしかしたら今も頂上辺りで、バッグを積み上げているのかもしれない。

また、街を延々と破壊する巨人の部屋もあった。最初はごく普通の街が見えるのだが、やがて辺りのビルより大きな全裸の男が現われる。のっぺらぼうの巨人だ。それが家屋を、自動車を、通行人を踏み潰し、あられもない恰好でビルを蹴飛ばす。ひと通り破壊し終えると、また最初からやり直す。

一つ一つの破壊は確かに悲劇的で、特にくちゃっとミニトマトのように踏み潰される人間は哀れなのだが、長く見ていると、段々と巨人の方が可哀想に思えてくる。何が楽しくてこんな廃墟を作り続けているのだろう、と。

「馬っ鹿みたい。次いこ」

尚美はそう吐き捨てたが、可奈子は何かそれだけでは済まされないものを感じていた。とりたてて、ここをどうしたらいいのかまでは分からないのだが。

まあ、こういう部屋は誰に迷惑をかけるわけでもないから、この世界では極めて善良な部類といえるだろう。見たところ、踏み潰されていたのも「イメージの人間」のようだった。

だが、見るだけでどうにも嫌な気分になる部屋もある。だったら見るなというのが家主の言い分だろうが、人間の魂が連れ込まれていたらと考えると無視もできない。

灰色に曇った空を背景に、古びた団地の屋上が見えている。全部で二十棟近い、かなり大きな団地だ。一つ一つは九階か十階建て。それが横長に見えるのだから、一棟の世帯数は相当な数になるはずだ。そのすべての屋上にそれぞれ数十人、全身を白い袋で包んだ人間が並んで立っている。

あっちの屋上から一人、こっちの屋上から一人、白い人影は次々と飛び下り自殺を図る。中には空中で袋が脱げてしまう人もいる。そうなったら裸だ。裸のまま地面に激突し、真っ赤な肉塊と化す。袋をかぶっていればそれが大量の血に染まる。

自殺者はあとを絶たないので、つい屋上に目を奪われがちになるが、下を見ていると、実は彼らは死んでいないことが分かる。しばらくすると自力で起き上がり、入り口に向かっていく。そして階段を上り、また屋上で列の後ろに並ぶ。その頃には真新しい白い袋を改めてかぶっている。そしてまた自殺を図る。その繰り返し。終わりなき集団自殺。

これによって彼らは何を満たし、一体何を得ているのだろう。

「……帰ろう」

急に尚美が窓から離れた。

可奈子は何も言わず、その背中に従った。


携帯電話へのアクセスは続けていた。出ないときがほとんどだったが、それで落胆することはなくなった。一度は和泉が出たのだ。焦らず続けていればまた和泉が出て、いずれ言葉を交わせるようになる。尚美はそう励ましたし、可奈子もそうなると信じた。

和泉が出た二度目のときなど、尚美は興奮した様子でモニターを指差した。

「なんか言ってる。聞こえてるみたい」

可奈子も必死に話しかけた。

「ママ、ママ、私、可奈子、ママ、ママッ」

結果だけ見ればその回も会話は成り立たなかったのだが、それでも通話時間は徐々に延びてきていた。一分十二秒。成果は上々といっていい。

それとは別に、このところ、尚美が少し沈んで見えるのが気にかかった。

「……なんか、あった？」

「ん？　なにが」

「なんか、心配なこと、あるの？」

「んーん、順調じゃない。心配なんてないって。強いて言えば、急いだ方がいいってことかな。カナを乗っ取った奴がどんなだか分かんない以上、早いに越したことないよ」

だが、可奈子も自分の技術レベルが上がるにつれ、疑問を抱くようになっていた。この世界の様子を把握できるようになり、最終目標について具体的に考えるようにもなっていた。

そこにきての、尚美の変化だ。

可奈子の中に、得体の知れない不安が生じる。

「ねえ尚美。肉体を奪い返すって、具体的には、どうやるの？」

尚美は、モニターを調整する手を休め、こっちに顔を向けた。

「そうだね。この調子でいけば、カナは近々、自分の存在そのものをデータとして送信できるようになる。今だって近いことやってるよね。瞬間移動とか、できるようになったじゃない。あれの完成度を、もうちょい上げていこう。あとは……まあ、そっからが問題っていえば問題なんだけど。相手を何か、死にそうな目に遭わせる必要はあるよね。そのときにあらかじめアクセスしておく必要もある。相手が死にそうな目に遭って、ひやっとして、魂と肉体の結びつきが弱くなったときに、こっちからアタックして、えいっ、てもぐり込む……と。まあ、具体的な作戦を練るのは徐々にでいいと思う。今は、カナがママと会話を成立させる、そこに集中した方がいいよ」

違う。不安なのはこれじゃない。しかも、尚美もそのことを分かっていて、はぐらかしている感じがする。

可奈子は作業に戻ろうとする尚美の手を握った。

「ねえ尚美。私が現実世界に戻ったら、尚美はどうするの」

尚美が目を逸らす。

そうか、これか──。

二人の間に、黒い霧のように立ち込めていた不安は、これだったか。

「ねえ、私が帰っちゃったら、尚美はどうなるの。ねえ」

そうだ。尚美は、尚美の肉体は、もう現実世界には存在しない。告別式にまで参列したのだから間違いない。尚美には、帰るべき現実世界がない。

「……知ってるでしょ」

尚美は、可奈子の手を引き剝がした。

「私の肉体を乗っ取った奴は、きっと階段から落ちたときに、強く頭でも打ってたんだよ。そのまま甲州街道にふらふら出てって、車に轢かれて死んじゃった。それでお終いだよ」

尚美は唇を嚙み、やがて心を決めるように短く息を吐いた。

「私は、ここに残る」

「……そんな」

単純に考えれば、そういうことにしかならないのではないかと、漠然と思ったことはあった。しかし、可奈子にはまだ分からない、知らない世界の構造があるのかもしれない、きっと尚美には別の脱出方法があるのだと、可奈子は半ば自分を誤魔化すようにそう思おうとしていた。

だが、この一点に限って、世界の構造は単純だった。

尚美が、可奈子の手を両手で包む。

「いいんだよ、カナ。私はもう決めたんだから。丸山君と、カナを助けようって話し合ったときに、もう踏ん切りはついてるんだから」

「でも……」

可奈子には受け入れられない。だが、何をどうしたらいいのか、自分に何ができるのか、それも分からない。

尚美は頷いて続ける。

「……ねえカナ、考えてもごらん。私には丸山君がいた。カナには私がいた。でもこれからここに落ちてくる子たちには、そういう相手がいないんだよ。その子たちはどうやって逃げたらいいの？　どうやってここから脱出するの？　なんにも知らないで、ただ切り刻まれて、ひどいことといっぱいされて、それでも死ねないかもしれないんだよ。何度も何度も生殺しにされて、最後には気が狂って、自分から亡霊になっちゃうかもしれないんだよ」

尚美の目は、怖いくらい真剣だ。

「……見たでしょ、あの集団自殺。あれはそういう人たちの集まりなんだよ。あれはイメージじゃなかった。亡霊の集まりだった。でもきっとまともな気持ちも残ってる。私にはそんなふうに見えた。だからあの人たちは、死のう死のうとしてたんだよ。でも、ああなっちゃったらお終いなんだよ。もう死ぬこともできないんだよ……分かるでしょ。誰かが助けなきゃいけないんだよ。誰かがこの世界の仕組みを教えて、現実世界に帰る手助けをしてあげなきゃいけないんだよ」

「でもそれは、尚美じゃなくたっていいじゃない」

もう、理屈ではない。

「私じゃなかったら誰がやるの」

「そんなの知らないよ。でも、何も、尚美じゃなくたっていいじゃない」

「私しかいないじゃない。散々この世界を見て回って、私たちみたいに技術や知識を持ってる人間なんて、他には誰一人いなかったじゃない」

「だからって、そんなのやだよ。私はやだ。せっかくまた会えたのに、尚美だけこんなところに残してなんていけないよ。私、尚美一人を残して、自分だけ現実世界に帰るなんて、そんなことできない」

「バカッ」

またぶたれた。だが目は逸らさない。睨みつける。

尚美も負けてはいない。より強く睨み返してくる。

「カナは帰るの。現実世界に帰るの。それが丸山君の願いなんだよ。私の存在意義なんだよ」

「やだ。そんなのいやッ」

「カナは帰るの」

「やだっ。私は尚美だけ置いてなんていけない」

「わがまま言わないで」

「やだっ。絶対やっ」

「ぶつわよ」

「ぶちなさいよ」

「バカッ」

すかさず右手が飛んでくる。

「い……痛くないっ」

嘘だ。頬が燃えている。

「カナッ」

今度は左だ。

「痛くないッ」

「バカッ」

「バカはどっちよ」

「バカ、カナのバカ、バカバカ、バカ……」

「平気だもん……ちっとも、痛くないッ」

もうどっちがぶっているのか、どっちが痛い思いをしているのか、よく分からなくなっていた。

やがて、長い沈黙が二人の間に横たわった。

この世界の無音は絶対だ。耳鳴りすらあり得ない、完全なる無音。

どれくらい黙っていただろう。

ふと、可奈子はある考えに至った。

「……だったら尚美。私の体に、一緒に帰ろうよ」

尚美は黙っていた。黙って、床のあちこちに視線を這わせていた。

「尚美とだったら、私、きっと上手くやっていける。尚美とだったら、一つの体を分け合って、きっと上手く生きていけるよ。一人より、案外いいかも」

まだ、黙っている。

「今までだって助け合ってきたじゃない。ずっと一緒に、寄っかかり合ってきたじゃない」

ようやく、尚美は苦笑を漏らした。憎らしかった。

「なによ」

「ダメだよ」

「どうして」

その鈍い笑みに、溜め息が混じる。

「カナさあ、なんか、それって二重人格みたいなの、イメージしてない？　でもさ、二重人格ってさ、人格が二人分になるのとは違うんだよ。一人分を、二つに分けることなんだよ……きっと、二人で一遍にカナの体に入ろうとしたら、たぶん一人は弾き返される。またここに落ちてくることになる。だって、乗っ取り自体がそういうことだもん。だから、無理」

尚美はひと呼吸置いて、可奈子の手を握った。

「……でも、ありがとね」

その声の優しさが、可奈子には、また悲しかった。

5

あんなことがあっても、可奈子は平気で和泉や浩太郎と夕食を共にし、翌日もちゃんと起きてきて朝食を摂った。

浩太郎は呑気にも「けっこう食べるようになったじゃないか」などと言う。冗談ではない。和泉はその姿を見るだけで昨日のことを思い出し、気が変になりそうなのに。

そして可奈子は相変わらず、ガツガツと出された料理を平らげていく。その根性の据わり具合も恐ろしかった。何が可奈子をここまで変えたのか、もう知るのさえ怖い。

やがて二階に上がった可奈子は出かける支度をして下りてきた。制服姿ではない。セーターにダッフルコート、ジーパン。まるで近所のコンビニにでもいくような恰好だ。

「……可奈子」

玄関で声をかけると、まだ何か食べているのか、口をもごもごさせながら可奈子は振り向いた。もう本当は学校なんてどうでもいい、和泉もそう思ってはいるのだが、言わずにはおれないのが母親の悲しい性だ。

「あなた、学校は？」

むろん、応えはない。ただニヤリと、口の端を歪ませる不敵な笑みを浮かべるだけだ。わずかに開いたそこから涎が垂れ、慌ててズッとすすり上げる。その仕草がまたひどく卑しいのだが、こっちの感覚も麻痺してきたのか、和泉にさほどのショックはなかった。だから、だろうか。可奈子はまるでそれを予測していたかのように、次の行動に出た。

「んごっ……」

頰をもごりと動かし、ペッ、と飴玉のようなものを和泉の胸に吐きつけた。みぞおちに当たったそれは、

「ひっ……」

なんと、目だった。何かの目玉だ。

足元に落ち、白く濁った黒目で和泉を見上げている。床にぺたりと寝ているのは視神経か、血が抜けて白いもずくのようになっている。

「イヤァァァーッ、イ、イ、イヤ、イヤァァァァーッ」

「……いってきます」

待って、これ、どうにかしてよ――。

そんな思いが言葉になるはずもなく、和泉はただ、自分の口から悲鳴が出尽くすのを待つしかなかった。

目玉の主は近所の犬だった。和泉が耳にしたとき、それはもう町内を震撼させる大事件になっていた。

麻月家の二軒先、斉藤家の門脇にいつもいる柴犬「モンタ」が昨夜、何者かに首を絞められて殺されたあと、右目を刳り貫かれたのだという。

おそらく、可奈子がモンタを絞め殺したのだろう。

それはもう、和泉にとっては「まさか」ではなかった。

可奈子は犬も猫も苦手だった。ぬいぐるみやテレビで見るのなら平気だが、本物は触ることすらできなかった。意思が通じないという恐怖感と、子供の頃のアレルギー体質が心理的に影響しての苦手意識だった。その可奈子が、モンタを絞め殺すなんて、今までだったらまず考えられない。

しかし、目玉が何よりの証拠だ。しかも、可奈子はそれを口に含んでいた。飴玉のように、殺した犬から刳り貫いた目玉をしゃぶっていた。その異常性は、それが可奈子であろうと誰であろうと、殺したのだろうとの推測を容易にさせる。

しかも、あの血と土。

ベッドが汚れていたのは先週金曜の朝だったが、可奈子が昨夜、日曜夜から月曜朝にかけてモンタを絞め殺し、目玉を刳り貫いたのだとすれば、二つの出来事は奇妙に符合してくる。

つまり、可奈子は退院した直後にも、何か別の動物を殺していた可能性が出てくる。和泉が愛しいと思った寝顔の可奈子は、すでに何かを手にかけたあとだったのかもしれない。あるいは殺意を内に秘め、犯行を夢見ていたのかもしれない。

和泉は知らなかったが、警察もきたのだという。変質者の仕業だと噂されているが、確かなことはまだ何も分かっていないようだった。

あの目玉は、もっとしっかり隠して捨てなければ——。

和泉は浩太郎の通帳に記帳するため、近くのキャッシュディスペンサーにいくつもりで家を出たのだが、噂を聞いて慌てて引っ返し、可燃ゴミの中に埋めた目玉入りの袋を取り出した。今日のゴミ収集はもう終わっている。次は木曜日だ。それまでこれをこの家に置いておくのは危険だ。

どうしたらいいだろう。庭か。庭の菜園に埋めたらどうか。庭に目玉が埋まっているのは気味が悪いけれど、木曜日に誰かにゴミをあさられて、家族の誰かが疑われるよりはマシだ。

和泉は庭に出ようと掃き出しの窓に向かったが、ちょうどそのとき電話が鳴った。森本だろうか。だとしたら出るべきか、出ずに放っておくべきか。いや、出なければ疑われる。そんな被害妄想じみた発想で、和泉は出る方が無難だと結論づけた。

それでも、目玉入りの袋をシンクの三角コーナーに置くくらいの冷静さは残っていた。それが、自分でも不思議だった。

「はい、麻月でございます」

するると聞こえてきたのは、またあの雑音だった。

今度は、こっちの電話にか。

『……あぁ……あぁ……』

だが、耳障りだった「ジー」とか「ピー」とかいうのはずいぶんと減っており、代わりに声が明瞭になってきていた。

「あの、あなた、どなた？　どういうつもり？」

『……あぁ……あぁ……あぁ……うぅ……』

可奈子を怯えさせた声、我が子を狂わせた相手。

だが、和泉自身は不思議と、なんの恐怖も嫌悪も感じなかった。目玉事件に比べたら可愛いもの、というのではない。何か、相手が言葉の未発達な、まだほんのよちよち歩きの赤ん坊のように感じたのだ。子音がはっきり発音できないそれが、可奈子の幼かった、いま思えば幸せだったあの頃の、記憶の扉を叩く。

まだ「ママ」も上手く言えず、「あ、あ」になってしまっていた、あの頃――。

そう思った途端、受話器から聞こえてくるそれが、急速に言葉としての焦点を結び始めた。

『まぁ……まぁ……』

「ママ？　なに、ママって言ったの？」

『まぁ……まぁ……たぁ……えぇ……』

「なに、ママって誰。あなたのママ？　違う？　何が言いたいの。なに、言ってごらんなさい。待っててあげるから、言ってごらんなさい」

『うぅ……てぇ……まぁ……まぁ……』

「そう、そうね、はっきりしてきたわ。だいぶ分かってきたわ。もうちょっとよ。よく聞こえるように、言ってごらんなさい」

これがイタズラだとしたら、なぜ自分は付き合っているのだろう。これが幽霊だとしたら、自分は何を言い交わそうとしているのだろう。変質者だったら。殺人犯だったら。

しかし、それでも和泉は相手が何を言おうとしているのか知りたかった。聞きたいと思った。十時には溝口と森本がくるが、時間はまだ三十分以上ある。

『まぁ……まぁ……あぁ……すぅ……』

「うん、うん。もう一回言ってみて。分かりそう、うん。聞こえるから、ちゃんと喋って。聞いてあげるから」

なぜ聞くのか。それは、恐怖も嫌悪もそうだが、何より敵意が感じられないからだ。そして純粋に聞きたいのだ。知りたいのだ。この相手が何を言うのか。またそれが、今の問題を解決するきっかけになると思いたいのだ。

『まぁ……まぁ……』

どれくらい喋らせただろう。どれほど励ましただろう。

やがて相手は、短くではあるが、和泉に意味のある言葉を伝えてきた。

『……ま……た……す……け……て……』

「えっ」

ママ、助けて——。

和泉は受話器を固く握り締めた。

そう思って聞くと、その声は紛れもなく愛娘、可奈子のものだった。

「ママ、ママ、私、可奈子よ、ママ、ママッ」

和泉が出る可能性が高いというのと、可奈子自身が慣れてきたというのもあり、今回からまたアクセスの対象をリビングの電話にしてみた。その作戦変更が、ズバリとはまった。

6

「ママ、聞こえる？　ママ」

「カナ慌てないで、落ちついて喋って」

「ママ、ママ、私よママ、ママ可奈子よママッ」

「カナ、カナってば、ちょっと落ちついて。向こうは聞こえてるんだからそんなに大声にしない方がいいんだってば、カナッ、打ち合わせ通りやってよ」

怒鳴られ、何度も膝を叩かれ、可奈子はようやく我に返った。冷静さを取り戻すため、深呼吸をはさむ。

「……ふぅ」

「そう、カナ。ほら、聞こえるよ」

受話器に耳を澄ます。

『……に……あ……れ……のま……あう……な……い……いの……なに……てお……さい

『……て……から……らん……さい……』

その声を聞いた途端、涙が頬を伝った。

「……ママ」

和泉だった。途切れ途切れで意味なんて分からない。それでも、和泉が一所懸命に喋っている、それは充分に感じとれた。和泉の優しさ、懐かしいあの母のぬくもりが今、受話器から溢れてくる。

「台詞、決めたでしょ。あれ、言ってみて」

可奈子は頷いてみせた。

短くて、可奈子の気持ちとぴったり重なる、伝わりやすい言葉。尚美と決めた、アクセスのキーワード。

「ママ、助けて。ママ、助けて。ママ……」

するとどうだろう、徐々に和泉の声が、言葉としての意味を帯びてくる。

『そ……うね……はっきり……た……だいぶ……てきた……もうちょっと……聞こえ……に……言って……な……さい』

隣で尚美がオーケストラの指揮者よろしく、両手で「ゆっくり、柔らかく」と示す。可奈子は「分かった」と目で返した。

「ママ、たすけて。ママ、たすけて。ママ、たすけて」

可奈子の落ちつきと比例するように、和泉の声も次第にはっきりしてくる。アプローチが功を奏している。

『うん……ん……もう一回……みて……かりそう……聞こえる……ちゃ……喋って……聞いてあげ……ら』

「ママ、たすけて。ママ、たすけて」

そのときだ。

はっきりと、受話器の和泉が息を呑むのが聞こえ、

『えっ』

「あっ」

隣で尚美が、モニターを見ろと示した。

覗くと、画面にくっきりと和泉の姿が映し出されている。ノイズも乱れもまったくない、ケーブルテレビのように安定した映像の中、和泉が、固く受話器を握っている。

「完全に……繋がった」

尚美は「信じられない」と言わんばかりに目を見開いた。そしてすぐに笑みを浮かべる。

「続けて」と促す。

「ママ、私よ、可奈子よ、分かる？　ママ」

だが、その直後に通話と映像は途切れた。

二人は呆気にとられ、呆然となった。

「……ごめん。カナ」

「え……なによ、大成功だったじゃない」

尚美はかぶりを振った。

「私が、モニターを見ろなんて言ったから。それで、ちょっと集中力が乱れたんだよ。もしかしたら、安心しちゃったっていうか、これでいいんだみたいな、そんな気持ちにさせちゃったのかも。これは、私の失敗だった。やっぱり、カナはモニターを見ないで、通話に集中した方がいいんだわ」

なるほど、そう言われてみればそうだ。完全に繋がったと言われ、それがまるで自動的に、機械的になされるもののように感じ、可奈子は心のどこかで安堵した。一瞬だが気が弛んだ。

だが、それでは駄目なのだ。

この世界では気の持ちようであらゆることが可能になるが、気持ちをしっかり保っていないと何も続けられないのだ。だから、よほどきちんと定義しておかないと、せっかく作った機材も形から崩れ、機能を失う。尚美がせっせとモニターのメンテナンスをするのは、そうしないと形と機能が保てないからだ。

そこを考えると、丸山が作った青竜刀の完成度は凄まじい。普段は尚美の背中に収まっており、その形すらないように見えるが、いざとなると鞘から抜け出るように姿を現わし、抜群の破壊力を発揮する。これまでに二回ほど、部屋ではない闇の通路をさまよっている亡霊と出くわしたことがあるが、そのときも青竜刀は圧倒的な威力を見せつけた。尚美が言うように、この世界に斬れないものはない、無敵の剣に思えた。

「まあ、成功は、成功だった。次はそこ、気をつけてやってみるってことで、ちょっと、インターバル置こうか。気分転換に、お出かけでもしましょう」

尚美が立ち上がる。

別に気分転換といっても遊びにいくわけではない。例の、日課となっている偵察にいくのだ。

「そうだね。いこうか」

可奈子も立ち上がり、尚美が開発したばかりの探知機を背負った。

十ブロックも歩かないうち、可奈子の背中で探知機が鳴り出した。

「お、早速かかった。あっちの方だわ」

ディスプレイを確認した尚美が右斜め上空を指す。

「うん。尚美、天才かも」

二人で、全力で走り始める。

「二十ブロック飛ぶよ」

「了解」

手を繋ぐ。

「いっせーのォ」

「せッ」

飛ぶ、とはいっても単純なジャンプではない。いわゆる瞬間移動、テレポーテーションだ。ただ、慣れてしまえばどうということはない。長くて速いジャンプに過ぎない。

難しかったのは距離のコントロール。二人で行動しているのに、片一方がどこに飛んでいくか分からない状態では、走って目的地に向かった方が早いし確実だ。可奈子の瞬間移動が実用に耐えるようになったのは、実はつい最近のことだ。

「七ブロック上」

「了解」

「八ブロック右」

「了解」

「はい走って」

尚美が立ち止まったのはオレンジ色の部屋の前だった。

「カナはパス解析」

「分かった」

可奈子はオレンジの壁に指を突き立て、アルファベット二十六文字、数字十文字の中で構成されているはずの、最低八桁のパスワードを解析しにかかった。

誰かは分からないけど、無事でいて——。

尚美の作った探知機は人間の魂を捜すためのもの。闇の通路に出回っている情報をキャッチし、亡霊のデータと人間のそれとの差異を検出したら、サーバ内を自動検索し、データの収容されているディレクトリを割り出す機能を持っている、と尚美は説明する。可奈子には何がどうなっているのかさっぱり分からないが。

「まだ？」

尚美は青竜刀で壁に穴を開けている。

「待って。まだ三桁」

この部屋に出入りした物体が発生させたデータの履歴。その中から可奈子は、使用頻度の高い文字を一桁ずつ当てはめていく。

「カナ、見て」

尚美が窓の大きさに開いた四角を示す。可奈子が覗くと、

「えっ……」

なんと、そこにいるのは、雪乃だった。

さして広くはない八畳ほどの部屋。見える三方の壁は、オレンジをベースに黒い花柄をあしらったカーテンで囲まれている。その真ん中に緑色のベッドがあり、そこに、黒の革ベルトで自由を奪われた雪乃が仰向けに張りつけられている。衣服はない。全裸だ。しかも、右脚がない。

「雪乃ちゃん、雪乃ちゃんッ」

「カナ急いで」

ベッドサイドにはのっぺらぼうがいる。それも全裸の女だ。ゆるんだ脂肪がひどく醜い。だがその右脚だけは、ほっそりと長い。見ると腿の真ん中から極端に細くなっている。境目からは血が流れている。右に体重を傾けると、いっぱいに水を入れたコップを揺らしたように、どぷんと血が溢れる。

「早くカナ」

「分かってる」

だが、パスワードが八桁揃ってもアクセス拒否は解除されなかった。もしかしたら、このパスワードは十二桁あるのかもしれない。

そうこうしているうちに、女は雪乃の左脚も切断し始めた。

チェーンソー。雪乃が、その美しい顔を破裂させんばかりに歪め、叫ぶ。だが悲鳴も、チェーンソーの回転音も、こっちには何一つ聞こえてこない。

「十桁揃ったッ」

「こっちダメ、壁が厚過ぎる」

女は自ら左脚も切断し、そこに切り取った雪乃の左脚をはめる。次に手にしたのはジャックナイフだ。雪乃の長く艶やかな髪を鷲づかみにし、額から皮を剝ぎ始める。

「やめて、やめてッ」

「カナッ、気持ちを乱しちゃダメだよ」

「だって、だって」

「ダメ、代わってッ」

尚美は青竜刀を投げ出し、可奈子を押し退けた。可奈子の開けた小さな穴に、同じように指を突き立てる。

可奈子はたまらず窓に貼りついた。

「雪乃ちゃん、雪乃ちゃんッ」

顔の皮が徐々に剝がされていく。両脚を失った雪乃は、それでも力いっぱい抵抗をしているのだろうが、縛りがきついのか痙攣(けいれん)程度の動きにしかならない。

あの女、雪乃に、なろうとしてるのか――。

そう思った瞬間、可奈子の体内で、何かがドクン、と脈打った。心臓ではない。もっと背中に近い辺り。今までに感じたことのない、臓器の脈動。

あの女は、雪乃の美貌を切り取って、すべて奪うつもりだ――。

またドクン、と背中が波打つ。

やがて女は雪乃の顔を剥がし終え、まるで保湿パックでも貼りつけるように、そのマスクをかぶった。

のっぺらぼうに顔ができた。だがそこには目玉もなければ歯も舌もない。肉と皮でできたデスマスク。それでも女は嬉しそうに、小躍りしながらくるくると回る。両腿から、顔の周りから血を流し、狂喜の舞いに酔い痴（し）れる。

雪乃はベッドでぐったりしていた。赤い肉の塊となった顔。瞼を失って露出した眼球。怒った猿のように剝き出した歯、歯茎（はぐき）。

「開いたァッ」

尚美は言うと同時に、肩で体当たりをかました。ドア大に壁が開く。尚美はまず女に突進した。

青竜刀をひと振り、女の首を刎ね、ふた振り、その両脚を薙（な）いだ。

女の胴体が床に落ちるより早く、尚美はその顔から雪乃の面を剥ぎ取った。

「雪乃さん」

それを雪乃にかぶせる。二本の脚も拾い、股の下に並べる。

「雪乃さん、しっかり、しっかりして」

顔を撫で、貼りつけようと両手でこする。

「雪乃さん、大丈夫よ、嘘よこんなの、全然大丈夫よッ」

可奈子も、早く尚美と一緒に雪乃を介抱しなければ、まだ大丈夫だと教えなければと、頭では思う。が、なかなか惨劇の部屋に入る、その一歩が踏み出せない。

「雪乃さんッ、雪乃さんッ」

尚美の声が、やけに遠く感じられた。

やがて雪乃の体の表面に、ふつふつと泡が立ち始めた。まるでグラスに注いだソーダ水。その泡粒は垂直に、真上に立ち昇っていく。

「雪乃さんッ」

尚美が全身で覆っても、雪乃の泡粒はその脇から隙間から洩れ、次々と天井に昇っていく。可奈子はなす術もなく、ただぼんやりとその光景に見惚れていた。

雪乃の、花吹雪――。

偶然ではない気がした。この幻想的な眺めは、邪悪で醜悪な仮想現実空間に対する、雪乃の、精一杯の抵抗なのだ。どうせ散るなら美しく。それは雪乃が見せた、最後の、女の意地。

雪乃の肉体が、徐々にその質量を減らしていく。

「雪乃さん……」

尚美はベッドの傍らに膝をついた。

もう、雪乃の体は影も形もなくなっていた。

呆気ない、人間の魂の消滅。

そうなって初めて、可奈子は部屋の中に足を踏み入れた。主であるのっぺらぼうの体も、いつのまにかなくなっていた。

「……カナ」

泣き顔の尚美が振り返る。だが可奈子の目には、それが何か他人事のように、ひどく空々しく映った。

雪乃の昇っていった天を、静かに仰ぐ。

「尚美……私、分かった」

「……は？」

見ると、尚美は訝（いぶか）るように眉をひそめていた。

「分かったって……なにが」

「……この世界の、意味」

尚美が目を見開く。荒い息を止め、生唾を飲み込む。

「なによ、い、意味って」

可奈子も、同じように唾を飲み込んだ。

「……尚美は、『2mb』の意味、考えたこと、ある？」

「それ、って……ここの、ＵＲＬ？」

「そう」

尚美はかぶりを振った。

「私ね、『2mb』って、『tomb』の当て字だと思うのね。辞書で調べたら、それって『お墓』の意味なの。ぴったりでしょ。尚美が奴らを『亡霊』って呼んだのと……私ね、どうしてこんな世界があるんだろうって、ちょっと考えてた。あの巨人とか、バッグの壁を見た辺りから。で、今ね、雪乃ちゃんが目の前で切り刻まれるのを見て、分かったの……さっきね、私、雪乃ちゃんの脚と、顔を切り取って奪おうとしたのっぺらぼうにね、実はちょっと、共感、しちゃったの。私もそれ、やりたいって、思っちゃった」

自分の言葉のおぞましさに、吐き気すら覚える。だがそれでも、言わずにはいられなかった。

「……私ずっと、雪乃ちゃんに、憧れてた。あの真っ直ぐで長い脚、お人形みたいな顔に、ずっとずっと、嫉妬してた。だから、切り取って自分のものにしたい、自分も雪乃ちゃんみたいになりたいっていう気持ち、すごい、分かっちゃったの……しないよ、そんなこと。現実世界では。でも、ここの人たちはしちゃうんだよね。ここでは、みんな当たり前みたいに、自分のやりたいこと、やりたいままに、やっちゃうんだよね」

繰り返す集団自殺も、原理としては同じなのだろう。

「現実世界ってさ、法律とか、常識とか、社会……秩序？　なんかそういうので、みんな雁字搦めになってるじゃない。そうしなきゃ社会なんて滅茶苦茶になっちゃうし、そうするのが当たり前なのは分かるけど、どっかでフラストレーション、溜めちゃってるじゃない。なにかと……それさ、みんなさ、知らず知らずのうちに、ネットに垂れ流してたんじゃないかな。現実世界ではいき場のない、なんかどろどろした欲望みたいなものを、ネットに、吐き出してたんじゃないかな。それが、ここに溜まっちゃったんじゃないかな……ここはたぶん、そんな『欲望の墓場』なんだよ。現実世界では果たせない、満たされない欲望の、死に場所なんだよ」

睨まれた。怒り、いや、憎しみにも似た黒い炎が、尚美の両目には宿っている。

「……何よそれ。じゃなに、カナは、こんな世界もアリだって、あってもいいって、そう思うの？」

「そんなこと言ってないよ」

「じゃ何よッ」

尚美が緑のベッドを殴る。雪乃の血に染まり、それはもはやどす黒くなっていた。

「むしろ、逆だよ。こんな所にいたら、私もいつか、今の亡霊みたいになっちゃうよ。尚美だって分かんないよ。今は私や迷い込んだ人たちを助けようとしてるけど、いつ亡霊と同じになっちゃうか分かんないよ……だからね、尚美。私は、尚美一人を残していくのは嫌だけど、でも、私はいくね。現実世界に、私は帰るね。でも、待っててね。必ず、私は必ず、尚美を、この欲望の墓場から救い出すから。尚美が亡霊になる前に、必ず、私は尚美を助け出すから」

見ると、オレンジ色のカーテンはボロボロと朽ちて崩れ始めていた。灰色の壁が露出し、落ちたカーテンは砂となり、灰色の床に吸い込まれていく。

「……だから尚美、約束して。私が、尚美を現実世界に戻す方法を思いついたら、必ず実行するって。私の言うこと聞いて、ちゃんと現実世界に復帰するって。ねえ尚美、約束して」

尚美は、狐につままれたような顔をしていた。

だが、可奈子が右手を差し出すと、ゆっくりと自分の手を合わせてくる。

「……分かった」

「約束だよ」

可奈子は強く握り返し、念を押した。

尚美は、自分が現実世界に戻るなどあり得ない、少なくとも、可奈子にその方法を編み出すなどできはしない、そう思っているようだった。

第六章

1

十時ちょうどには、溝口と森本が家にきた。

「実は、喜多川光芳と宇野翔矢君、川原雪乃さんを直接結ぶ事柄が明らかになってきまして。単刀直入に申しますと、それが可奈子さんにも当てはまるのではないかと。今日はそれをお母様に確認していただきたくて参りました」

つまり、三人の携帯電話料金が無料になっていると分かった、可奈子に対するそういった料金請求もゼロになっているのではないか、あるいは請求すらきていないのではないか、それを和泉に確認してほしいというのだ。

だが和泉は、あの電話のことで頭がいっぱいだった。茶を淹れにキッチンに立ったとき、まだあの目玉入りの袋が流し台のシンクにあると気づき、ひどく慌てた。それくらい、あの電話以外のことが頭から飛んでいた。

なんとか平静を装い、二人に茶を出す。

「どうでしょう」

「え……はい？」

「いや、あの、そういったことは、こちらには？」

「ああ、はい。ありますね、ええ」

「は？」

溝口の声が裏返る。

「いや、ですから、請求は、通常通りあるのですか」

「は、ああ、はい、ないです、何も」

「請求は、ないんですね？」

「は？」

「あなた、ふざけてるんですかッ」

「麻月さん、しっかりしてください」

森本が慌てたように割って入る。

「あ、ごめんなさい……私、ちょっと、ぼんやりしちゃって」

溝口の眉間に深い縦皺が寄る。娘が娘なら親も親だ、そんなふうに思ったのだろう。今日はこれまで比較的軟らかな態度だったが、とうとう可奈子に対するそれと大差なくなってしまった。

「不都合でなければ、通帳を拝見したいのですが」

「ああ……はい」

和泉は言われた通り通帳を見せ、森本がその日付を手帳に記した。その様子もずっと見てはいたのだが、何かすべてが他人事のようで、和泉はつい電話を見やり、考え込んでしまう。

あれは可奈子の声だった。なぜ外出した可奈子が、外からわざわざ電話してくるのか。「助けて」とは、どういう意味なのか。しかも、ひどく切羽詰まった感じだった。

和泉が特に気になるのは、あの声の調子だ。あれは事件以前の、ちょうど尚美の自殺に打ちひしがれていた頃の、可奈子の声だった。守ってあげたくなる、か弱くて愛しい可奈子の声だった。

それも、何かの芝居なのか。

今の可奈子は悲しいかな、和泉に対してあからさまな敵意をぶつけてくる存在だ。言葉遣いでも、目つきでも仕草でも、生活態度でも奇妙な行動でも、和泉を悲しませよう、苦しめようと、あの手この手で攻めてくる。

モンタの殺害と目玉事件は、その敵意の延長線上にある。だがあの電話は違う。逆戻りしている。可奈子は以前の自分を取り戻し始めているのではないか。あの雪乃がきてくれた夜のように、突如として自らのあるべき姿を思い出したのではないか。

「ちょっと麻月さん」

溝口に強めに言われ、和泉は我に返った。

「……あ、はい」

「しっかり聞いてもらわなければ困りますよ。いいですか。電話会社側は、携帯の料金はちゃんと受領したと言っているんです。ですが可奈子さんのこれも、川原雪乃さんも、宇野翔矢君も喜多川光芳も、全員が全員、口座から引き落とされてはいないんですよ。これがどういうことだか分かりますか。現状では電話料金を、つまり引き落としのミスという形で銀行側が負った恰好になっているわけです。それが従姉妹や同級生の間に次々と伝わっていくってのは、これはどういうことですかね」

溝口が、テーブルに置いた通帳をこっちに向け直す。

「……麻月さん。この日付からすれば事件関係者四人の内、最も早く無料請求を受けているのはこちらなんですよ。喜多川は一番最後だ。それからすると、あの四人の集まりは可奈子さんが発起人であったと、そう考えることもできるわけです……こんなことを親御さんに申し上げるのは心苦しいですが、何かしらの操作をして、具体的に言えば電子マネー、そのデータを改ざんして料金請求を無効にする、そういうことを四人はしていたと、そう考えることもできるわけです。私は可奈子さんと喜多川にどんな繋がりがあろうと罪に問われることはないと申し上げましたが、これが事実であるならば、その限りではありませんよ」

彼は姿勢を正し、両手を膝に置いた。

「今回の事件がこのようなハイテク犯罪を背景にしたものだとすれば、可奈子さんは単なる被害者という扱いではなくなります。そうなってからでは遅いんですよ、麻月さん。我々と対話するよう、是非とも可奈子さんに働きかけていただきたい。可奈子さんが集まりの発起人でないのならその旨を我々にはっきり示してほしい。今なら可奈子さん次第で、まだなんとでもなる状況なんです。お願いします麻月さん。可奈子さんに、我々と話をするよう説得してみてください」

それでも和泉の返事が煮え切らなかったからだろう、溝口は苛々を沸点まで高め、「失礼します」と玄関に向かった。隣の森本には何か哀れむような視線を向けられたが、それも和泉の心には、なんの働きかけにもならなかった。

可奈子、あなたは、一体――。

玄関で二人を見送る和泉は抜け殻、姿形だけの主婦だった。

その魂は、今も電話の受話器と共にある。

和泉は、裸の母親だった。

まるで、刑事たちがこの家から去るのを待っていたかのように電話が鳴った。和泉もまたそれを望んでいた。近くに寄せていた椅子から間髪を入れず手を伸べ、受話器をすくって立ち上がる。

「もしもし、もしもし」

もう、雑音は会話に支障を来たさない程度に軽減されていた。

『ま、ま……わ、た、し』

同じだ。愛しい娘、可奈子の声だ。

「カナ？　カナなの？」

『わ、た、し……か、なこ』

「カナなのね？　どうして、どうして電話するの？　どうしてウチでは喋ってくれないの に、どうして電話では喋ってくれるの？」

焦る和泉とは対照的に、可奈子は言葉を選ぶように、しばし間を置いて答えた。

『か、な、こ、は、かな、こ、じゃ、ない』

「えっ……」

『い、まの、可奈子、は、可奈子、じゃ、ない。体、は、か、なこ、だ、けど、中、みは、違う』

今の可奈子は、可奈子じゃない——？

到底、合点のいく話ではなかった。体は可奈子で、中身は可奈子ではない。そんなことは、常識ではあり得ない。ただ、印象だけで言ってしまえば、あり得なくはないと、今の和泉は思ってしまう。

受話器を固く握ると、自然と声も大きくなる。

「カナ、じゃあ、あなたは可奈子なの？　本当に可奈子なの？」

『し、んじ、て。私、可奈、こ』

「今の可奈子とは、違うの？」

『ち、がう』

「どう違うの」

『ぜ、ん、ぜん、ちが、う』

「どこが……んもう、帰ってらっしゃい。今どこにいるの。いいから、すぐ帰ってらっしゃい」

何やら家出娘を叱っているような気分になったが、実際には、可奈子はこの家で一緒に暮らしている。だがそれは、違う可奈子だと相手は言う。その相手は可奈子。和泉はこの状況を、どう解釈していいのかまったく分からなくなった。

『だ、め。帰れ、ない』

「どうして帰れないの。お金がないの？　なら迎えにいってあげる。とても遠いの？　それともどこにいるか分からないの？　もしかして、誰かに閉じ込められてるの？」

また可奈子は間を置き、悲しげに言った。

『……体、が、ない』

「えっ？」

喋れるのに、体が、ない――？

『今の、わ、たしには、体が、ない、の。心は、そっちとは、違う、場所に、あって、体は、そ、っちに、ある。別、の心が、私の、体に、入ってる。だから、そっちにいるのは、可奈子の姿を、した、まったくの、別人』

「体が、って……え？」

不思議な感覚だった。向こうが喋ることに慣れてきたのか、それとも自分の意識が電話の向こうに同調し始めているのか、徐々に会話がスムーズになってきている。

「心が……？」

可奈子本人の心は別の場所にあり、可奈子の体だけが自分と一緒に暮らしている。その一緒に暮らしている可奈子には、別の心が入っている。ということは、可奈子は？　分からない。言葉では分かるが、それが具体的に何を意味しているのかが分からない。

『信じ、て。今、喋ってるのが、本当の、可奈子。そっちにいるのは、体だけ。心は、まったくの別人。たぶん、とても、悪い心』

「でも、そんな……」

『私は、本当に、可奈子なの。信じられない、かもしれない、けど、可奈子なの。ママ、信じて、お願い』

この子いま、また「ママ」って言った——？

スイッチが入ったように、和泉の体内に熱いものが流れ始めた。

「カナ、あなた、本当に、可奈子なのね？」

『そう、私、可奈子』

「ママ、信じていいのね？　あなたが、本物の可奈子なのね？」

『うん。私が、可奈子だよ、ママ』

和泉はわざと自分のことを「ママ」と言った。が、この可奈子はそれを指摘せず、そのまま「ママ」と呼び返してくれた。

可奈子だ。この子が、本当の可奈子だ。本物のカナだ。

馬鹿げている。自分でもそれは分かっている。娘の体には別人の心が入っている。体を離れている心の方が、本物の娘。そんな荒唐無稽な話を、ただ「ママ」と呼んでもらっただけで信じる、それがどんなに馬鹿げたことか、そんなのは充分承知しているつもりだ。

だが、和泉の体は反応していた。魂が呼応していた。これは可奈子だ。これが可奈子だ。事件以後の可奈子は可奈子ではない。今こうやって電話で話している相手こそ、実の娘の可奈子なのだと、和泉は遺伝子レベルで理解していた。

「可奈子……」

そう呼びかけ、受話器を握り直すと、安堵と虚しさが同時に溢れてきた。我が子はこの電話の向こうにいる。声を聞けたのは素直に嬉しい。しかし、共に暮らす可奈子が、触れることのできる可奈子が別人なのだとしたら、この電話の可奈子とはどう向き合ったらいいのだろう。つまりそれは、どういうことなのだろう。

「カナ、あなた、もしかして……」

それを口にするのはあまりにつらかった。

事件以来、目の前にしてきた可奈子は、まさに他人と呼ぶに相応しい別人格の持ち主。ということは、本当の可奈子の心は、肉体をこの世に残して、つまり——。

「あなたは、もしかして、死んで……しまったの?」

語尾が震えた。受話器を握る手に汗が滲んだ。痺れにも似た悪寒が体の芯を伝い、鼻を突き抜けて涙になった。

「カナ、カナ……」

愛しい娘の名を呼びながら、和泉は硬い床に膝をついた。

様子がおかしくても、奇行が目についても、言葉が汚くても、目つきが異様でも愛情を感じなくても敵意に充ちていても悪意にとり憑かれていても動物を殺す悪癖を持ったとしても、可奈子が、可奈子がそこに生きてさえいてくれたら、いつかはまたあの頃のように穏やかな関係にも戻れると、そんな期待を抱くことが許された。しかし肝心の、可奈子の心が死んでしまったのだとしたら、もう、あの頃には戻れないではないか。

『……ママ、聞いて』

霊界からか、電話を介して語りかける我が子、その声を愛しいと感じてしまう、そのこと自体が、今の和泉にはつらい。

「うん……なに、カナ」

『私は、まだ、死んだわけじゃない。体は奪われたけど、でも、死んだのとは違うの』

死んだのとは、違う？　だがその言葉だけで、この絶望を拭うことはできない。

「どう、違うの。だって、あなたは……」

『だからママ、まず聞いて』

和泉は、可奈子との会話がなんの問題もないほどスムーズになっている、それに気づかないほど、すでにこの関係を受け入れていた。

『私は十月の初めに、携帯もタダになるっていう、インターネットの無料プロバイダと契約したの。それには丸山君、尚美、雪乃ちゃんに、宇野翔矢って人も喜多川って人も、みんな加入してた』

丸山も尚美も、あの無料契約に加入していたとは知らなかった。

『でもそれは、実はそんな、私たちが喜ぶような契約じゃなかった。そもそもがこっちにいる……亡霊っていうか、なんかそういう、実体のない、得体の知れない魂が、そっちの現実世界に出るために、誰か肉体を明け渡せっていう、そういう契約だったの。最初からそのための契約だったの。私たちはみんな騙されてたのよ』

また和泉は、にわかに混乱した。

契約、亡霊、肉体を、明け渡す？

「それがインターネットや携帯と、どういう関係があるの」

だが話が面倒なのか、可奈子はそれ以上詳しく説明しようとはしなかった。

『とにかく私は、私の乗っ取られた体を取り戻さない限り、そっちには戻れないの。現実世界には帰れないの。私は私になれないのよ、ママ』

「取り戻すって、そんな……」

どうやら可奈子が今いる状況は、和泉の思うような霊界とか、あの世とはまた違うもののようだった。どうやら人間の魂や肉体は、取ったり取られたりするらしい。和泉はもう深く考えるより、ただ聞いて認めた方がいいような気がした。

「どうやって、取り戻そうっていうの」

また間を置き、やがて可奈子は低く、嚙んで含めるように言った。

『うん。だから、ママにね、ママに、そっちの可奈子をね……やっつけてほしいの』

その声だけは、現存する可奈子とはまた違った意味で、可奈子とは思えないものだった。

まるで「あの可奈子を殺せ」と、そう言われているように聞こえた。

2

和泉は可奈子と相談し、計画をその日の夜に実行することにした。

午後には必要な食材を買い揃え、可奈子の携帯電話を高性能カメラを搭載した最新機種に買い替えた。使い方はある程度、店員に教えてもらった。

帰宅して夕方には下準備を終えた。それから「現存の可奈子」が帰宅するまでは、長い長い時間との戦いになった。

十二月十六日、月曜日。

十五日を日曜に取られたせいか、浩太郎は出勤する際、「今日は帰り、タクシーになるかな」と言い置いていった。

営業マンの「五十日(ごとおび)」。締め日や集金日が集中する五と十のつく日は一日中、目が回るほど忙しいという。それが今日、十六日にずれ込んだのだ。加えて年末、こなさなければならない仕事量は通常月の比ではなくなる。よって、浩太郎が可奈子より先に帰宅する可能性はないと考えていい。浩太郎はすべてが終わってから、また病院に駆けつけることになるだろう。それが、いかなる結果であろうとも。

テレビは見ない。本も読まない。玄関と廊下、ダイニングキッチンの明かりを点け、リビングのソファでじっと時計を睨み続ける。

準備をしていた頃、また可奈子から電話があった。今度は買い替えた携帯の方にだ。ひと通り作戦の確認をすると、そのまま携帯を、どこかダイニングが見渡せる場所に置いておいてくれという。和泉はいわれた通りにした。理由はあえて訊かなかった。今もそれは食器棚のガラスケースに収まっている。

しかし、本当にこんなことに、意味などあるのだろうか。

和泉にはまだ躊躇がある。まさに半信半疑だ。可奈子の魂が入れ代わっているというのも信じがたいが、それを取り戻す手伝いを自分がするというのにも、何か無理がある気がする。

だが「やる」と返事をし、実際に準備もし終えた。それはひとえに、あの電話の声が、和泉の愛した可奈子のそれだったからだ。現在共に暮らす可奈子より、実の娘だと感じられたからだ。

しかし、電話では可奈子の姿が見えない。声の印象は電話を手放した瞬間からあやふやになっていく。果たしてあれは本当に可奈子だったのか。さらに疑えば、あの電話自体が妄想だったのではないかとも思えてくる。娘の奇行に悩むあまり、理想の娘を受話器の中に作り出してしまった気の触れた母親。それが自分なのではないかと疑うこともできる。

いま食器棚から携帯を取り出したら、またあの可奈子と話ができるのだろうか。できなかったら怖い。だができたとしても、それが妄想でないという確証はどこにもない。結局、確かめること自体が怖くなり、食器棚にも近づけない。

計画を実行すべきか、否か。和泉の心は木枯らしに弄（もてあそ）ばれる落ち葉のごとく、あっちへカラカラこっちへカラカラ、いったり来たりを繰り返す。誰かがくしゃりと踏みつけて、「こっちだ」と決めてくれてもいい。だが、こればかりは誰も決めてはくれない。母親である自分が一人で決めなければならない。それは、考えるまでもなく分かる。

電話の向こうで可奈子は言った。殺すのではない。ただ、死ぬほど怖い思いをさせるだけなのだ、と。

可奈子自身がそうだったという。

頭に日本刀を振り下ろされた。痛みを感じたその瞬間は、実際の傷がどれほどのものかは分からない。ただ、日本刀で頭をカチ割られたら死ぬ、先入観からそう思ってしまった。だが、実際は痛かっただけで、死にはしなかった。峰打ちだったから。

それは、病院で聞いた診断結果と合致する説明だった。

当然、なぜそんなことをする必要があるのかと和泉は訊いた。可奈子は、死の恐怖を感じたとき、人間の肉体と魂は離れやすくなる、自分がそうやって肉体を乗っ取られたのだから、同じことをすれば取り返せるはずだ、と答えた。

和泉は言った。ウチに日本刀はないし、あったとしてもそんなことをするのは嫌よ、と。

可奈子は答えた。

『分かってる。私だってそんなことは望んでないし、それに、同じ方法じゃ相手だって驚きもしないでしょ。だから、こうしたらどうかな……』

可奈子奪回作戦の具体案。その方法なら確かに、死の恐怖を味わうかもしれない。しかも実際に死ぬ可能性は少ない。いや、死ぬ可能性が少ないのではなく、助けられる可能性が極めて高いというべきか。

可奈子は付け加えた。

『ママが今の話を信じられないの、当然だと思う。でも、だからこそやってみてほしいの。そもそも、いま暮らしてる可奈子が本物だったら、こんな手に引っかかるはずないでしょ。なに言ってんのよ、って、怒って終わるはずでしょ。私だったらそうだもん。絶対に引っかからない。でも、そいつは偽者(にせもの)だから、引っかかると思う。私のこと、そこまで詳しくは知らないはずだから、絶対に引っかかるはず。ねえ、お願いママ。私を疑ってもいい。今の可奈子を本物だと思ってるなら、それでもいい。それでもいいから、試して。引っかかるかどうかだけ、試してほしいの。お願い、ママ』

確かにその通りだ。準備をして実行に移した結果、可奈子はその手に乗らず、ただ怒って怒鳴り散らすだけ、という可能性もある。その可能性の方が高いのではないかという思いすらある。

だったらやってみようか。いや、やっぱりやめようか。

和泉の心は揺れ続ける。一分ごと、一秒ごと、その結論はくるくると入れ代わる。

やがて運命の時は訪れた。午後八時二十七分。

玄関の鍵が開き、ドアが開き、閉まる。

無言。だが靴を脱ぐ気配はある。

和泉も「ただいま」などという、しおらしい台詞はもはや期待していない。その重苦しい存在感だけで充分だ。

「お帰りなさい」

普段通りに言い、和泉はリビングの入り口に立った。可奈子は出かけたときと同じ服装、だがその手はまたもや泥に汚れており、

「……おぇ」

その顔を見て、和泉はいきなり嘔吐(おうと)した。

可奈子は口から、鳩の頭を覗かせて笑っていた。

目玉と同じようにしゃぶっていたのだろう、涎に濡れた、鳩の頭。横向きになった鳥の生首。白濁した小さな目。半開きのくちばし。

可奈子は、うずくまる和泉の横をすり抜け、くすくす笑いながら階段を上っていった。

和泉は湯気の立つ反吐を睨み、心で呟いた。

やる。私、やるわよ、可奈子。

自らを鼓舞し、玄関の床を掃除し、和泉はキッチンに向かった。

*

尚美が設置した二台目のモニターには、麻月家のダイニングキッチンが映っている。

テーブルの向こう、リビングのソファに和泉の背中が小さく覗いている。おそらく両膝に肘をつき、両手を握って口に当てているのだろう。肩が見慣れた形に丸まっている。ドラマが緊迫したシーンにさしかかると、和泉は決まってその恰好になる。だがまさか、自身がまさにその緊迫したシーンの主人公になるなど、和泉は夢にも思ってなかったに違いない。

「……遅いね。ニセカナ」

モニターは今日買い替えられたカメラ付き携帯と繋がっており、その接続は尚美の意識によって維持されている。時計表示は二〇時八分。確かに、麻月可奈子の帰宅時間としては遅い。

「うん」

可奈子の前には自作の電話と、以前から使っているモニターがある。今は受話器をフックに置き、画面も暗転している。どこにも接続していない。作戦の実行時にはおそらく、今までにない大きさの精神的負荷がかかる。それまで、可奈子の精神力は温存しておいた方がいい、と尚美は言う。可奈子は、黙ってその言葉に従っている。

二人の会話は極端に減っていた。

作戦の実行に必要な打ち合わせは嫌というほどした。予定通り作戦が進まないケースに関しても、できる限り想定して対応策を練った。もう、今さらじたばたしても仕方がない。あとは、現実世界の可奈子が帰宅するのを待つだけだ。

すると、モニターの和泉がソファを立った。ニセの可奈子が帰宅したのか。尚美と可奈子にも緊張が走る。が、すぐに和泉はリビングに戻り、もとの場所でもとの姿勢に固まった。緊張の一分間。二人は揃って詰まった息を吐き出した。

尚美が苦笑いする。

「トイレ、だったの、かな」

「そう、みたい……ね」

また、沈黙と凝視の時間が始まった。

今、和泉は何を考えているのだろう。この段階に至ると、さすがに可奈子にも察しがつかない。

和泉は可奈子の言葉を信じただろうか。電話で話しただけで、こっちを本物だと信じてくれただろうか。ある程度は、信じてくれたと思う。実際、作戦に必要なものは用意してくれたし、携帯も食器棚に置いてくれた。

だがその先は分からない。実際に殺しはしない、助けていいのだと説明はしたが、一度は死の淵に追いやらなければならない。母親が実の娘に、死の恐怖を味わわせるのだ。果たして、あの極端に穏やかな性格の和泉に、そんなことができるだろうか。

不安材料はまだある。

この作戦が失敗したら、今後可奈子が復活できる可能性はほぼゼロになる。可奈子は唯一といっていい作戦を失い、相手はこっちの攻撃意思を悟ることになる。サーバに落ちた可奈子が、肉体を奪回しようとしていると知ることになる。そうなったら、丸山のように消去されることも覚悟しなければならない。

また作戦のキーとなる情報を、すでに向こうが得ている可能性もある。だとしたら、まさに和泉が怒鳴られてお終い。完全なるお手上げ状態だ。

可奈子にとってこれは一度きり、唯一無二のチャンスなのだ。

「遅いね」

「うん……」

それでまた、二人の会話は途切れる。

尚美の表情からは何も読み取れない。あるのは緊張と、接続を維持しようとする冷静さだけだ。

尚美は、もうかつての尚美ではない。丸山との別れ、目の当たりにした地獄絵図が、彼女を強く、逞しくしていた。また再会後も自ら生き抜く術を貪欲に磨き、可奈子には理解不能なテクノロジーを自在に操る電脳戦士へと成長を遂げた。

だがそれでも、尚美は尚美だ。可奈子の親友、心優しい女の子だ。その彼女とまた再び別れなければならないのかと思うと、一人この世界に残していくのかと思うと、可奈子は血が出るほど脳味噌を搔きむしりたくなる。

ふいにその尚美が、モニターを見ながら「あ」と漏らした。

可奈子も覗くと、和泉が立ち上がるのが確認できた。

携帯は食器棚。音はあまりよく聞こえない。

和泉は、玄関に通ずるリビングのドアを開けたまま立っていた。すぐその膝がガクンと落ちる。なんだろう。苦しげにその背中を波打たせる。

「……なにしてんの」

「分かんない。でも、誰か帰ってきたみたい。ママ、いっつもあそこに立つの。でも、パパだったらカバンとか受け取るから……」

和泉は立ち上がり、いったんは廊下に姿を消した。少しすると、しゃがんだ尻や背中がリビングの入り口にちらちら覗いた。玄関で雑巾がけをしているようだった。なぜこんな時間に、雑巾がけなのか。

しばらくしてキッチンに戻った和泉の肩は、心なしか怒って見えた。だが表情までは確認できない。

「ダメだよ、そんな感情的になっちゃ……」

尚美が苛立たしげにモニターに呟く。

可奈子は黙って様子を見守った。和泉がコンロのスイッチをひねり、湯を沸かす。その動作はてきぱきとしていて、可奈子にはまあまあ冷静に見えた。尚美が言うほど不自然ではない。これは身内の贔屓(ひいき)だろうか。

まもなく、

「あ、きた」

「うん」

ニセの可奈子がリビングに入ってきた。着替えたのか、ニットにジーパンというラフな恰好をしている。ソファの横に立ち、ダイニングを見回す。だらりと垂らした手、その首の動きが獣じみていて不気味だ。口は結んだまま。黙っているようだった。

それは、確かに可奈子の姿こそしてはいるが、とても可奈子には見えない少女だった。

見知らぬ挙動不審の女の子。自分のような他人。どうしてこんなのを平気で家に入れるのだと、可奈子は和泉を怒鳴りつけたくなった。が、それは自分だからそう思うのだと考え直す。同時に和泉が哀れになる。こんな偽者を自分の娘だと信じて、何日も一緒に暮らしていたなんて。

『お腹、空いた……の？』

モニターの中の和泉が訊く。まだ少し遠いが、意味は分かる。声はかなり緊張して聞こえた。とにかく今は落ちついてほしい。

可奈子が答えた様子はない。だが笑ったようには見えた。口を開けない、不自然に引き攣った笑み。和泉が怯えないか心配だ。

『そう。だったら、ちょっと、待っててね。すぐ、できるから。今日は……天麩羅蕎麦に、したの』

上手い。まあまあ自然な感じだ。

可奈子の顔が動いた。頷いたのだ。和泉が「今日は天麩羅蕎麦」と言ったのに、それでも黙って頷いたのだ。

「……頷いたね、ニセカナ」

「だね。でも、まだ油断できない」

可奈子はさらに画面を注視した。

モニターの可奈子がテーブルにつく。可奈子の席につく。ふざけないでと突き飛ばしてやりたいが、いま冷静さを失ったらお終いだ。すべてが台無しになる。

湯が沸いたのだろう、和泉が寸胴鍋(ずんどうなべ)に乾麺の蕎麦を二束、パスタを茹(ゆ)でる要領で落とす。蕎麦の場合、本当は違うのかもしれないが、この際そんなことはどうでもいい。

もう一つの鍋は汁だ。和泉はそれにも火を入れる。

隣の調理台、キッチンペーパーを敷いた皿には海老(えび)の天麩羅が四尾載っている。これは六時頃に揚げておいた物だ。普段の和泉なら絶対に作り置きなどしないのだが、今日はテーブルに出すまでをできるだけ短時間にする必要がある。あえて事前に用意するよう頼んでおいた。あの可奈子は、料理などとんと味わいはしないとも和泉は言った。好都合だ。

モニターの可奈子がふらりと立ち上がる。足を忍ばせて和泉の背後に立つ。驚いたのだろう、和泉はぎゅっと肩をすくめ、顔を背けた。

「やめてっ」

思わず可奈子はモニターに怒鳴った。が、尚美に手を握られて我に返る。尚美は落ちついている。やはり頼り甲斐がある。

可奈子が背後から和泉を覗き込んでいる。和泉はとても嫌がっている。なんだろう、何をしているのだろう。

『……いい匂い、だねぇ』

初めて可奈子が声を発した。変な声だった。くぐもった、潰れたような声。原因はすぐに分かった。

可奈子がシンクに何か吐き出した。

和泉は顔を背けたままだ。

それで、可奈子はテーブルに戻った。

和泉は手探りで蛇口のレバーを上げ、可奈子の吐き出した何かを洗い流した。なんだろう。あの可奈子は何を吐き出したのだろう。和泉はそれを知っているみたいだった。きっと見るのも嫌な、気味の悪い物なのだ。ニセの可奈子は、しょっちゅうこんなことをしているのだろうか。

蕎麦が茹であがったようだ。

和泉は二つのどんぶりに汁を注ぎ、そこに蕎麦を入れ、海老の天麩羅を二尾ずつ載せる。

「カナ。スタンバイして」

尚美はまるで、誘拐事件に遭った家に詰める刑事のようだった。

「……うん」

とうとう、この時がきてしまった。

尚美を、この仮想現実の地獄に残し、自分だけのうのうと現実世界に戻る、この時を迎えてしまった。

「尚美……」

可奈子はその手を強く握った。

「なによ。急いで」

だが、放せない。自宅の番号をプッシュしなければならない右手を、尚美の左手から剝がせない。

「尚美ぃ」

「もたもたしないで。ほら」

尚美がモニターを横目で示す。

『はい……お待たせ』

和泉がどんぶりを二つ、テーブルに運んだ。

「尚美」

「急いでよ。ぐずぐずしないでアクセスして」

できない。放したくない。

「尚美、今まで……ありがとう」

尚美が手を払おうとする。

「いいから、早く」

「助けてもらった。いっぱい、助けてもらった」

「分かったから、ほら」

「ごめんね。ほんと、私だけ、ごめん」

尚美が手を引き抜こうとする。

「やめなよ、急ぎなよ」

でも放さない。

「ずっと、ずっと友達だからね」

「いいから、もう」

「ずっとだよ、私たち、ずっと、ずっと友達だよ」

「急げッツーの」

「親友なんだからね」

「わーかったってば」

「尚美、大好きだから……」

「あんた、バカじゃないの」

「なおみ……」

握ったまま抱き寄せると、胸と胸の間に拳が二つはさまった。その硬い感触が、直接心に突き刺さる。

「ああっ、間に合わないーッ」

反対の手で、尚美が可奈子の自宅番号をプッシュする。

それでも可奈子は尚美を抱きしめ続けた。この髪の匂いを、肌のぬくもりを、できる限りいっぱい、自分の体に染み込ませたかった。

「……ごめんね、私だけ、ごめんね」

受話器を渡される。

「もういいから、ほら、コールしてるよ」

『はい、麻月、麻月で、ご、ございますッ』

和泉のとっちらかった声が耳に飛び込んでくる。途端、意識が繋がり、もう一台のモニターに和泉の顔とダイニングが映し出される。

尚美は可奈子の体を引き剝がし、覗き込んで頷いた。

話せと、その手が促す。

唇を嚙み締めると、涙が舌に滲んだ。その味は、こんな世界でもしょっぱかった。

短く息を吐き、受話器に言う。

「……ママ、落ちついてね」

落ちつかなければならないのは、自分なのに。

だがそのときだ。

尚美が叫んだ。

「やったッ」

モニターの中、可奈子が箸で大きくすくった蕎麦を、口いっぱいに頬張っていた。

和泉も『カナッ』と叫ぶ。

可奈子は受話器を握り締めた。

「ママ、しっかり」

『……ンンッ』

テーブルの可奈子が口を押さえる。目を見開き、自ら首を絞めるように両手で喉を摑む。肘がどんぶりに当たり、テーブルから転げる。床に天麩羅蕎麦がぶち撒けられる。

『ンッ、ヌンンンンンッ、ンンッ、ンンッ、ンヌゥゥーッ』

『か、か、カナ……』

約束通りなら、和泉は繋ぎの少ない、蕎麦粉含有量の多いものを選んだはずだ。蕎麦アレルギーの可奈子が、そんなものを食べて無事であるはずがない。魂は可奈子でなくとも、体は間違いなく可奈子なのだ。そんなものを口にして平気なはずがない。

口に含んだ瞬間、ビリビリと痺れにも似たものを感じたはずだ。なのによほど腹が減っていたのだろう、がっついた可奈子は、勢いでひと口飲み込んでしまったようだ。

『カナァァァーッ』

「ママ、言って、あれを言って」

『えっ……』

手元のモニターに、和泉の困惑した顔が映っている。

尚美のモニターでは、椅子から転げ落ちた可奈子が、海老のように体を屈している。こぼれるほど両目を見開き、吐き出さんばかりに舌を突き出している。鬱血ができるほど顔を真っ赤にし、もがき苦しんでいる。

「ママ、言ってよママ、そいつは偽者なのよ」

「偽者」という言葉で和泉は我に返ったか、受話器を耳から離し、倒れた可奈子に向き直った。

可奈子と尚美で決めた、台詞。

和泉に握らせた、この作戦最大の切り札。

『……か、カナ……もう、終わりに、しましょう。その、そのお蕎麦には、青酸カリが、入ってるのよ……』

『……ングッ』

倒れた可奈子が和泉を睨む。殺意と呼ぶに相応しい、恨みのこもった目だ。喉の粘膜は腫れ、気道を塞ぎかけているだろう。蕎麦を吐き戻そうにもそうできない。体はビクビク震えるばかりで言うことを聞かないだろう。そんな状態でも、可奈子は和泉を睨んでいる。

駄目押しに和泉が叫ぶ。

『死んでちょうだい、可奈子』

「今だよ、カナ」

「……うん」

しかし可奈子は、まだ尚美の手を放せないでいた。

「早くあっちに移動して」

「う、うん」

「カナッ、なにしてるの、早く」

「……なおみ」

「カナッ」

そろそろと、一本一本指を開く。

「早く飛びなさいッ」

「なお……み……」

すべての指が離れる。

「いってよッ」

「ごめんね、なおみ」

「飛んでッ」

「なおみッ」

「飛べッ」

「なおみッ」

肩を押される。

「いっせーの」

「……」

「いっせーのっ」

「……」

「ほら、いっせーのッ」

「……」

「カナ、いっせーのッ」

「ゴメン、なおみ」

「せッ」

突き飛ばされた。

その勢いで、可奈子は壁に向かって飛んだ。

ぐにゃりと周りの空気が歪み、手元のモニターで見ていた場所、和泉がいる場所に、可奈子はテレポーテーションを敢行した。

次の瞬間、可奈子は和泉の真横に立っていた。

ダイニングの空気も、同じように歪んでいた。

すぐさま倒れた可奈子に目を向ける。

もがく可奈子は、二重にぶれて見えた。

身悶(みもだ)える体と、転げ回ろうとする魂が、微妙にずれ始めている。

剝離した偽者の魂は裸体、白く発光していた。

見ると、可奈子自身も発光していた。

可奈子は偽者に向かって進んだ。

《……私の体、返してもらいに、きたわよ》

喋ると、自分の言葉が部屋の空気を伝うのが見えた。

部屋は細い線でマス目に区切られており、各々の存在はその座標上に立体として描かれている。

その線を伝って、言葉は広がっていく。

《……おま、ええ……》

偽者が苦しげに見上げる。その顔はもはや、のっぺらぼうではなかった。悪鬼の形相を浮かべてはいるが、形はまさに可奈子そのものだった。

《それは私の体よ。返してもらうわ》

《だまし、たなぁ……》

《人聞きの悪いこと言わないで》

可奈子は偽者の体に手を掛けた。引き剝がしてやる。

《やァめェろォ……》

《返して、返してッ。私の体から出ていってッ》

だが偽者も必死だ。苦しくても、可奈子の体にしがみつこうとする。こうなったらこっちも力ずくだ。

《ずゥおうッ》

ずるん、と偽者が抜け出る。可奈子はすかさず抜け殻になった体に重なろうとしたが、

《させるかっ》

苦痛から解放されたせいか、意外に素早い動作で偽者が後ろから抱きついてきた。

《やめて、放して》

《それはあたしの体だ、誰にも渡さない》

《違う、これは私の体よ、私が可奈子よ》

《うるさい、よこせ、それは……》

そこまで言って、偽者はふいに力を抜いた。

振り返ると、

《……なっ》
尚美が立っていた。
青竜刀が、偽者の脳天をかち割っている。
《まったく、世話の焼ける親友だよ》
《なおみ……》
可奈子はまた抱きつきたくなったが、
《早く。誰もいなくなったら、本当に可奈子は死んじゃうよ》
そう。もう、そんな段階ではない。
《うん。ありがとう、尚美……》
可奈子は今一度、青竜刀に目をやった。
ありがとう、丸山君。
《もういいから、早く》
《うん。じゃあ……いく》
《おう。もう、戻ってくんじゃねーぞ》
そして可奈子は、大きく息を吸い込み、自分の体に、思いきり飛び込んだ。

床に倒れた可奈子は気絶したのか、身じろぎ一つしない。

可奈子が、動かなくなったら――。

和泉は冷や汗に濡れた手にある、白い受話器を耳に当てた。切れている。「ツー、ツー」と、よく知った電子音になっている。

次は、そうだ、救急車だ――。

和泉は電話のフックを指で押し込んだ。

＊ ＊

3

運び込まれたのは大塚の東京健正会病院。和泉は可奈子の眠るベッドの横、泣きながらその手を握り続けていた。

極度のアナフィラキシーショック。全身の皮膚が紅潮し、浮腫で人相が変わっている。胃の洗浄と薬剤の投与で一命は取り留めたものの、人工呼吸器、心電計、点滴をつけられた可奈子はいまだ意識不明の重態だった。

十時頃には浩太郎が駆けつけ、事情を話した途端、平手で殴られた。覚悟はしていたので、反射的に首をすくめた。浩太郎の右手は和泉の左耳に当たった。今もそっち側はよく聞こえない。

「お前、なんで蕎麦なんか買ってきたんだ。どうしてそんなもん作ったんだ。なんで可奈子が食べるようなところに置いておいたんだ。おい、答えろよ」

和泉は廊下に土下座して謝った。医師には、自分が食べようと思ったものをどういうわけか娘が口にした、とだけ説明した。だが浩太郎には、一切の言い訳をしなかった。

救急車を呼んでそのまま一緒に病院にきてしまった。あと片づけはしていない。調べればすぐに、食卓には二人分用意してあったと分かるだろう。作ったのは自分だ。食べさせたのも自分だ。自分が可奈子をこんな状態にした。

あなた、ごめんなさい――。

それでも、浩太郎に事情を話そうとは思わなかった。

いま和泉は、自分でも後悔しているのか、いないのか、よく分からなくなっている。奇行が目立った実の娘に極度の嫌悪感を抱いたのは事実だ。それを、アレルギー反応を逆手にとった暴力で解決しようとした。今後、客観的な調査が行われるとしたら、そういう見解が出ても仕方ないと思う。またそれが真実であるとしても、和泉は驚かない。自分は狂っていない、そう断言できる材料は、和泉の中にはない。狂っている、あるいは狂っていた。それもあったかもしれないと思わざるを得ない。

だが許されるなら、またそれを立証する手立てがあるのなら、もう一方の可能性も見てほしいと思う。可奈子の魂は別のところにあり、それが和泉に教えてくれたことを。

可奈子をやっつけて、可奈子の体を取り返そう——。

いや、駄目だ。自分が何を信じてあの計画を実行したのか、まったく合理的に説明できない。自分自身でも割りきれないのだから、第三者が納得する説明などできるはずがない。

頭の中を整理しようとすればするほど、自分はただのノイローゼだった、そんなふうに思えてくる。

床に倒れて気を失った可奈子。手に持った受話器から聞こえる無機質な電子音。あの瞬間から今までは、一本筋の通った思考で繋がっている。だがそれ以前は、何か熱にでも浮かされていたような、そんな曖昧な記憶しかない。

可奈子の口から出てきた犬の目玉、鳩の生首。それは自分を傷つける言葉に対する、和泉が抱いた妄想だったのではないか。いま家に帰っても、庭に犬の目玉など埋まっていないのではないか。排水口に噛み砕かれた鳩の頭など存在しないのではないか。さかのぼれば、可奈子の日記を千切り捨てたのは和泉自身なのではないか。

そうなると、否定的な考えはとめどなく溢れてくる。

可奈子はそもそもそんなに「いい子」ではなかったのではないか。もともと不良娘で、それに手を焼いた和泉は、妄想の中に理想の娘を作り出していただけではないのか。それがあの電話の声だったのではないか。実は和泉は、無機質な電子音に向かって、延々と話しかけていただけなのではないか。「カナ、ママよ」と、返事の返ってこない受話器に向かって、満面の笑みで語りかけていただけなのではないか。

すると、和泉が見ていた雪乃は？　あれこそが実は可奈子で、雪乃なんて娘はそもそもこの世に存在しないのではないか。目の前で二人がじゃれ合っていたのは、和泉の妄想と現実が破綻する前触れだったのではないか。事件のあと、和泉は雪乃に会っていない。それは第三者のいる場所では対面できない、そういう妄想のルールに従って和泉自身が禁じていたからなのではないか。

そうだとしたら、可奈子とは一体、どんな少女だったのだろう。

突き詰めて考えると、和泉は可奈子という実の娘を定義しかねた。優しい子だとは思っていたが、そんなものは主観の問題で、確固たる比較の対象があるわけでも、測定の方法があるわけでもない。

植物が好きだった。動物は苦手だった。そんなことも人間を定義する物差しにはなり得ない。通っていた学校、得意科目、成績、友達、制服姿、家庭で見せる顔、仕草、言葉遣い、声色、目つき、そして、奇怪な行動――。

いつのまにか和泉にとって、容認しがたいはずの「あの可奈子」の方が、よほど強烈に

「可奈子」であることになっていた。それを自分は排除しようとした。殺したかったのか。自分は、実の娘を殺したかったのか。

「……お前少し、外の空気でも吸ってきたらどうだ」

一時外出していた浩太郎が、病室に戻ってきて言った。

和泉は浩太郎を見て、その存在の確かさに、思わず泣けてきた。

「どうした、おい」

立ち上がり、浩太郎の胸に飛び込む。

「ねえ……可奈子は、あなたにとって、どんな子だった？　ねえ、どんな子だった？」

「和泉……」

答えに窮したか、浩太郎は珍しく和泉を名前で呼んだ。

「どうって……普通の、おとなしい、優しい子だよ。なんでお前、そんなこと訊くんだ」

和泉は彼の胸でかぶりを振った。

「もっと、もっと話して。可奈子がどんな女の子だったか、もっと話してよ」

浩太郎は困った声で「どんなって訊かれても」と呟いた。

「なんでもいいから」

「なんでも、って……だから、優しくて、ちょっと臆病なところはあるけど、気配りのできる」

「もっと具体的に」

「具体的……ってまあ、たとえば、ああ、じゃあ、そう、たとえば、死んで十年になるのに、典子の命日だけじゃなくて、誕生日もちゃんと覚えてて、何かしてくれたり……でもそんなの、お前の方がよく知ってることだろ」

「他には？　もっと小さい頃は？」

浩太郎は、訳が分からないというように「は？」と訊き返す。

「小さい頃……ああ、俺が冬場、ベランダでタバコ吸ってるの、可哀想だとか言って泣いたこととか？　自分がもらったお菓子は必ず三つに分けて、お前にも俺にもくれたとか。あと、初めて自分で植えた花がダメになって、そのショックで何日も寝込んだとか……」

和泉がせがむと、浩太郎はいくつでもそんな話をしてくれた。

夫、父親である浩太郎が抱く「可奈子像」。それは聞けば聞くほど、和泉の記憶にあるそれと重なってくる。

私が育てた可奈子は、私一人の妄想なんかじゃ、なかった——。

暗い闇に、ひと筋の光が射し込んでくるようだった。和泉の心の中に、温かな確信が芽生えてくる。

そうだ。事件後の可奈子は、それまでの可奈子とは明らかに違っていた。自分の育てた娘とはまったく違う人格であると、確かにそう感じた。だから、電話の可奈子がした説明に納得したのだ。姿形は同じでも中身は別人、そういうこともあるかもしれないと受け入れられたのだ。

そして電話の可奈子。あの声を実の娘のものだと聞き分けた、自分の、母親としての耳は間違っていなかった。

そう。私は、狂ってなんて、いない——。

合理的な説明なんてできなくてもいい。他人に証明なんてできなくたっていい。とにかく自分は、母親としては間違っていなかった。姿形ではなく、心を、実の娘の魂を信じた。そして行動した。それでよかったのだ。

私は、間違ってなんていなかった——。

和泉が声を出して泣き始めると、浩太郎は「なんだ、どうしたんだ」と顔を覗き込んできた。

「おい、一体どうなってんだよ。なあ、お前たち、何がどうしたってんだよ。可奈子は、前より食べるようになって、それでちょっとはよくなってたんじゃないのか。なあ和泉、俺にも、もうちょっと分かるように説明してくれよ」

和泉は頷いて息を整えた。

そう、浩太郎は他人ではない。可奈子の父親なのだ。浩太郎には説明したい。分かってほしい。自分たちの戦いを、あの危険な賭けを、決断を。だが、どう説明したらいいのだろう。

「……あなた」

そのときだ。「ンンッ」と痰の絡んだような、こもった唸り声が聞こえた。見ると、可奈子が薄く目を開けている。

「カナ」

肌の紅潮と浮腫はだいぶ治まっている。可奈子は自分の状況を知ろうとするように、寝たまま肩を右に左に見やった。そして点滴の入っている左手は動かさず、右手で人工呼吸器を指す。

和泉は慌てて手を振った。

「ダメ、まだ取れないわよ。なに、何か……ああ、じゃあ書く？　紙に書く？　書ける？」

頭の上から浩太郎も覗き込む。そして可奈子は、ゆるい瞬きと共に、水滴のついた透明なマスクの中で、

マ、マ、た、だ、い、ま。

そう、口の形で伝えてきた。浩太郎には、「パパ、ただいま」と、読めたのかもしれないが。

「カナ、可奈子……」

穏やかな笑み、はにかんだ視線。

それはまさに愛しい娘、可奈子そのものだった。

終章

十二月二十日、金曜日。夕方四時半。あたしは例の男に呼び出され、指定されたファミレスに向かった。新宿駅から十分も歩く、靖国通り沿いの店だ。

なんでまた、こんな安っぽいところに――。

この前は代官山の、洒落たフレンチレストランだったのに、なぜだろう。今日はその後に急ぎの用事でも入っているのか。それとも不景気のあおりを喰らって、とうとう懐が寂しくなったか。だったらいっそ、もう呼び出すなと怒鳴りつけてやろうか。

駐車場は店の前、ちょっと高くなった窓の下にほんの五台分だ。そこにジャガーがないのでまだきていないのかと思ったが、見上げると窓際の席で手招きしている。手首には高級腕時計。身なりもこれまで通り。どうやら破産したわけではなさそうだ。

建物右手の階段を上って入り口を通り、一人かと問うウェイターを無視して窓際に向かう。男は四人席に一人で座っていた。周りに他の客はいない。効き過ぎる暖房が不快だ。

「……なによ。今日は約束の日じゃないでしょ」

あたしは向かいに座り、タバコを銜えた。男は黙っている。いつもより表情が硬い。仕事が上手くいっていないのだろうか。金蔓なのだから、しっかりしてもらわなければ困るのだが。

暇なのか、ウェイターが即座に水を持ってくる。ケーキとレモンティーを頼むと、ケーキは何がいいかと訊く。よく分からないので「イチゴ」と言ったら、頭を下げて戻っていった。

水をひと口飲む。

「……あのさあ、週三回なら、上乗せしてもらうよ」

男はすぐには答えなかった。ただじっと、こっちの顔色を窺っている。

しばらくして、ようやく口を開く。

「……最近、化粧、濃くしてるのか」

ムカッときた。

「ハァ？　別に。急に呼び出されたから、慌てて塗ったくっただけだよ。文句あんだったらもっと前もって連絡してよ……んで、なに。今からやるの。どっかいくの。話でもあんの。まさか、こんなとこでメシ食おうだなんて言うんじゃないでしょうね」

すると頭の天辺から胸元、右肩から左肩、タバコをはさんだ指先まで、男は細部を吟味するようにあたしを見た。別に不快ではない。相手が誰であろうと、どういう状況であろうと、じろじろ見られるのは気持ちのいいものだ。つくづく、この体を手に入れてよかったと感じる。セックスにも慣れているし。

　だが、男はなぜか眉間に皺を寄せた。不躾にも、訝るような視線を真っ直ぐ向けてくる。どうやら、この美貌に見惚れて欲情しているのではないらしい。何を考えているのだろう。苛々する。

「ねえ、なんなの」

　睨みつけると、男はぼそりと漏らした。

「……変わったな。君は」

「え」

　あたしは、無意識に目を逸らしていた。

　肌の表面に温度のない、ちりちりとした不快感が広がっていく。痛いのではなく、痒いのでもなく、ただ嫌なものが、皮膚の下から染み出てくるようだった。これはなんだ。何が出てくるのだ。レザージャケットの袖からほんの少し出ている手首を見たが、別にどうもなってはいない。だったらなんだ。まさか、この体が消えたりはしないだろうか。

「……かわ、った？」

　あたしには、そう訊くのがやっとだった。

「ああ、変わった。何かあったのか」

「別に、何もない……けど」

「いや。あの事件以来、変だぞ君は」

突如、胸の真ん中に石ころを埋め込まれたように感じた。

「そりゃ……あんだけの事件だから。あたしだって、ちったあショックだって、受けたけど、でもそれは、当たり前っつーか、だからって、何が、変だってのよ」

男はゆっくりとかぶりを振る。

「……何が。いや、特に何ってんじゃないが、強いて言えば、ちょっと化粧が、ヘタになったんじゃないか」

「だから、それは、今日は慌てて……」

「それにクスリだの、この前は拳銃を用意できるかなんて、やっぱり変だぞ。以前の君は、そういう物騒なことは言わなかった」

「それは、冗談だよ、冗談。ジョークだってば」

男は今一度かぶりを振った。

「なんに使うつもりだったんだ。教えてくれ。教えてくれたら、場合によっては用意してやってもいい」

「いいよ、いいってもう。ジョークなんだから」

ウェイターがケーキとレモンティーを持ってきたが、男はかまわず続けた。

「君が望むなら、私はどんなことだってするよ。私はただ、君には君らしくあってほしい、それだけなんだ。一体、何がどうしたっていうんだ。なあ」

「やめてよ。うざいんだよ、そういうの」

「なあ」

そのとき、胸の携帯が喧しいロックを奏でて震えた。取り出して開くと、男はなぜか驚いたような顔をし、大きく息を吐いて、尻のポケットに手をやった。財布を出して、追加の小遣いでもくれるのか。

ディスプレイに目をやると【非通知】と出ている。

「もしもしぃ……もしもォーし」

電波状況が悪いのか、相手の声が聞こえない。今一度ディスプレイを確認するが、こっちは三本立っている。問題ない。ということは相手の問題か。また耳に当て、だが前を向くと、

「ひぃッ」

男が、正面の男が、こっちに拳銃を向けていた。

なんだ。一体、なんのつもりだ。

「……雪乃。君は、変わってしまった」

「ちょっと待って、なに、なによ」

「私が愛した雪乃は、もういないんだね」

「ちょっと、なに言ってんのあんた、ば、バカじゃないの」

「さよなら」

「ちょっと」

「愛していたよ」

「バカッ」

怒鳴ったが、無駄だった。

銃声と同時、額の真ん中が激痛にへこんだ。

やられた――。

その瞬間、あたしを取り巻く空気が膨らむのを感じた。

しまった、と思ったが、もう遅かった。

＊

意識を取り戻した翌朝、可奈子は自ら進んで医師に事情説明をした。殺人事件に巻き込まれて精神的に不安定になっていた、自分の不注意から蕎麦を口にしてしまった。担当医はそれで、一応納得したようだった。

和泉には病室で、話せることは大体話した。

自由を奪われて切り刻まれたこと。死んだ尚美に救出されたこと。その後に見た立方体の連なる闇。目鼻口のない歪んだ顔の亡霊たち。可奈子と同様の目に遭う被害者たち。その中に雪乃がいたこと。助けられずに消滅したこと。可奈子の決心。そして、尚美との別れ。

雪乃の死に対して感じたことだけは、あえて伏せた。それは、ちょっと和泉にはショックが強過ぎると思ったから。また、人格を疑われても嫌だったから。

それでも和泉はたいそう驚いていた。信じられない、と顔をしかめ、納得も理解もできないようだった。だがそれでいいと思う。和泉には、あんな世界とは無縁でいてほしい。可奈子の復活作戦では片棒を担がせる恰好になったが、でももうそれで終わりにしたい。和泉には、今まで通りの和泉でいてほしい。

また可奈子は逆に、自分の不在時期の出来事について和泉に尋ねた。和泉は最初話すのを躊躇(ためら)ったが、しつこく訊くと、仕方なくといったふうに話し始めた。

事件直後から態度がおかしかったこと。生活が急にだらしなくなったこと。口が悪かったこと。しかも臭かったこと。そういう疑いがあると前置きして、モンタを絞め殺したであろうこと。その目玉をしゃぶっていたこと。同様に鳩の頭を食べていたこと。

「……そう」

聞き終わり、可奈子はベッドで溜め息をついた。和泉は、それにも驚きを隠さなかった。

い。

「そう、ってあなた、よくこんなこと聞かされて、平気でいられるわね」

どうやら和泉は、可奈子が気持ち悪がってトイレにでも駆け込むものと思っていたらし

「ああ、うん。だって私、もっともっとひどいの、たっくさん見てきたもん。全然平気よ。もう歯も磨いたし」

「磨いたし、って、歯磨いたら、もう平気なの？」

「……っていうか、仕方ないでしょ。それ以上は」

和泉はまた「信じられない」と呟いた。

確かにそれはそうだろう。かつての可奈子の日常生活は、潔癖症と呼ぶに相応しい神経質なものだった。だが人は変わる。特にあんな世界を経験したら、変わらない方がおかしいと思う。可奈子はあの体験によって変わった自分を、むしろ正常だと思う。

しかし、可奈子の偽者が、まさかモンタを絞め殺すとは。

可奈子はあの世界の亡霊たちを、自らの欲望に完全に忠実であろうとする存在と定義した。では亡霊たちが現実世界で肉体を乗っ取ったあとはどうだったのかというと、今の和泉の話を聞く限り、もとの人格の欲望を曲解する方向にあったように思えてならない。

可奈子がモンタを嫌っていたのは事実だ。鳩のフンが制服に落ちて、二、三日ブルーになったのも確かだ。それを尚美に電話で喋った記憶もある。でも、だからといって絞め殺

したいとも、絞め殺してほしいとも思わない。鳩に至ってはいい迷惑だ。殺されたのは、可奈子の制服にフンを落したやつではないのだろうから。

和泉に対する態度もそうだ。

確かに可奈子にも、母親の存在を煩わしいと思うことはあった。いまだ自らを「ママ」と呼ぶ和泉を、尚美に冗談交じりに揶揄されたこともあった。そのとき可奈子は「そうなんだよ」と、和泉を庇うより尚美に同調したりしたかもしれない。だが、それをそのまま和泉に言うことはないだろう。それはいくらなんでも可哀想というものだ。

ただ、ニセ可奈子の凶行が動物虐待に留まったのは不幸中の幸いと言っていい。それも決して褒められたことではないが、喜多川光芳のように殺人事件を起こすよりはだいぶマシだ。

和泉は尚美についても詳しく聞きたがったが、それについては、もう少し状況が落ちついてから話す、と言っておいた。和泉も「そう」と頷き、それ以上は訊かなかった。

和泉は深く息を吐き、笑みを漏らした。

「……でも、よかった。カナの、あの電話を信じて」

可奈子は「うん」と頷いてみせた。そう、それがなかったら可奈子は今も、あの仮想現実地獄の中なのだ。

和泉は続ける。

「正直、半信半疑だった。だって、あんまりにも無茶苦茶な話だから……でも、今は分かる。あなたが、本当の可奈子だって。私が育てた、私の可奈子だって。ちょっと、なんていうの、強くなったっていうか、逞しくなった感じはするけど、でも、あなたが可奈子だっていうのは、分かる。私には、ちゃんと分かるの」

和泉はまた笑みを浮かべ、「それが嬉しいの」と付け加えた。その顔が、以前より引き締まって見えたのはなぜだろう。それは和泉が可奈子に対して、自分を「ママ」と言わずに「私」と言ってみせたことと関係があるのだろうか。

和泉はこの事件から、一体何を感じ取ったのか。機会があれば、ゆっくりとそんな話もしてみたい。

その翌日には退院し、家に戻ったその夜には浩太郎とも対面した。医師にしたのと同じ説明をしたが、さすがに浩太郎は納得しなかった。だが悪いのは自分だ、事件でむしゃくしゃしていてつい蕎麦を食べてしまった、どうかしていたのだ、和泉を責めるのはやめてほしいと繰り返すと、それ以上追及するのも大人気ないと思ったか、浩太郎は仕方なくといった感じで矛（ほこ）を収めた。

翌十二月十九日、木曜日。可奈子は自ら池袋署に出頭し、事情聴取に応じた。取調室に入れられるのかと内心わくわくしていたのだが、残念なことに「桜豊学園内　会社員　高

校生　殺傷事件特別捜査本部」と書いた紙が貼られた会議室に通され、その隅っこで話をすることになった。

もちろん、あっちの世界について喋ったりはしない。携帯やインターネットの無料請求についても、知らぬ存ぜぬで通した。学校にいったことについては冬木に襲われて逃げ込んだ、喜多川光芳についてはまったく分からない、とした。

「……それじゃ、さっぱりじゃないですか」

和泉が嫌いだと言っていた溝口、いい人と評した森本。二人の刑事は揃って腕を組み、首を傾げた。申し訳ないが、こっちの目的は法的な解決ではない。その首は一生傾げていてもらうしかない。

「あの……」

可奈子が覗き込むと、森本が顔を上げた。

「はい、何か」

「あの、訴えたいとか、そういうんじゃないんですけど、その、冬木って人と、ちょっと話をしたいので、連絡先、教えてもらっていいですか」

森本が顔色を窺うと、溝口が眉間に皺を寄せてこっちを見た。

「なんでまた」

「あの……もう、あの、私とか、雪乃ちゃんとかには、関わらないでほしいって、直接、言いたいので」

「つまり刑事告訴の意思はない、ということですか」

「はい、ないです。直接言いますから、それで治めますから、教えてください。お願いします」

「被害届も？」

「ええ、今のところは」

「ですが、川原さんではなく、なぜあなたが」

「ああ、それは、雪乃ちゃんが直接、というのは、彼女、イヤみたいだから、私が代わり
に、ええ。頼まれたので」

「はあ。まあ……そうですか」

意外にも、溝口は冬木の連絡先を教えてくれた。

これが学校で習った、警察の「民事不介入」というやつか。

可奈子は池袋署を出て、その足で冬木に会いにいった。
北区滝野川。彼は実家住まいで、平日は家業の書店を手伝っているという。あの冬木に
店番をさせるくらいだから、きっと小汚くてせまっ苦しい古本屋だろうと思いきや、意外
や意外、着いてみると明るくて綺麗な普通の本屋だった。表のマガジンラック越しにレジ

を覗くと、左目に眼帯をしたあの冬木が、ぼんやりと正面の棚を眺めている。

「……あ」

入り口を通った可奈子の顔を見て、冬木は漏らした。

「こんにちは」

その目には、早くも怯えの色が浮かんでいた。

「な、何しに、きたの」

「ちょっと、訊きたいことがあるの」

「警察に、う、訴えるつもりなの」

溝口にも言った通り、可奈子にそのつもりはないのだが、冬木が刑事告訴に怯えるのなら、そのネタもいいかな、と考えた。

「私の頼みを聞いてくれたら、告訴はしないわ」

「頼み……って」

「あなた、確か雪乃ちゃんの個人情報をネタに、彼女を強請ってたのよね」

「ちょっとッ……そんなこと、ここで」

離れた棚の向こうには、参考書か何かを立ち読みしている学生がいる。可奈子は、彼には聞こえないよう充分声を小さくしたつもりだったが、それでも冬木の怯えは度を増した。この交渉、思ったより簡単にまとまるかもしれない。

「写真はいいから、そのデータだけもらえないかしら。交際相手も載ってたって聞いてるんだけど、それを、プリントアウトしてもらえないかしら」

冬木の顔に、どうしてという疑問と、それで助かるのかという安堵が入り混じって見えた。

「……ちょっと、待ってて」

冬木はレジの横にあるパソコンを弄り始めた。

「それに、入ってるの？」

「んーん。僕の部屋のから、呼び出すの。ＬＡＮで繋がってるから、できるの」

その太い指は意外にもよく動き、冬木はほとんど手元を見ずにパソコンを操った。しばらくすると、レジ奥に設置されたプリンターから一枚の紙が吐き出された。それを可奈子に手渡す。

「……これで、赦して、もらえるの？」

あまり得意ではないけれど、可奈子は上目遣いに睨んでみせた。

冬木の顔がいっそう強張る。こういうことは自分がやっても効果があるのか。可奈子はなんだか可笑しくなった。

「あなたが今後、雪乃ちゃんにちょっかいを出さないと約束して、今すぐその個人情報を消去してくれたらね」

「そりゃ、そりゃもう、うんうん。しないしない。しないよ絶対に、うんうん……ああ、消去はする。今すぐ。もう全部」

おそらく嘘ではないだろう。

可奈子はいつのまにか、駆け引きの呼吸のようなものが自分に備わっているのを感じた。次々と事を上手く運んでいく、そんな自分をある種不思議に思いながら、心のどこかでは受け入れてもいた。

やればできる。

それはきっと、あっちの世界に限ったことではないのだ。

そしてたどり着いたのが、モデル事務所を経営する三木という男だった。直接携帯に電話を入れると、夕方六時過ぎならと、会うことを承知してくれた。

待ち合わせは原宿駅竹下口。着いたら携帯を鳴らしてくれと頼んでおいた。果たして三木は、六時半ぴったりに可奈子の携帯を鳴らした。

「もしもし……はい、麻月です。いま私、手を上げてます。紺のダッフルコートです。見えますか」

『はい、見えました。分かりました』

切符売り場からこっちに真っ直ぐ、携帯を胸にしまいながら歩いてくる中年男。あれが三木か。がっしりしているのに、どことなくしなやかな歩き方が印象的だ。

「はじめまして。三木です」

「いきなりごめんなさい。麻月可奈子です」

冬木の資料には、週二回で住居なしの月額五十万とあった。明らかに援助交際の範疇を逸脱している。当然、雪乃とは男女の関係にあったのだろう。

この金持ちそうな男が、雪乃と——。

思わず赤面しそうになり、可奈子は慌ててその想像を頭から追い払った。

少し歩いて、表参道にある喫茶店に入った。

「雪乃さんから、仲のいい従姉妹がいると聞いてはいましたが、あなたが……そうですか、一緒に被害に遭われた方ですか」

可奈子が改めて自己紹介すると、三木は少し疲れた様子でそう言った。

「雪乃ちゃんとは、どれくらいのお付き合いなんですか」

「どれくらい、と申しますと」

「あの、いつ頃からなのかな、と思って」

資料に、付き合いの期間までは載っていない。

「ああ。半年ほど、になりますか」

半年も付き合いがあったのなら充分だ。適任だろう。可奈子は本題に入ることにした。

「三木さん。三木さんは、あの池袋の事件のあと、雪乃ちゃんに会いましたか」

三木は、少し訝るように首を傾げた。

「……ええ。二回ほど、会いましたが」

「そのとき雪乃ちゃん、何か変わったところはなかったですか」

彼は、眼前にあるものの正体を見極めようとするように目を細めた。可奈子はその視線を、あえて正面から受けとめた。

「なぜ、そんなことを訊くのですか」

「感じませんでしたか、まるで別人のようだと」

三木の目に鋭さが増す。押し返すのではなく、可奈子はそれをあくまでも受け入れた。目の力、その一切合財を吸い込むつもりで見つめた。

やがて、三木は長い溜め息をついた。

「……ええ、感じました。でもそれは、きっと事件のショックが原因なのでしょうから、時間が経てばもとに戻るものと、私は思っていましたが」

「それだけですか。具体的に、何か感じたことはなかったですか」

三木はしばらく、視線を床の辺りに這わせて黙った。記憶を探っているのか、話すべきこととそうでないことを頭の中で選り分けているのか。可奈子も黙って待った。

やがて、三木は頷いて話し始めた。

「……実は、四日前です。彼女は、急にクスリが欲しいと言いだしまして。具体的には、覚醒剤です。雪乃は、それまでは決して、いや覚醒剤に限らず、クスリには手出しをしない子でした。私はもちろんやりませんが、まあ芸能界に片足を突っ込んでいる身ですから、そういうモノに溺れる人間は何人も見てきました。でも雪乃はそういうタイプではなかったし、実際、そういうことをした形跡も、気配もありませんでした……ですが四日前は、はっきりと、クスリが欲しいと、私に言いました。しかも目が、何か冗談ごとではない、怪しい感じでした。この原宿でも、クスリを手に入れようと思えば金次第でいくらでも調達できます。渡したら際限なく溺れそうな、雪乃はそのとき、そんな目をしていました。私はもちろん、ダメだよ、できないよと言いました。すると雪乃は、あっそうと、何かイヤらしい笑いを浮かべて、そっぽを向いてしまいました」

ひと口、三木が水を含む。

「……そうしたら、その次のとき、昨日ですが、今度は拳銃を調達できないかと訊くんです。拳銃がなんだ、そんなもの手に入れてどうするんだというと、またニヤニヤしながら黙ってしまうんです。私、正直言って、怖くなりました……いや、覚醒剤も拳銃も、私の住む世界では決して珍しいものではありません。こういう繁華街の不動産なんかを扱っていますとね、好むと好まざるとに拘(かかわ)らず、そういうものが目の前に出てくることがあるんです。拳銃と覚醒剤、それ自体はいいんですよ。怖いというんじゃない。むしろ私が怖いと感じたのは、雪乃の、その様子の変化でした。何かこう、品がなくなったというか……いや、それまでだって上品というのとは違いましたが、なんていうんでしょう、侵しがたい色気というんでしょうか、気位も高かったですし、凛（りん）としたものがありました。ですがここのところの雪乃は、何かこうドロドロとした、もう本当に、何かドロドロとした、そんなイヤらしい感じが強かったです」

　そこまで言って、三木は姿勢を正して座り直した。

「……可奈子さん。ひょっとしてあなた、何かご存じなんじゃないですか。一緒に被害に遭われたのでしょう。雪乃に一体何があったというんです。ご存じなのでしょう。教えていただけませんか」

　その言葉に、可奈子は三木の、雪乃に対する想いの熱さを感じた。女子高生好きの成金中年と断ずるには、三木の目はあまりに真っ直ぐだった。

　しかし、覚醒剤と拳銃とは――。

　雪乃の偽者は、一体何をしようとしているのだろう。以前の雪乃の心にあった悪意、それを増幅させたら、その切っ先は一体どこに向かうだろう。拳銃が要るということは、誰かを殺すつもりだということか。殺すとしたら、そう、両親か。継母である雅子、信じられなくなった父親の雄介。覚醒剤は？　雅子を中毒患者にでも仕立て上げるつもりなのか。

　どっちにしろ、放ってはおけない緊急事態だ。

「三木さん。私にも詳しいことは、まだはっきりとは言えません。でも、雪乃ちゃんがおかしいのは、三木さんが感じた通りだと思います。だからお願いがあります。雪乃ちゃんを助けると思って、ひと芝居、打ってもらえませんか」

三木は首を傾げた。当然だ。だが説明するつもりはない。

可奈子は続けた。

「雪乃ちゃんを、ちょっと脅かしてあげてほしいんです。ショック療法です。それで、雪乃ちゃんを真人間に戻したいんです」

「それで、雪乃は、もと通りになるんですか」

そうです、とは言えなかった。

「……分かりません。でも少なくとも、クスリや拳銃を欲しがるような雪乃ちゃんではなくなります。三木さんだって、雪乃ちゃんが覚醒剤で何かしたり、拳銃で人を撃ったりするのは嫌でしょう。今のままだったら、三木さんじゃない誰かから手に入れて、雪乃ちゃん、やっちゃうかもしれないですよ。三木さん、それは嫌でしょう。助けると思って、雪乃ちゃんを助けると思って、私に協力してください。力を貸してください。お願いします」

三木は、またしばらく黙ってしまった。

翌日の夕方四時。

可奈子は作戦実行の現場となる新宿のファミリーレストラン、その隣のビルの玄関脇に身をひそめた。見上げた空はなんとも雲行きが怪しかったが、今すぐ降り出す感じでもなかった。

十五分には打ち合わせ通り、三木が窓際の席に陣取った。

約束の四時半を五分ほど過ぎて、ニセの雪乃が現場に現われた。可奈子はいったん顔を引っ込めた。

ゆっくり二十数えて駐車場脇の植え込みから覗くと、態度の悪い雪乃が三木の前に座っていた。化粧がだいぶ派手になっており、確かに品のない顔つきをしていた。表情が、ちっとも雪乃ではない。綺麗じゃないし、可愛くもなかった。

「……スタンバイ、オッケー」

可奈子は繋ぎっ放しの携帯に言い、カメラを二人のいる窓に向けた。作戦前に可奈子がすべきことは、これで終わりだ。あとは成り行きを見守るしかない。

ウェイターが水を持ってくる。二人が何やら話し始める。ケーキと飲み物が雪乃の前に置かれる。雪乃はふて腐れた感じで、何か三木に言い返している。

そして雪乃が、ポケットから携帯を取り出す。

いよいよだ。ついに、作戦実行の時がきた。

可奈子は拳を強く握った。彼は上手くやってくれるだろうか。

打ち合わせ通り、三木は腰に差していたピストルを抜き出して構えた。可奈子が買い与えた一万八千円のBB弾使用のエアガン。血糊も音も出ない代物だが、今回は「危険のない痛さ」が重要だ。

買い求めたショップの店員は言った。

「テーブル越しの至近距離、ですか。危ないですよ、それは。試しに撃ってみますか？トイガンといっても、けっこうな威力なんですから」

その銃口が、雪乃の額を狙う。

気づいた雪乃の顔が恐怖に引き攣る。

そして三木が、撃った――。

雪乃の首が仰け反る。

銃声は携帯電話から聞こえたはずだが、上手く騙せただろうか。驚いてくれただろうか。ひやっとさせることはできただろうか。

可奈子は歩道に飛び出した。

すぐに、店を出た三木が階段を駆け下りてくる。

目が合い、三木は少し離れたところから言った。

「本当に、あれでよかったんですか」

可奈子は頷き、もう一度深く頭を下げた。

顔を上げると、三木は苦しげな表情で同じ場所に立っていた。彼は彼なりに雪乃を愛し、そして、別れてきたのだ。

可奈子は三木に、もっとちゃんと謝りたかったが、今、そんな時間はない。

三木は踵を返し、駅方面に早足で歩き始めた。逞しいスーツの背中が遠ざかっていく。可奈子は彼が視界から消えるまで見送りたかったが、そうもいっていられないので店内へと急いだ。

窓際の席はちょっとした騒ぎになっていた。この事態はある程度想定されたもの。だから、三木の馴染みの店は避けた。

「すいません、私、知り合いなんです、その子、私の知り合いなんですッ」

窓際のテーブルに駆け寄ると、ソファで、雪乃を抱き起こしているウェイトレスがこっちを見た。その後ろ、二人のウェイターが右往左往している。

一人が、誰にともなく説明しだした。

「一緒にいた男が、なんか、銃みたいなもので」

「……あれ、これ、BB弾じゃん」

もう一人が、白い小さな弾を床のカーペットからつまみあげた。

雪乃は焦点を失った目を震わせ、泡を吹いていた。呼吸も荒く、体は不規則な痙攣を起こしている。おかしい。どうしたのだ。すぐに乗っ取るはずではなかったのか。

可奈子は自分のときがどうだったかを思い出し、はっと息を呑んだ。

あのとき可奈子は、体を奪われまいとする亡霊と格闘になった。同じように、雪乃の体を乗っ取った亡霊も、いま必死で抵抗しているのか。死ぬ危険性がないと分かった肉体に、死にもの狂いでしがみついているのか。

可奈子はウェイトレスに代わって雪乃を抱き、その頰を二度三度と叩いた。

「すみません、救急車呼んでください、救急車」

「でもあの、男を、追っかけないと」

ＢＢ弾を拾った彼が窓を指差す。

「いいんです。私、ちゃんと分かってますから。責任持ちますから、騒ぎにしないでください。私がちゃんとしますから、とにかく救急車を呼んでください」

頷いたウェイトレスがレジの方に向かった、そのときだ。

急に目を見開いた雪乃が、皿だのグラスだのをテーブルの上から払い落とした。

「キャッ」

虚を衝かれ、可奈子は思わず力を抜いてしまった。

雪乃が可奈子の腕から抜け出す。窓を背にして素早く座り直す。

その左手には、細いフォークが握られていた。

切っ先を突き出し、構えている。

戦慄が走った。

まさか、しくじったのか。作戦は失敗だったのか。

辺りを舐めるように見回す獣の目。

自分たちは、雪乃の体を取り返すことができなかったのか。

だが急に、その険しい目が二度、ぱちくりと瞬いた。

それから、ちょっと斜めに睨み、

「……いたいっつーの」

可奈子のおでこをフォークでつついた。尖った先っぽではなく、わざと引っくり返した、反対の丸いところで。

「え、大丈夫……だったの？」

可奈子はじっとその目を覗き込んだ。

彼女は、黙って頷いた。

可奈子は急いで、ポケットからあるものを取り出して突きつけた。

「分かる？　これ、なんだか分かる？」

彼女は寝起きのように目を細め、可奈子が手にしたものを見つめた。すぐに「ああ」と納得する。

「私のじゃん」

「もっとちゃんと説明して。これはなに？　どういうもの？」

可奈子が問う意図を悟ったか、彼女はくすりと笑みを漏らし、頷いた。

「カナが、私の誕生日に、プレゼントしてくれた、バラクラのハンカチ、でしょ……ねえ、どうしてそれ、カナが持ってるの？」

可奈子は大きく息を吸い込み、そして吐いた。

全身を、細かい純白の波に洗われるような気分だった。その痺れにも似た喜びを逃がしたくなくて、可奈子は力いっぱい、彼女を抱きしめた。

「尚美ッ」

親友は、最愛の従姉妹の体に復活した。

「痛い、痛いよカナ」

「尚美、戻ったのね。尚美、戻ったんだねっ」

店員が自分たちをどんな目で見ているか、そんなことはちっとも気にならなかった。

「尚美ぃ」

「カナ……ただいま」

二人で首を抱き合った。雪乃とする抱擁の形ではなかった。互いに対等に抱き合う、まさに尚美との形だった。

親友の復活。可奈子はその喜びと共に、この作戦の遂行が自分にとって、ひどく孤独なものだったことを思い返した。

「ありがとう……尚美。戻ってきてくれて」

尚美は「なによ」と言って笑った。涙に濡れた頬は雪乃のものだが、笑った形は、かつての尚美のそれに見えた。

これからの尚美に不安材料がないと言ったら嘘になる。家族とはどう接するべきか。あるいは雪乃の両親と。雪乃の過去、そのしがらみにはどう折り合いをつけるべきか。可奈子自身、目の前にある雪乃の体にはいまだ嫉妬を覚える。だが中身は尚美だ。この感情を、一体どう治めたらいいのだろう。

しかし、そんな多くの問題が眼前に横たわっていようと、人を殺しかねないニセ雪乃を野放しにしておくよりは、尚美一人をあの仮想現実地獄に置き去りにするよりは、この方が何十倍もいい。自分は間違っていないと、可奈子は思う。

「でもカナ」

雪乃の顔をした尚美は、急に表情を厳しくした。

「うん、なに」

「私が、私一人が戻って、でも、それで終わりじゃないんだからね。私たちには、まだまだ助けなきゃならない人たちが、たくさんいるんだからね」

参った。どうやら現実世界に戻っても、尚美の方が強いのは変わらないようだ。

「はいはい。分かってます」

だが、もう戦いは孤独ではない。

尚美がいる。

大好きな雪乃の姿をした、大好きな尚美がそばにいる。

これで、いいよね。ダメなんて言わないよね、雪乃ちゃん——。

可奈子は窓越し、暮れ始めた新宿の曇り空を見上げた。

あのさ、あたしの体なんだからさ、いくらカコの親友でも、粗末にしたら承知しないからね。ブサイクにしたら赦さないよ。それから胸は、自然な丸みを心がけて八十五をキープね。肌は弱いから、日サロはほどほどにね。ブリーチは三週間ごと。あと、出席日数ぎりぎりだから、三学期は全部出席して、それから——。

雪乃は何か、ゴチャゴチャとそんなことを言いながら、でも最後には笑って赦してくれると、可奈子には、そう思えるのだ。

解説

大矢博子

若き誉田哲也がほとばしっている！

十六年ぶりに『アクセス』を読み、思わず頬が緩んだ。ホラー小説を読んで頬が緩むというのもおかしな話だが、恐怖は恐怖としてしっかりたっぷりどっぷり味わいつつも、物語から滲(にじ)み出る「かっ飛ばすぞ、ついて来い！」と言わんばかりの熱量がとても懐かしかったのである。

と同時に、その中にも〈その後の誉田哲也〉につながる原点が随所に存在していることに驚いた。なるほど確かに『アクセス』は、誉田哲也にとってまぎれもない起点のひとつなのだ。

本書『アクセス』は二〇〇三年に第四回ホラーサスペンス大賞特別賞を受賞、二〇〇四年に新潮社から単行本が刊行された作品である。

この前年に第二回ムー伝奇ノベル大賞優秀賞を受賞した『ダークサイド・エンジェル紅

鈴『妖の華』（学研ウルフ・ノベルズ→『妖の華』に改題して文春文庫）が既に刊行されていたため、『アクセス』は著者の第二長編という位置づけになる。とは言え、宮部みゆきや真藤順丈のように有望な新人が複数の新人賞を近い時期に受賞するのはよくあること。そういう意味では、本書は『妖の華』と合わせて著者のスタート地点と言っていいだろう。

物語は高校生の男女、川原雪乃と宇野翔矢の会話で始まる。登録すると携帯電話の基本料金も通話料もタダになる——そんなサイトを雪乃が翔矢に勧める。登録しただけではダメで、次に登録する人を紹介して初めて無料になるという仕組みなので、ぜひとも翔矢に入ってほしいわけだ。

そこから場面が変わり、高校生の麻月可奈子が母の和泉とともに同級生の通夜に参列する様子が描かれる。可奈子の親友である石塚尚美が死に、その責任が自分にあると可奈子は落ち込んでいるらしい。その可奈子に、奇妙な電話がかかり始める。直美の死について彼女を責めるような嫌がらせの電話だが、相手がわからないだけではなく、発信者が偽造されていたり、ついにはケータイの電源を切っていても（！）着信するようになる。

一方、喜多川光芳という十七歳の少年が母親を日本刀で惨殺し、逃亡する事件が発生。読者にだけは、この光芳少年の体が何者かによって乗っ取られたらしいことが示唆される。さらに雪乃や翔矢の周囲にも怪異が起きるに至り、可奈子のケータイの一件と合わせ、本書がこの世のものならぬ存在を描いたホラー小説であることが読者に伝わるのである。

その過程で、可奈子、尚美、雪乃、翔矢、光芳がそれぞれ例のサイトを紹介したりされたりの関係だったことがわかり、怪奇現象に出会った高校生たちが一本の線で結ばれる――。

ここまででおよそ全体の三分の一。そしてここから物語は大きく動き出すことになる。これから本編を読む方の興を削がないよう具体的な説明は避けるが、可奈子・雪乃・翔矢の三人はこの世のものならぬ存在と戦った末、可奈子はヴァーチャルな電脳世界へと飛ばされ、意外な人物とともにサイバーワールドからの脱出を図るのだ。

――外枠だけまとめると、すごい展開だな！

まず、ケータイを介してつながる怪奇、という設定に目を向けてみよう。本書がホラーサスペンス大賞を受賞した二〇〇三年、当然まだスマホはない。作中で彼女たちが使っているのはケータイを「開く」という言葉でわかるとおりの、今で言うガラケーである。個人で趣味のホームページを開設するのは一部のオタクという印象も強く、和泉のようにウェブの概念自体がわからない人も多くいた。もちろんSNSもない。ｍｉｘｉが登場するのは、この一年後だ。

その一方で高校にはパソコンを使った情報処理の授業があり、若者がケータイを持ち歩くのも極めて当然となった時代でもある。Yoshiの『Ｄｅｅｐ　Ｌｏｖｅ』に始まるケータイ小説の第一次ブームがちょうどこの頃、といえばイメージしやすいだろうか。ケータイが単なる移動電話器ではなく、メールをやりとりしたり写真を撮ったりネットにつないで情報を得たりする情報通信端末として広まった時代と言っていい。

多くの人が使っていて生活に必要なものになっているが、〈ネット〉という漠たるものについての知識は個人差が大きい――そんな二〇〇三年のタイミングでケータイをホラーに使うというのは、まさに時宜を得たものと言っていい。『アクセス』の刊行と時期を同じくして封切られた映画「着信アリ」も、携帯電話を使ったホラーだった。

興味深かったのは、『リング』（鈴木光司著）のビデオテープがもう過去のものになっているのに対し（もちろんそれは作品の面白さを消すものではない）、本書のケータイやネットをめぐるあれこれはそのまま今も通用するということ。もちろん、ディテールにはいろいろ違いがあるのだけれど、ケータイをスマホに置き換えればほぼそのまま二〇二〇年の物語として成立する。むしろ、当時は説明が必要だったコンピュータ用語が、今なら説明なしでもほぼすべての読者に通じるようになっていることに驚いた。

さらに、ツールに現代テクノロジーを使ってはいても、可奈子が出会う〈ネットに集う闇〉が普遍的なものであるという要素も大きい。いや、これも現在の方が、ここに描かれる〈闇〉をリアルかつ具体的に感じられるくらいである。

最先端のものを小説に使うと、時が経ったときに古びて見えるのは否めない。だが本書は意外なほどに違和感がない。古びないよう表現に気を使っているであろうことは言うまでもないが、テーマとモチーフの組み合わせ方が巧いのだ。これが長く読み継がれているひとつの理由だろう。

さらにもうひとつ注目願いたいのは、誉田哲也が本書に盛り込んだ数々の要素である。使い慣れているはずの現代テクノロジーが、突然悪意の発露となる。それは怖い。確かに怖い。そこに命の危険という物理的な怖さが重なる。精神的な恐怖とスプラッタな恐怖の合わせ技だ。そして放り込まれた異世界で直面する人間の闇。オカルティックホラーとスプラッタホラーとモダンホラーがすべて網羅されているのである。怖くないわけがない。

本書における合わせ技はそれだけではない。映画「マトリックス」を彷彿とさせるようなサイバーワールドと、人を乗っ取る亡霊のようなもの。イマドキ（十七年前だが）のケータイ事情と、いつの時代もかわらないティーンエイジャーの悩み。イメージの力で戦うという斜め上の設定と、伏線にしっかり目配りされた現実的な戦略。首を切られたり内臓を掻き回されたりというグロい描写と、純粋にして可愛らしい十七歳の恋と友情。重要と思われた登場人物が意外なほどあっさり殺される一方で、存在感のなかった人物が終盤になってキャラ変を見せたりもする。そして何より、ここまでホラーのガジェットをたっぷり入れながら、物語のエンディングは実に爽やかなのである。

この詰め込みっぷりたるや！

これだけバラバラの要素を一冊に入れるとなると、どうしてもアンバランスな印象になる。ともすれば展開が唐突になったり、話の行き先が見えなくなって読者が戸惑ったりしかねない。おそらく今の誉田哲也なら、もう少し情報を削ぎ落とすか整理するかして、物語に統一感を持たせようとするのではないだろうか。だが、それをせず、「ホラーも青春もグロもサスペンスも謎解きもあれもこれも、好きなもの全部入れたぞ！」と言わんばかりの密度と熱量がこちらに伝わってくる。若き誉田哲也がほとばしっている、と書いたのはこれ故だ。

本書執筆のインスピレーションは、五人の登場人物が顔も知らない相手に次々殺されていくというバイオレンス・アクション映画「ＧＯＮＩＮ」から得たという。確かに本書は五人（解釈によっては六人）の高校生がワケもわからないまま殺されていく話になっているが、実はここに、今に通じる大きな原点があるのだ。

誉田作品ではいとも簡単に人が死ぬ。だが意味のない死はない。

――これは常々誉田作品を読んでいて感じていることだ。今や看板となった「姫川玲子」シリーズ（光文社）はもちろん、ミステリやサスペンスではやたらと人が死ぬ、しかも残虐に殺されるのがもはやデフォルトになっている。だがひとつひとつの死にちゃんと意味があるのだ。本書でも高校生たちが死んでいく。その死に方ひとつとってみても、あるいは死に際に何をしたか、他の登場人物に何を残したかを見てみても、物語の中でその死が有機的に誰かに影響し、誰かを変えていく様子が描かれていることに気づかれたい。この初期作品から、その萌芽はあったのだ。

さらに本書が「戦う女（の子）の物語」であり、しかも「バディもの」であることにも注目。「姫川玲子」シリーズや「ドルチェ」シリーズ（新潮文庫・光文社文庫）の魚住久江など、誉田作品には戦う女性を主人公に据えたものが多い。「ジウ」シリーズ（中公文庫）の美咲と基子、「武士道」シリーズ（文春文庫）の早苗と香織などは、戦う女（の子）であると同時に対照的なふたりによるバディものだ。女たちが自分を傷つけながらもそれに負けることなく立ち上がり、成長していく。ミステリ、ホラー、サスペンスであると同時に成長小説――これもまた誉田作品の太い幹であり、本書はまぎれもなくその原型なのである。

特に鮮烈な印象を残すのが川原雪乃だが、彼女のキャラクターは『疾風ガール』『ガール・ミーツ・ガール』（光文社文庫）の柏木夏美に受け継がれているので、ぜひ手にとってみていただきたい。

また、ハイテクなツールをミステリのモチーフにするという点では、サイバー犯罪を扱った『背中の蜘蛛』（双葉社）がある。「姫川玲子」以降はしばらくホラーを離れていたが、二〇一二年に『あなたが愛した記憶』（集英社文庫）で久々にホラー復活、その筆は鈍っていないところを見せつけた。近年は他にコミカルな超能力もの「増山超能力師事務所」シリーズ（文春文庫）や農業問題を扱った『幸せの条件』（中公文庫）など、さらに作品の幅を広げている。

今年（二〇二〇年）、新刊『妖の掟』（文藝春秋）が刊行された。

デビュー作『妖の華』からなんと十七年の時を経てのシリーズ化である。『妖の華』の三年前が舞台で、作中で少しだけ触れられていたかつての事件の詳細やヒロインの過去がやっと明らかになったのだ。

十七年ぶりの二作目——これは読者として驚いたし、嬉しかった。と同時に、「それならば」と思った。

それならば、『アクセス』の続きも読みたい、と。

彼女たちはこのあとどうなるのかとか、あの人（の体）はどうなったんだろうとか、あの人は捕まったんだろうかとか、気になる要素がたくさんあるのだ。しかも、彼女たちが戦うべき相手は、たぶん当時より今の方が多いし強くなっている気がする。むしろ今こそ彼女たちに帰ってきてほしい——と思うのだが、誉田さん、いかがですか？

（おおや・ひろこ　書評家）

『アクセス』 二〇〇七年二月刊 新潮文庫

中公文庫

アクセス

2020年 9月25日　初版発行

著　者　誉田哲也

発行者　松田陽三

発行所　中央公論新社

〒100-8152　東京都千代田区大手町1-7-1
電話　販売 03-5299-1730　編集 03-5299-1890
URL http://www.chuko.co.jp/

DTP　ハンズ・ミケ
印　刷　三晃印刷
製　本　小泉製本

Published by CHUOKORON-SHINSHA, INC.
Printed in Japan　ISBN978-4-12-206938-1 C1193

各書目の下段の数字はＩＳＢＮコードです。978－4－12が省略してあります。

中公文庫既刊より

ほ-17-1
ジウⅠ　警視庁特殊犯捜査係
誉田哲也
都内で人質籠城事件が発生、警視庁の捜査一課特殊犯捜査係〈ＳＩＴ〉も出動するが、それは巨大な事件の序章に過ぎなかった！　警察小説に新たなる二人のヒロイン誕生!!
205082-2

ほ-17-2
ジウⅡ　警視庁特殊急襲部隊
誉田哲也
誘拐事件は解決したかに見えたが、依然として黒幕・ジウの正体は掴めない。捜査本部で事件を追う美咲。一方、特進をはたした基子の前には謎の男が！　シリーズ第二弾。
205106-5

ほ-17-3
ジウⅢ　新世界秩序
誉田哲也
〈新世界秩序〉を唱えるミヤジと象徴の如く佇むジウ。彼らの狙いは何なのか？　ジウを追う美咲と東は、想像を絶する基子の姿を目撃し……!?　シリーズ完結篇。
205118-8

ほ-17-4
国境事変
誉田哲也
在日朝鮮人殺人事件の捜査で対立する公安部と捜査一課の男たち。警察官の矜持と信念を胸に、銃声轟く国境の島・対馬へ向かう。〈解説〉香山二三郎
205326-7

ほ-17-5
ハング
誉田哲也
捜査一課「堀田班」は殺人事件の再捜査で容疑者を逮捕。だが公判で自白強要の証言があり、班員が首を吊った姿で見つかる。そしてさらに死の連鎖が……誉田史上、最もハードな警察小説。
205693-0

ほ-17-6
月光
誉田哲也
同級生の運転するバイクに轢かれ、姉が死んだ。殺人を疑う妹の結花は同じ高校に入学し調査を始めるが、やがて残酷な真実に直面する。衝撃のＲ18ミステリー。
205778-4

ほ-17-7
歌舞伎町セブン
誉田哲也
『ジウ』の歌舞伎町封鎖事件から六年。再び迫る脅威から街を守るため、密かに立ち上がる者たちがいた。戦慄のダークヒーロー小説！〈解説〉安東能明
205838-5

ほ-17-8
あなたの本
誉田哲也
読むべきか、読まざるべきか？　自分の未来が書かれた本を目の前にしたら、あなたはどうしますか？　当代随一の人気作家の、多彩な作風を堪能できる作品集。
206060-9

ほ-17-9
幸せの条件
誉田哲也
恋にも仕事にも後ろ向きな役立たずOLに、突然下った社命。単身農村へ赴き、新燃料のためのコメ作りに挑め⁉　人生も、田んぼも、耕さなきゃ始まらない！
206153-8

ほ-17-10
主よ、永遠の休息を
誉田哲也
この慟哭が聞こえますか？　心をえぐられた少女と若き事件記者の出会いが、やがておぞましい過去を掘り起こす……驚愕のミステリー。〈解説〉中江有里
206233-7

ほ-17-11
歌舞伎町ダムド
誉田哲也
今夜も新宿のどこかで、伝説的犯罪者〈ジウ〉の後継者が血まみれのダンスを踊る。殺戮のカリスマ vs. 新宿署刑事 vs. 殺し屋集団、三つ巴の死闘が始まる！
206357-0

ほ-17-12
ノワール　硝子の太陽
誉田哲也
沖縄の活動家死亡事故を機に反米軍基地デモが全国で激化。その最中、この国を深い闇へと誘う動きを、東警部補は察知する……。〈解説〉友清　哲
206676-2

と-26-9
SRO Ⅰ　警視庁広域捜査専任特別調査室
富樫倫太郎
七名の小所帯に、警視長以下キャリアが五名。管轄を越えた花形部署のはずが――。警察組織の盲点を衝く、連続殺人犯を追え！　新時代警察小説の登場。
205393-9

と-26-10
SRO Ⅱ　死の天使
富樫倫太郎
死を願ったのち亡くなる患者たち、解雇された看護師、病院内でささやかれる『死の天使』の噂。SRO対連続殺人犯の行方は。待望のシリーズ第二弾！　書き下ろし長篇。
205427-1

と-26-11
SRO Ⅲ　キラークィーン
富樫倫太郎
SRO対〝最凶の連続殺人犯〟、因縁の対決再び‼　東京地検へ向かう道中、近藤房子を乗せた護送車は裏道へ誘導され――。大好評シリーズ第三弾、書き下ろし長篇。
205453-0

各書目の下段の数字はISBNコードです。978－4－12が省略してあります。

と-26-12
SRO Ⅳ 黒い羊
富樫倫太郎
SROに初めての協力要請が届く。自らの家族四人を殺害して医療少年院に収容され、六年後に退院した少年が行方不明になったというのだが――書き下ろし長篇。
205573-5

と-26-19
SRO Ⅴ ボディーファーム
富樫倫太郎
最凶の連続殺人犯が再び覚醒。残虐な殺人を繰り返し、日本中を恐怖に陥れる。焦った警視庁上層部は、SROの副室長を囮に逮捕を目指すのだが――。書き下ろし長篇。
205767-8

と-26-35
SRO Ⅵ 四重人格
富樫倫太郎
不可解な連続殺人事件が発生。傷を負ったメンバーが再結集し、常識を覆す新たなシリアルキラーに立ち向かう。人気警察小説、待望のシリーズ第六弾！
206165-1

と-26-36
SRO episode0 房子という女
富樫倫太郎
残虐な殺人を繰り返し、SROを翻弄し続けるシリアルキラー・近藤房子。その生い立ちとこれまでが、ついに明かされる。その過去は、あまりにも衝撃的！
206221-4

と-26-37
SRO Ⅶ ブラックナイト
富樫倫太郎
東京拘置所特別病棟に入院中の近藤房子が動き出す。担当看護師を殺人鬼へと調教し、ある指令を出すのだが――。累計60万部突破の大人気シリーズ最新刊！
206425-6

と-26-39
SRO Ⅷ 名前のない馬たち
富樫倫太郎
相次ぐ乗馬クラブオーナーの死。事件性なしとされるも、どの現場でも人間と同時に必ず馬が一頭逝っている事実に、SRO室長・山根新九郎は不審を抱く。
206755-4

し-49-1
爪痕 警視庁捜査一課刑事・小々森八郎
島崎佑貴
麻薬組織と霞ヶ関に投げ込まれた爆弾。それは、捜査一課最悪の刑事・特命捜査対策室四係の小々森八郎。警察小説界、期待の新星登場。書き下ろし。
206430-0

し-49-2
イカロスの彷徨 警視庁捜査一課刑事・小々森八郎
島崎佑貴
早朝の都心で酷い拷問の痕がある死体が発見された。小々森八郎たち特命捜査対策室四係の面々にも、捜査の応援命令が下るのだが⁉ 書き下ろし。
206554-3